Oetinger

Jo Hogan

INFERNUS

Die Macht der Göttin

Deutsch von Violeta Topalova

Verlag Friedrich Oetinger · Hamburg

MIX
Papier aus verantwortungsvollen Quellen
FSC® C014496

Poppenbütteler Chaussee 53, 22397 Hamburg

Deutsch von Violeta Topalova
Einbandgestaltung von Alexander Kopainski
Satz: Satz für Satz, 88239 Wangen im Allgäu
Druck und Bindung: GGP Media GmbH,
Karl-Marx-Straße 24, 07381 Pößneck, Deutschland
Printed 2018/II
ISBN 978-3-7891-0903-4

www.oetinger.de

»Die Philosophie steht in diesem großen Buch geschrieben, das unserem Blick ständig offen liegt [ich meine das Universum]. Aber das Buch ist nicht zu verstehen, wenn man nicht zuvor die Sprache erlernt und sich mit den Buchstaben vertraut gemacht hat, in denen es geschrieben ist. Es ist in der Sprache der Mathematik geschrieben, und deren Buchstaben sind Kreise, Dreiecke und andere geometrische Figuren, ohne die es dem Menschen unmöglich ist, ein einziges Bild davon zu verstehen; ohne diese irrt man in einem dunklen Labyrinth herum.«

Galileo Galilei (1564–1642)

Der Name des Ortes, an dem alle Menschen bis zur Auferstehung ausharren, die entweder begraben oder von der Erde verschlungen wurden, wird in der Schrift auf Latein meist Infernus oder Inferi genannt und von den Griechen Hades; anders gesagt, ein Ort, an dem die Menschen nicht sehen können. Und dieser Ort umfasst sowohl das Grab als auch alles, was noch tiefer liegt.

Leviathan, Thomas Hobbes, Chapter XXXVIII

TEIL EINS

GLASTONBURY

KAPITEL 1

Im Innenraum eines Autos gibt es im Durchschnitt 283 Bakterienarten pro Quadratzentimeter.

283.

Pro Quadratzentimeter.

Dieses Auto ist fast drei Meter lang und vielleicht zwei Meter breit.

Das wären also …

Stopp. Nicht darüber nachdenken.

Aber es ist zu spät. Ich kann bereits spüren, wie die Keime mich von allen Seiten bedrängen, spüre das Gewicht von Krankheit und Tod. Nach einem Seitenblick auf Dad hole ich unauffällig das Desinfektionsgel aus meiner Tasche. Der saubere Chemieduft dringt mir in die Nase, als ich es in meine Hände reibe, ich atme tief ein.

Dad beobachtet mich im Rückspiegel, aber bevor er etwas sagen kann, vibriert sein Handy auf dem Armaturenbrett. Als er sieht, wer anruft, stellt er auf Lautsprecher. »Bella«, sagt er lächelnd. »Schön, dass du zurückrufst.«

»Ist doch klar, wenn du dich nach einem halben Jahr mal wieder meldest«, sagt sie. »Wie war Ägypten? Seit wann bist du wieder hier?«

»Seit heute. Ich habe gerade Maria von der Schule abgeholt. Sie hat jetzt Ferien.«

»Hey, Maria«, sagt Bella. »Wie sind deine Prüfungen gelaufen?

Und lässt du dir deine schönen Haare jetzt endlich wieder wachsen?«
Ich weiß nicht, was ich sagen soll. Wie die meisten Menschen glaubt meine Patentante, mein kahl rasierter Kopf sei nur ein modisches Statement. Dad antwortet, bevor mir etwas einfällt.
»Bella, weshalb ich eigentlich anrufe: Kannst du mir einen Gefallen tun?«
Bellas kehliges Lachen blubbert wie Seifenblasen durch das Auto.
»Oh, David. Mit wem hast du dich jetzt schon wieder angelegt?«
»Mit niemandem. Noch nicht. Ich weiß, es ist sehr kurzfristig, aber könnten wir ein paar Tage lang bei dir wohnen? Ich falle dir nur ungern zur Last, aber leider sind alle Hotels in Glastonbury ausgebucht.«
Ich reiße so schnell den Kopf hoch, dass ich meine Wirbel knacken höre.
Bella klingt genauso überrascht wie ich. »David! Seit siebzehn Jahren versuche ich, dich dazu zu bringen, mich zu besuchen. Natürlich könnt ihr bei mir wohnen, verdammt noch mal! Wann wolltet ihr denn kommen?«
»Morgen.«
»Morgen?«, wiederhole ich.
»Entschuldige, dass ich dich damit so aus dem Nichts überfalle«, sagt Dad und sucht meinen Blick. »Aber ich muss so schnell wie möglich eine Ausgrabung organisieren.«
»Eine Ausgrabung?«, fragt Bella. »Du weißt schon, dass es in Glastonbury keine Pyramiden gibt, oder?«
Der Blinker tickt rhythmisch in der Stille, während Dad die Autobahnausfahrt nimmt und an einer roten Ampel zum Stehen kommt.
»Was genau suchst du, David?« Sie senkt die Stimme, als könnte

sie sehen, wie angestrengt er auf die Straße vor sich starrt. »Warum um alles in der Welt willst du ausgerechnet in Glastonbury graben?«
Dad zögert. »Weil ich glaube, dass Anai doch recht hatte.«
Der Name meiner Mutter füllt das Auto und quetscht mir die Luft aus den Lungen.
»Wie meinst du das?« Auch Bella klingt jetzt angespannt. »Womit hatte sie recht?«
»Ich hätte auf sie hören sollen«, sagt er. Seine Hände umklammern das Lenkrad so fest, dass seine Knöchel hervortreten. Er schaut noch einmal in mein verwirrtes Gesicht. »Ich kann dir das jetzt nicht erklären, zuerst muss ich mit Maria sprechen. Morgen erkläre ich dir alles, okay?«

»Du brauchst deine Schulsachen gar nicht auszupacken«, sagt Dad, als ich meinen Koffer in den Flur gehievt habe. »Wir fahren gleich morgen früh nach Glastonbury weiter.« Er reibt sich die Bartstoppeln. »Aber ich muss noch ein paar Sachen packen.«
»Warum?«
»Weil die verdammte Airline mein Gepäck verloren hat.«
»Nein, ich meine, warum willst du auf einmal nach Glastonbury?«
Ich folge ihm in die Wohnküche. In der Luft hängt noch der Geruch seines viel zu scharfen Currys: Ich werfe meine Tasche auf den Kieferntisch, in dessen Ritzen noch der Bastelglitter meiner Kindertage gefangen ist. Dann schaue ich auf das vergilbte Foto von Mum, das an der Wand hängt. Früher hat Dad mich immer hochgehoben, damit ich ihr einen Begrüßungs- und Abschiedskuss geben konnte, aber inzwischen ist mein Kopf auf gleicher Höhe wie das Foto.
Ihre riesigen dunklen Augen blicken mich unverwandt an.

Mit einem Seufzer wende ich mich ab und beobachte, wie Dad seine Einkäufe auspackt. »Und?«, hake ich nach.

»Ich dachte, du freust dich«, sagt er und räumt eine Packung Reis ein. »Du wolltest doch schon immer mal nach Glastonbury und endlich deinen Geburtsort kennenlernen.«

Und genauso lange hat sich Dad strikt geweigert, mir diesen Wunsch zu erfüllen. Ich weiß nicht mehr, wie oft ich schon versucht habe, ihn dazu zu bringen, mir von Mum zu erzählen, aber selbst siebzehn Jahre nach ihrem Tod kommt es mir vor, als bohre ich in einer offenen Wunde, wenn ich nur ihren Namen sage. Dank der kleinen Plastikkiste in der Garage weiß ich, dass Mum die Brontës, U2 und *Star Wars* mochte. Aber das ist auch schon alles.

Dad öffnet die Kühlschranktür, die immer noch mit den magnetischen Hieroglyphen verziert ist, die wir in meiner Kindheit im British Museum gekauft haben. Der Löwe – der den Buchstaben »L« repräsentiert, fällt auf den Boden, aber Dad lässt ihn einfach liegen und holt sich ein Bier. Es zischt, als er die Flasche aufmacht, und er nimmt einen langen, tiefen Zug. Vielleicht liegt es am Winkel, in dem das Sonnenlicht durch die Verandatüren fällt, aber er sieht müde aus. Seine Augen sind gerötet.

»Ist alles in Ordnung?«, frage ich.

Er nimmt noch einen großen Schluck Bier und dreht sich dann zu mir um. »Ich habe eine Frau kennengelernt.«

»Oh.«

»Nicht *die* Art Frau«, setzt er hastig hinzu und stellt die Flasche mit einem lauten Knall auf den Tisch. »Himmel, Maria. *Nein.* Sie war alt – weit über siebzig –, so habe ich das nicht …« Er fährt sich durchs Haar, in das die Sonne Ägyptens goldene Strähnen gebleicht hat. »Setz dich doch erst mal hin.«

»Sag mir einfach, was passiert ist.«

Dad beginnt, in der Küche auf und ab zu tigern, seine knapp ein Meter fünfundneunzig große Gestalt füllt den ganzen Raum aus. »Es war Dienstagabend. Ich hatte gerade meine letzte Uni-Vorlesung über die Datierung der Pyramiden gehalten. Als ich dabei war, meinen Rechner einzupacken, kam eine ältere Dame auf mich zu und sagte …«

Er schaut mich an und scheint um Worte zu ringen.

»Was? Was hat sie gesagt?«

»Sie hat gesagt, sie sei Anais Mutter. Deine Großmutter.«

»Was?«

»Ich habe ihr auch nicht geglaubt«, sagt Dad. »Zumindest anfangs nicht. Deine Mum hat mir immer gesagt, ihre leiblichen Eltern seien tot und deine Großeltern hätten sie als kleines Mädchen in einem ägyptischen Waisenhaus gefunden und adoptiert.« Er geht zum Küchentisch und starrt Mums Porträt an. »Die alte Dame sagte, ihre Tochter – deine Mutter – sei ihr als Zweijährige auf dem Markt aus den Armen gerissen worden. Und sie hat mir das hier gezeigt.«

Dad zieht seinen Geldbeutel aus der Gesäßtasche und nimmt ein Stück Papier heraus. Es ist ungefähr so groß wie eine Spielkarte. Er legt es auf den Tisch, und als ich mich darüberbeuge, sehe ich, dass es ein Foto ist – ein altmodisches Schwarz-Weiß-Foto –, dessen Ecken sich bereits kräuseln. Ein kleines, niedliches Mädchen mit Speckärmchen strahlt in die Kamera, ihr schwarzes Haar ist mit Schmetterlingsspangen zurückgesteckt. Aber es sind ihre Augen, die mich gefangen nehmen: bodenlose, nachtdunkle Tümpel, in denen ich als Kind wieder und wieder versunken bin. Ich nehme das vergilbte, rissige Foto vorsichtig in die Hand. »Mum?«

Dad legt mir die Hände auf die Schultern. »Natürlich hätte sie das Foto von sonst woher haben können«, sagt er, als ich mich zu ihm umdrehe. »Das allein ist noch kein Beweis. Aber wir haben uns lange unterhalten, und sie wusste so viel über Anai und über dich – Dinge, die eigentlich niemand hätte wissen können. Dinge, die vielleicht erklären könnten, warum du so bist, wie du bist.« Er betrachtet meinen rasierten Schädel und meine rot gescheuerten Hände. »Ich glaube, sie ist wirklich deine Großmutter, Maria.«

Ich starre meinen Dad an – sein skeptisches Ohne-zwei-verlässliche-Quellenangaben-glaube-ich-gar-nichts-Gesicht. Wenn *er* ihr glaubt, dann muss es stimmen.

»Oh Gott, Dad.« Ich vergrabe mein Gesicht in seinem warmen marineblauen Pulli. Meine Großmutter – die Mutter meiner Mutter – ist noch am Leben. Dad und ich sind nicht mehr allein auf der Welt. Als er mich schließlich loslässt, fange ich an, ihn auszufragen: »Kann ich sie besuchen? Kann sie hierherkommen? Wie ist sie so?«

Dad zieht sein Handy aus der Hosentasche. »Deine Großmutter wollte dir eine Nachricht schicken, also habe ich ein Video von ihr gemacht.«

Er legt es auf den Tisch, sodass wir beide das Display gut sehen können, aber er lässt den Zeigefinger noch einen Augenblick lang über der *Play*-Taste schweben. »Es ist eine ziemlich seltsame Nachricht, Maria. Also erschrick nicht, okay?«

Er wartet, bis ich nicke, holt dann tief Luft und drückt endlich *Play*.

KAPITEL 2

Das Video lädt kurz, dann erscheint ein unscharfes Bild. Es sieht aus, als würde jemand die Hand vor die Kamera halten.
»Kann sie mich hören, wenn ich da reinspreche?«, fragt eine Frauenstimme, so weich wie altes Wildleder.
Ich höre Dad sagen, dass sie ruhig ein bisschen mehr Abstand halten könne und doch bitte sein Handy loslassen solle.
Dann füllen zwei milchig weiße, hervortretende Augäpfel das Display, die in ihren Höhlen zucken. Wo Iris und Pupille sein sollten, ist nur ein Netz aus silberblauen Narben zu sehen.
»Sorry«, sagt Dad eilig, als ich zurückzucke. »Ich hätte dich vorwarnen sollen. Deine Großmutter ist blind.«
Ich beuge mich vor, als meine Großmutter – *meine Großmutter* – ein Stück zurückgeht. Eine zarte Frau, in ein traditionelles schwarzes Kleid und ein Kopftuch gehüllt. Ihre Haut ist einen Ton dunkler als meine, und trotz ihrer Augen – dieser Augen, die nicht von dieser Welt sind – erkenne ich das Muster wieder, das ich früher auf dem Foto von Mum immer mit dem Finger verfolgt habe: der Bogen ihrer Augenbrauen, die Rundung ihrer Wangenknochen, ihr langer brauner Hals.
Die alte Frau dreht ihr Gesicht in Richtung Kamera. »Maria«, sagt sie.
Als ihre alte, ägyptische Stimme meinen Namen sagt, schnüren mir Tränen die Kehle zu.

»Meine geliebte Enkelin, ich möchte dir so viel sagen und sehne mich danach, alles über dich zu erfahren. Aber dafür ist jetzt nicht die Zeit. Wir werden uns sehr bald sehen, da bin ich ganz sicher.«
Sie schließt die Augen, ihre Nasenflügel beben ganz leicht, als sie tief Luft holt. »Dein Vater sagte, du bist siebzehn Jahre alt – schon eine Frau. Als ich so alt war wie du, gab mir meine Mutter eine Halskette, die sie von ihrer Mutter bekommen hatte, und die wiederum von ihrer Mutter, in einer geheiligten Kette der Pflicht, die zahllose Generationen verbindet. Aber als mir meine Tochter gestohlen wurde, zerbrach diese Kette unwiderruflich.«
Meine Großmutter verbirgt ihr Gesicht in ihren knochigen, blau geäderten Händen. »Seit jenem schrecklichen Tag habe ich keine Nacht mehr ruhig geschlafen, denn meine Schuld lastet schwer auf meiner Brust. Tagsüber durchsuchte ich die Straßen Kairos, nachts fastete und betete ich. Meine Freunde drängten mich zur Ruhe, aber wie konnte ich ruhen? Ich wusste doch, dass ich nicht nur meine Tochter verloren hatte, sondern unsere einzige Hoffnung auf Rettung.«
Sie presst ihre knochigen Finger in ihre Wangen und holt dann langsam etwas unter ihrem Kleid hervor. »Aber nun hat der Herr mir in seiner Gnade eine zweite Chance gegeben.« Meine Großmutter beugt sich vor, ihre blinden Augen bohren sich mit verstörender Intensität in meine.
»Jede Tochter, die diese Kette von ihrer Mutter bekam, schwor einen heiligen Schwur, die Kette und die Botschaft, die sie mit sich bringt, ihrer eigenen erstgeborenen Tochter zu übergeben.«
Sie hält die Hand in Richtung Kamera, die Finger fest um einen Gegenstand geschlossen, den ich nicht sehen kann. »Nun ist es deine heilige Pflicht, die Worte zu hören, die im Ersten Zeitalter gesprochen wurden, zu unserer Erlösung im Letzten. Denn es

naht die Zeit, in der Seine Dunkle Seele aus dem Abgrund emporsteigt. Du musst Ihn finden, bevor Er dich findet. Du musst Ihn vernichten, bevor Er uns alle vernichtet.«

»Wen?«, flüstere ich in dem Moment, als mein Dad hinter der Kamera dieselbe Frage stellt.

Ihre milchigen Augäpfel zucken schnell, als suchte sie etwas – oder jemanden. Dann beugt sie sich vor, bis nur noch ihr Gesicht zu sehen ist.

»Belial.«

Sie zischt den Namen und lässt die Silben wie Öl von ihren Lippen tropfen. »Ich sehe Ihn«, fährt sie fort. »Seine Dunkle Hand greift nach dir und wirft den Schatten des Todes auf deinen …«

Dad drückt den *Pause*-Knopf.

»Hey, warum hast du das gemacht?«, frage ich und starre auf das Standbild des Gesichts meiner Großmutter.

Dad schließt kurz die Augen. »Weil ich diesen Namen auch nach all den Jahren verabscheue.«

»Belial? Wer ist das denn?«

Langsam, beinahe widerwillig, sagt Dad: »Belial ist ein altbiblischer Name für den Teufel. Den Antichrist.«

Mein Dad hasst alles, was mit Religion zusammenhängt, also versuche ich, meine Großmutter irgendwie zu verteidigen.

»Ah. Verstehe. Vielleicht ist sie ja krank? Hat sie Demenz oder so was?«

Dad wirft die Hände so plötzlich hoch, dass ich zusammenzucke. »Das haben sie über deine Mutter auch gesagt. Sie hatte schreckliche Albträume – oder Visionen, wie sie sie nannte – darüber, dass Belial dich, unser kostbares Baby, rauben würde. Sie wachte immer wieder seinen Namen schreiend auf. Der Arzt sagte, sie sei krank; postnatale Psychose.« Er sinkt in seinem Stuhl zusammen. »Und ich habe ihm geglaubt.« Er vergräbt den Kopf in den Händen. »Gott, vergib mir, ich habe einem Fremden mehr geglaubt als meiner eigenen Frau.«

»Aber du glaubst doch nicht an Gott oder den Teufel?«

»Ich weiß nicht mehr, was ich glauben soll«, stöhnt er. Er reibt sich das Gesicht und nimmt dann die lange, goldene Kette ab, die er um den Hals trägt. »Das ist die Kette, von der deine Großmutter gesprochen hat. Ich musste ihr versprechen, sie dir zu geben.«

Er öffnet die Hand, und ich sehe ein großes rotes Steinamulett in Gestalt einer kleinen Person.

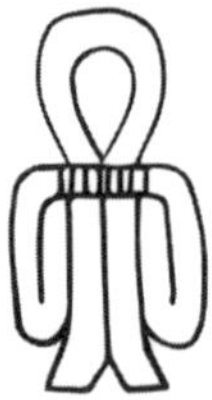

Zuerst halte ich es für ein Anch, aber dann sehe ich, dass die Gestalt nach unten geklappte Arme hat. »Ist das ein Tit-Amulett?«, frage ich.

»Ja«, sagt Dad. »In der jüngeren pharaonischen Geschichte wurde es mit der Göttin Isis in Verbindung gebracht, deshalb nennt man es auch Isisknoten.« Er dreht es um, und zu meiner Überraschung sehe ich, dass auf der Rückseite keine Hyroglyphen, sondern ein Block griechischer Buchstaben eingraviert sind. Plötzlich vibriert Dads Handy, wir beide schrecken zusammen.

Er hält es sich ans Ohr.

»David Shepherd«, sagt er mit seiner neutralen Arbeitsstimme. Dann hellt sich sein Gesicht auf. »Sie haben es gefunden? Gott sei

Dank. Wann machen Sie heute zu? Ich verreise morgen, deshalb würde ich es gerne jetzt noch abholen. Geht das? Prima, ich bin in anderthalb Stunden da.«

Er steht auf und zieht seine Jacke von der Stuhllehne.

Mein Mund wird trocken. »Willst du jetzt etwa gehen?«

»Sie haben mein Gepäck gefunden, und mein Laptop war im Koffer. Meine Forschungen zu dem hier sind da drauf«, sagt er und zeigt auf das Tit. »Ich muss da hin.«

Ich schnappe mir meine Tasche und folge ihm zur Küchentür.

Dad dreht sich auf der Schwelle um. »Wir müssen nicht beide los«, sagt er. »Bleib du hier und pack deine Sachen. Ich dachte, wir bestellen uns heute was zum Abendessen, mach du das doch, okay?«

Ich atme jetzt schon zu schnell, und obwohl ich inzwischen beinahe so groß bin wie Dad, greife ich unwillkürlich nach seinem Pulloverärmel. Er weiß, wie ungern ich allein bin, vor allem nachts.

»Maria«, sagt er und löst sanft meine Hand von seinem Arm. »Wir haben das doch besprochen, weißt du noch? Du wirst nächsten Monat achtzehn. Es wird nichts passieren. Das *weißt* du.«

Aber warum rast mein Herz dann so? Warum verspüre ich den unsäglichen Drang, meinen Dad in die Küche zurückzuzerren und ihn zu zwingen, bei mir zu bleiben?

»Ich habe dir vorhin die Übersetzung der Inschrift auf dem Isisknoten gemailt. Warum versuchst du nicht schon mal rauszufinden, was sie bedeutet? Ich habe ein paar Theorien, aber die sind auf meinem Laptop. Wenn ich wieder da bin, vergleichen wir unsere Ergebnisse, okay?«

»Ich bin kein Kind mehr, das du mit deinen Rätseln ablenken kannst, Dad.«

»Das will ich auch gar nicht, Ehrenwort. Ich muss wirklich he-

rausfinden, was es bedeutet«, sagt er und hält mir den Isisknoten hin. »Hilfst du mir?«
Ausnahmsweise blicken seine hellen blauen Augen ganz ernst. Ich nehme ihm die uralte Steinkette aus der Hand. Sie fühlt sich solide und kalt an meiner heißen, rauen Haut an.
»Versprochen?«
»Versprochen.« Ich lege mir die Kette um den Hals und nehme den zitronigen Duft von Dads Rasierwasser wahr und darunter etwas Schweres, Süßeres. Vielleicht der Geruch meiner geheimnisvollen Großmutter. Mit geschlossenen Augen versuche ich, den flüchtigen Duft einzufangen, aber dann knallt die Haustür zu, und mir steigt der Gestank von Schimmel in die Nase.
Ich reiße die Augen auf. Vor mir auf dem Tisch steht die leere Bierflasche, sie wirft einen langen, dunklen Schatten.
Seine Dunkle Hand greift nach dir und wirft den Schatten des Todes auf dein …
Dein was? Was wollte meine Großmutter sagen, als mein Dad die *Pause*-Taste gedrückt hat? Wen wollte sie warnen?
Ich renne in den Flur zurück.
Aber es ist zu spät.
Er ist weg.

KAPITEL 3

Ich ziehe die Klinge über meine Kopfhaut, sie hinterlässt eine dunkle Schneise im weißen Rasierschaum. Abwärts zum rechten Ohr, dann wieder aufwärts vom Linken. Das Knistern von Stoppeln an Stahl lindert den Druck auf meiner Brust ein bisschen. Als ich fertig bin und mein Kopf ganz glatt ist, beuge ich mich über die Badewanne und dusche den Schaum weg.

Ich wickele ein Handtuch um meinen kribbelnden Schädel und erinnere ich mich daran, wie Dad mich das erste Mal mit seinem Rasierer im Bad erwischte. Ich hatte mir die ganze Kopfhaut zerschnitten. Er schimpfte nicht und fragte auch nicht, was in aller Welt ich da machte. Er nahm mir nur ganz ruhig den Rasierer aus der Hand und zeigte mir, wie ich heißes Wasser und Rasierschaum einsetzen musste. Danach tupfte er mir mit einem Handtuch in seinen großen, sanften Händen behutsam den Kopf trocken.

Die Erinnerung bringt mich zum Lächeln. Manchmal glaube ich, dass Dad es insgeheim total cool findet, Leuten zu erzählen, dass seine Tochter ein eins achtzig großer, halbägyptischer Skinhead ist. Die Wahrheit ist allerdings, dass ich es nicht ertrage, wenn totes Haar in mein Gesicht hängt wie nikotinfleckige Gardinen. Früher hatte ich lange Haare, genau wie Mum, aber egal, wie oft ich sie wusch, ich wurde den Geruch nicht los, der mich zu verfolgen schien. Seit ich mir den Schädel kahl rasiere, ist es besser gewor-

den, aber aus unerfindlichen Gründen habe ich heute Abend wieder einen sauren, schimmligen Gestank in der Nase. Es riecht wie eine verfaulende Orange.
Ich reibe mir das Gesicht mit dem Handtuch trocken, werfe es in den Wäschekorb und schnüffle in Richtung der schmutzigen Wäsche. Kommt der Geruch von dort? Vielleicht sollte ich …
Hör auf. Außer dir riecht das niemand. Außer dir sieht auch niemand die Bakterien, die alles verunreinigen. Denk an etwas anderes. Dad war so komisch heute Abend. Er redet fast nie über Mum, und was Belial angeht – na ja, er glaubt nicht mal an Gott. Und an den Teufel schon gar nicht.
Aber warum hatte er dann solche Angst?
Zitternd schlüpfe ich in meinen Schlafanzug und genieße das tröstliche Gefühl von weichem, sauberem Leinen an meiner Gänsehaut. Ich nehme den Isisknoten von der Türklinke und gehe nach unten, um ein paar Antworten zu finden.
Dads Arbeitszimmer ist eigentlich nur der Wintergarten, in dem ein Schreibtisch und ein Rechner neben einem alten cremeweißen Sofa stehen. Die Sonne knallt in den Raum, und ich schalte den Deckenventilator an, um die abgestandene Luft zu vertreiben. Dann nehme ich ein Desinfiziertuch aus der Packung. Den meisten Menschen ist nicht bewusst, dass Tastaturen mehr Bakterien beherbergen als der durchschnittliche Toilettensitz.
Der scharfe Alkoholgeruch lässt mir das Wasser in die Augen schießen, als ich ihn einsauge. Nachdem ich Tastatur und Bildschirm gereinigt habe, werfe ich die schmutzigen Tücher in den Papierkorb und versuche, nicht auf den Staub zu achten, der durch die Sonnenstrahlen wirbelt. Versuche, nicht an die Milben, Sporen, Pilze, Pollen und Bakterien zu denken, die sich in meinen Lungen ablagern werden.

Ich öffne meinen Posteingang und dann die Nachricht, die mein Dad mir vor Stunden geschickt hat.

An: mariashepherd@live.co.uk
Von: ProfDshepherd@live.co.uk

Betreff: *Isisknoten-Übersetzung*
Dies ist die Übersetzung des Textes auf der Rückseite des Isisknotens. Das Amulett ist unglaublich alt – wahrscheinlich aus der Frühdynastischen Periode Ägyptens –, aber aus unerfindlichen Gründen ist die Inschrift nicht in Hieroglyphen, sondern in Koine-Griechisch verfasst, der Sprache der Bibel. Ich habe ein paar Ideen zur Bedeutung der Worte, aber da diese Botschaft für dich bestimmt ist, brauche ich deine Weisheit (!). Lass uns beim Abendessen darüber reden. Ich habe keine Lust, zu kochen, also bestell für mich Hähnchen Jalfrezi mit Reis, bitte.

Hab dich lieb,
Dad

Übersetzung (Rohfassung)
Um unsere Seelen zu retten, folgt 51 Männern und 8 Jagdhunden dorthin, wo der Mond über den Säulen der Gerechtigkeit ruht.
Wo die Quelle entspringt, nehmt das Maß eines Mannes
und enthüllt, was war, was ist und was geschehen wird.

Ich lese die erste Zeile noch mal. »Und wovor sollen unsere Seelen gerettet werden?«
In der Stille hallt die Stimme meiner Großmutter in meinem Kopf wider:

Belial.

Mein ganzer Körper kribbelt, als hätte jemand mir mit einem langen, schmutzigen Fingernagel über den Nacken gekratzt.

Natürlich gibt es den Teufel nicht wirklich. Er ist nur der Schwarze Mann, den man erfunden hat, um Kindern Angst einzujagen, damit sie sich benehmen. Aber ich muss trotzdem daran denken, wie meine Großmutter seinen Namen gezischt hat, wie ihre blinden Augen das Display ausfüllten und …

Ich schüttele den Kopf. Das hilft jetzt definitiv nicht Ich sollte mich konzentrieren und versuchen, die Hinweise so zu entschlüsseln, als wäre es wirklich nur ein weiteres Kreuzworträtsel. Dad wird bald zurück sein, und ich freue mich schon auf sein erstauntes Gesicht, wenn ich ihm sage, dass ich das Rätsel geknackt habe.

Okay. Die erste Zeile ist nur eine Warnung und kein eigentlicher Hinweis, also gleich zur zweiten. *Folgt.* Das Wort zeigt wie ein Richtungspfeil auf die zweite Zeile, die das Wort *»wo«* enthält, was bedeutet, dass der Hinweis sich auf einen Ort bezieht. 51 Männer und 8 Jagdhunde. Ein berühmtes Jagdrevier vielleicht?

Vielleicht. Ich schreibe mir die Zahlen 51 und 8 auf. Warum genau diese Anzahl Jäger und Hunde? Die Zahlen müssen etwas bedeuten. Vielleicht ist es eine Art Code? Ich beginne, verschiedene mathematische Kombinationen von 518 aufzuschreiben, sehe aber keine offensichtlichen Muster wie Pi oder die Fibonacci-Reihe. Nachdem ich Seite um Seite mit Zahlen vollgekritzelt habe, drehe ich mich auf meinem Stuhl um und werfe meinen Mathe-Auszeichnungen an der Wand einen bösen Blick zu. Inzwischen sind es so viele, dass sie mehr Platz einnehmen als Dads Landkarte von Ägypten.

Ich schnelle hoch. Landkarte. Wie findet man einen Ort auf einer Landkarte?

Über meine eigene Begriffsstutzigkeit grinsend, tippe ich die Zahlen ein, um sicherzugehen. Und da ist es: Glastonburys Koordinaten sind 51 Grad und 8 Minuten: 51°, 8′. Dad muss das bereits herausgefunden haben und will deshalb, dass wir morgen nach Glastonbury fahren.

Okay. Jetzt, wo ich einen Fuß in der Tür habe, sollten die restlichen Hinweise ein bisschen leichter zu entschlüsseln sein. Wenn die Zahlen die Koordinaten der Stadt Glastonbury repräsentieren, dann müssen die anderen Hinweise erklären, wo genau wir graben sollen. Ich kreise die nächste Zeile der Botschaft ein: *Wo der Mond über den Säulen der Gerechtigkeit ruht.*

Aber wie kann der Mond stillstehen? Und was bedeuten die Säulen der Gerechtigkeit? Vielleicht handelt es sich ja um einen Ort – eine alte Gerichtsstätte? Ich springe auf und tigere in dem kleinen Zimmer umher. Zahlencodes und -rätsel sind meine Spezialität, aber für die stark verschlüsselten Hinweise ist eigentlich Dad zuständig.

Ich schaue auf die Uhr. Viertel vor zehn. Eigentlich müsste er schon längst zu Hause sein.

Ich gehe zurück in die Küche und schalte im Vorbeigehen mit dem Ellbogen das Licht an. Die Glühbirnen flackern und summen, als wären Insektenschwärme darin gefangen. Mein Handy ist in meiner Tasche auf dem Stuhl, aber der Akku ist leer. Fluchend schließe ich es ans Ladegerät an. Dad steht wahrscheinlich im Stau. Oder hat irgendwo angehalten und kauft noch andere Dinge für unsere Fahrt morgen. Ja. Das wird es sein.

Kein Grund zur Panik.

Weil Dad schon seit vier Stunden weg ist.

Weil ich in diesem riesigen, leeren Haus ganz allein bin.

Weil …

Hör auf!
Ich drücke noch mehr Gel in meine Handflächen und reibe es auf dem Weg zurück ins Arbeitszimmer ein. Am Schreibtisch versuche ich, meinen Atem zu verlangsamen und da weiterzumachen, wo ich aufgehört habe. Aber ich muss ständig an die seltsame Warnung meiner Großmutter denken.
Ich tippe Belial in eine Suchmaschine und klicke den Link des *Orion Centre for the Study of Dead Sea Scrolls* an, das sich mit der Erforschung der Schriftrollen vom Toten Meer beschäftigt. Laut einigen uralten religiösen Texten, die der Bibel vorausgehen, ist der Erzengel Michael der Führer der Söhne des Lichts und Belial der Führer der Söhne der Finsternis. Ich überfliege das Dokument und lese Worte, die vor mehr als zweitausend Jahren geschrieben wurden:

»Ihr selbst habt Belial für den Abgrund geschaffen, als Engel der Bosheit. Sein Reich liegt in Finsternis, denn allein nach dieser verlangt es euch.«

Ich schaue hoch und betrachte mein Spiegelbild in der Terrassentür. Meine Augen wirken riesig in meinem schmalen, rasierten Kopf.
Was war das?
Da hat sich etwas bewegt, ich bin ganz sicher.
Schnell schalte ich die Schreibtischlampe aus und scanne unsere Veranda mit den verwitterten Gartenmöbeln ab. Über den Rasen tanzen die Schatten von windgepeitschten Bäumen.
Ich atme aus. Es war nichts. Nur ein Schatten.
Aber aus dem Augenwinkel sehe ich, wie sich etwas auf mich zuschlängelt.

Als ich mich umdrehe, ist es weg, aber mein ganzer Körper vibriert mit dem heftigen, dumpfen Schlag meines Herzens.
Denn da draußen ist etwas. Etwas Dunkles und …

Lautes Hämmern an der Haustür. Ich zucke zusammen. Es dauert ein paar Sekunden, bis ich mein Entsetzen überwunden habe. Dad muss seinen Schlüssel vergessen haben.
Ich renne aus dem Wintergarten, durch die Wohnküche und auf den Flur. Mit jedem Schritt, den ich mache, scheint sich die Zeit zu verlangsamen, und ich sehe nur noch Dinge, die keinen Sinn ergeben.
Ein seltsames blaues Licht, das durch den Flur flackert.
Etwas Grellgelbes vor den Milchglasscheiben der Haustür.
Das Knistern eines Funkgerätes, die Stimme eines Fremden.
Und als ich den Flur zur Hälfte durchquert habe, weiß ich es plötzlich.
Ich weiß, dass ich zwei Polizisten in grellgelben Warnwesten sehen werde, wenn ich die Tür öffne. Getaucht ins flackernde Blaulicht ihres Streifenwagen.
Sie werden mich bitten, sie ins Haus zu lassen.
Sie werden mich bitten, mich hinzusetzen.
Und sie werden mir sagen, dass Dad tot ist.

KAPITEL 4

Möchtest du was trinken?«, fragt Bella. »Oder vielleicht etwas essen? Es ist noch eine Menge da.«

Ich verziehe das Gesicht. Bei dem Gedanken, wie viele Finger die Frühlingsrollen und Sandwiches angefasst haben, wird mir schlecht. Bella seufzt und trinkt einen großen Schluck Weißwein. Von ihrem Lippenstift ist das Glas rot verschmiert.

»Wenigstens waren eine Menge Leute da«, sagt sie. »Wenn man bedenkt …«

Wenn man bedenkt, dass ich keine Familie habe, meint sie. Dad hatte keine lebenden Verwandten mehr, und trotz Bellas Kontakten in Ägypten hat es die dortige Polizei nicht geschafft, die Frau ausfindig zu machen, die behauptet hat, meine Großmutter zu sein. All das und der Umstand, dass die Beerdigung in Glastonbury stattfand, waren der Grund dafür, dass nur rund zwanzig Trauergäste nach der Beisetzung mit zu Bella kamen: hauptsächlich Männer mittleren Alters, die Dad wahrscheinlich von der Uni oder der Arbeit kannten. Die meisten von ihnen gingen nach einem schnellen Drink und dem gescheiterten Versuch, mit Davids armem, verwaistem Kind zu sprechen, auch schon wieder.

Ich schaue mich in der mit Papptellern und Plastikbechern übersäten Küche um. Dass ich nie mehr nach London zurückkehren werde, wird mir erst jetzt allmählich klar. Ich habe meine Paten-

tante Bella in meinem Leben vielleicht sechs oder sieben Mal getroffen, und jetzt soll ihr Haus mein neues Zuhause sein.
Zuhause. Ich schließe die Augen und wünsche mir sehnlichst, ich säße mit Dad gemütlich auf unserem Sofa und wir würden lesen oder gemeinsam Kreuzworträtsel lösen.
»Alles okay?«, fragt Bella.
Ich blinzele meine Tränen weg. »Ja, alles klar«, lüge ich.
Bella lächelt und beginnt, die Teller einzusammeln. »Geh doch ein bisschen spazieren und schau dir Glastonbury an, während ich diesen Saustall hier aufräume. Ich kann mir vorstellen, dass du jetzt Zeit für dich allein brauchst.«
Zuerst denke ich, sie macht Witze, aber dann wird mir klar, dass sie mich noch nicht gut kennt, also nicht weiß, dass ich nie, absolut niemals allein sein will. Am Ende der Woche wird sie wahrscheinlich zu Tode genervt davon sein, dass ich ihr wie ein Hündchen überallhin folgen werde. Dad hat das wahnsinnig gemacht.
Nur weil ich aus dem Zimmer gegangen bin, habe ich mich nicht in Luft aufgelöst, Maria, hat er immer gesagt. *Ich bin noch da, ich werde dich nie verlassen.*
Aber das war gelogen.
Ich kneife fest die Augen zusammen. Als wir uns zum letzten Mal gesehen haben, habe ich ihn nicht umarmt oder ihm gesagt, dass ich ihn liebe. Ich konnte mich nicht mal von ihm verabschieden. Er ist einfach gegangen. Oh, Dad. Was soll ich nur ohne dich machen?
Als ich mir diese Frage stelle, spüre ich das Gewicht des Isisknotens um meinen Hals. Ich habe meinen Dad zwar nicht umarmt, aber ein Versprechen habe ich ihm gegeben. Und deshalb kann ich, werde ich jetzt nicht weinen, obwohl es sich anfühlt, als habe mich jemand mit einem stumpfen Löffel ausgeweidet. Wenn ich

anfange zu weinen, dann werde ich niemals wieder aufhören. Und das geht nicht, wenn ich das tun will, was getan werden muss.
»Ehrlich gesagt wäre es mir lieber, du kommst mit«, sagte ich. »Du könntest mir zeigen, wo Mum und Dad früher gewohnt haben.«
Bella wirft einen Blick auf die Unordnung. »Na gut«, sagt sie dann. »Gib mir eine Minute, ich ziehe mich kurz um. Draußen ist es brütend heiß.«

Bella schaut meinen rasierten Schädel an. »Willst du dir wirklich keinen Sonnenhut ausleihen?«
»Nein, danke.« Die Vorstellung, meinen Kopf in einen heißen, verschwitzten Hut zu zwängen, ekelt mich an, und dank meiner ägyptischen Wurzeln habe ich ziemlich dunkle Haut, die in der englischen Sonne eigentlich nie verbrennt.
»Und umziehen willst du dich auch nicht?«
Ich schaue an mir herunter. Ich trage mein einziges schwarzes Kleid: lang und ärmellos. Der Jerseystoff schmiegt sich an meine Taille, an den Knöcheln ist der Rock leicht ausgestellt. Dad mochte das Kleid sehr. Er hat immer gesagt, dass ich darin wie eine Amazone aussehe, wenn ich es mit meinen Docs kombiniere.
»Ich bleibe so«, sage ich.
Achselzuckend geht Bella mir voran eine Seitenstraße hinunter, ihre mit Glassteinen verzierten Sandalen klappern auf den Pflastersteinen. Ich versuche, kürzere Schritte zu machen als sonst, damit ich nicht auf ihre Füße trete. Meine zierliche Patentante ist nur ungefähr eins sechzig groß, und neben ihr fühle ich mich wie eine tollpatschige Riesin.
»Hier beginnt die Einkaufsstraße«, sagt Bella, als wir links abbiegen. Es geht bergauf.

Ich blinzele, um meine Augen an den Anblick der vielen bunten Boutiquen zu gewöhnen, die hinter den mittelalterlichen Fachwerkfassaden hervorblinken. Statt der üblichen Caféketten und Klamottenläden gibt es in den Läden hier Heiltees, Ökopullis, Kristalle, Kerzen und Halbedelsteine. Die Buchläden verkaufen Bücher über New-Age-Erleuchtung, Zaubersprüche und sogenannte »Seelentherapie«. Sogar im Kiosk gibt es Elfenblumen. Ich schüttele den Kopf und rümpfe die Nase, als mir der süßlich-eklige Duft von Räucherstäbchen aus einem nahen Geschäft ins Gesicht weht.

Bella lächelt, als sie mein Gesicht sieht. »Die meisten Leute glauben, dass Glastonbury nur wegen des Musikfestivals so eine Hippiestadt ist, aber dieser Ort zieht schon seit Hunderten, vielleicht sogar Tausenden von Jahren spirituell veranlagte Menschen an.«

Sie zeigt auf die Ruinen der Abtei von Glastonbury, als wir der Straße nach links folgen. Endlich biegen wir in eine weitere enge Seitenstraße ein, in der sich Häuser mit Erkerfenstern und reich blühenden Vorgärten aneinanderreihen.

»Hier ist es«, sagt sie und legt ihre Hand auf ein schwarzes Metallgatter. »Deine Mum und dein Dad haben in der Nummer 72 gewohnt.«

Eine ganz normale Doppelhaushälfte mit vier Fenstern, einer grünen Tür und Blumenampeln, die ein bisschen Wasser vertragen könnten. Ein in jeder Hinsicht ganz gewöhnliches Haus.

Abgesehen davon, dass hier meine Eltern gelebt haben.

Ich schaue auf das Fenster im Obergeschoss und dann auf die gepflasterte Einfahrt, in der meine Mum …

»Maria, geht es dir gut?«, fragt Bella und stützt mich mit der Hand. »Ich hätte dich nicht ausgerechnet heute hierherbringen dürfen. Es tut mir leid.«

»Ich musste das Haus sehen«, sage ich. »Dad hat fast nie über Mum gesprochen, und ich habe ihn auch nie dazu gedrängt. Ich dachte immer, wir würden das eines Tages nachholen. Aber dafür ist es jetzt wohl zu spät.«

»Oh, Maria«, sagt Bella mit Tränen in den Augen. »Was möchtest du wissen?«

Ich schaue zum Haus hoch und versuche mir vorzustellen, wie junge Versionen meiner Eltern hinter seinen Mauern leben. »Dad hat gesagt, dass Mum in den letzten beiden Jahren von Gott besessen gewesen war. Ich weiß, dass er die Religion für ihren Tod verantwortlich gemacht hat, aber ich weiß nicht, warum.« Ich denke daran, wie blass er wurde, als ich in der Grundschule vom Krippenspiel erzählte, an sein wütendes Telefongespräch mit dem Rektor, als er dafür sorgte, dass ich nicht daran teilnahm. An seine lange Suche nach einem säkularen Internat.

»Na ja, als deine Mum mit dir schwanger wurde, wollten sie ein Haus mit Garten haben, also sind sie von Bristol hierhergezogen. Und hier begann sich deine Mum für Religion zu interessieren. Als dein Dad von einer Grabung in Ägypten zurückkam, fing er an, sich richtig Sorgen zu machen.«

»Wieso?«

»Anai war schon immer ein Mensch gewesen, der unbändige Lebensfreude ausstrahlte. Sie war extrem beliebt und hatte viele, viele Freunde. Aber all das änderte sich, als sie schwanger wurde. Sie schrieb damals an ihrer Doktorarbeit über Miltons *Paradise Lost* – du weißt schon, dieses lange Gedicht über den Krieg im Himmel zwischen den Engeln und dem Teufel und über die Vertreibung von Adam und Eva aus dem Paradies, ja? Aus irgendeinem Grund begann sie zu glauben, das Gedicht sei tatsächlich wahr und es gebe wirklich einen Krieg zwischen Gut und Böse. Zuerst haben wir geglaubt, ihre Hormone wären daran schuld und die Schwangerschaft würde sie zu sehr anstrengen. Aber nach deiner Geburt wurde es noch schlimmer.«

Bella nimmt ihre Sonnenbrille ab und starrt ebenfalls zum Haus hinauf. »Ich habe euch besucht, als du gerade mal ein paar Wochen alt warst. Als ich ankam, zeigte mir dein Dad als Erstes, wie deine Mum dein Kinderzimmer dekoriert hatte. Die Wände waren mit Seiten aus der Bibel tapeziert. Ernsthaft. Sie hatte sie ausgerissen und jeden Zentimeter Wand damit bedeckt – sogar die Türen und Fenster.«

Ich folge ihrem Blick zum rechten Fenster, dem zum Schlafzimmer, und versuche mir diese bizarre Geschmacksverirrung vorzustellen. »Aber warum?«

»Sie war paranoid und davon überzeugt, dass der Teufel dir etwas antun wollte.«

»Dad hat gesagt, dass sie davon überzeugt gewesen war, Belial, der Antichrist, würde sie verfolgen.«

Bella zuckt zusammen, als sie den Namen hört. Genau wie Dad. »Ja. Sie hat geglaubt, wenn jeder Quadratzentimeter des Kinderzimmers mit dem Wort Gottes bedeckt wäre, würde ihn das von dir fernhalten. Sie war für keine rationalen Argumente mehr empfänglich, Maria. Deshalb wurdest du auch getauft. Ich erklärte mich bereit, deine Patin zu werden, und musste dafür dem Teufel abschwören und versprechen, dich vor allem Bösen zu beschützen, und solche Sachen. Wir dachten, es würde ihr helfen, aber ehrlich gesagt machte es alles nur noch schlimmer.«

»Ich habe versucht, sie zur Vernunft zu bringen«, fährt Bella fort, »aber es war zu spät. Vor ihrer Schwangerschaft war Anai im Chor und in Buchclubs und schleppte deinen Dad ständig ins Theater. Aber nach deiner Geburt blieb sie Tag und Nacht in deinem Kinderzimmer und weigerte sich, es zu verlassen. Bis es eines Tages … zu viel für sie wurde und sie …« Bella verstummt.

Ich sehe es vor mir: mein Dad, der nach oben rennt und in dem stillen, leeren Zimmer ihren Namen brüllt. Mein Blick fällt auf das Pflaster, auf dem ihre schwarzen Haare sich aufgefächert haben müssen und rotes Blut zwischen den Steinen versickerte. Vielleicht ist es immer noch dort. Das Blut meiner Mum, vermischt mit der Erde und dem Dreck.

Ich nehme das verblasste Schwarz-Weiß-Foto aus dem Portemonnaie, das meine Großmutter meinem Dad gegeben hat, und berühre sanft das Gesicht des kleinen, pausbackigen Mädchens. Sie sieht so glücklich aus, dass ich den Gedanken daran nicht ertragen kann, dass sie solche Angst hatte.

»Hat ihr denn niemand geglaubt?«

Bella runzelt die Stirn. »Doch. Aber ich fürchte, das war Teil des Problems. Sie hat sich mit ihrer Nachbarin angefreundet – ich glaube, sie hieß Lucia.« Sie nickt in Richtung des Nachbarhauses. »Lucia war auch schwanger, und die beiden sind zusammen zu seltsamen Yogastunden und schamanistischen Geburtsvorbereitungskursen gegangen. Ich kenne nicht alle Details, aber ich glaube, dein Vater gab ihr eine Teilschuld am Tod deiner Mutter.«

»Können wir nachsehen, ob sie zu Hause ist? Ich würde gerne mit ihr reden.«

Bella rümpft nachdenklich die Nase. »Lucia lebt nicht mehr, und ich weiß nicht, ob ihr Ehemann überhaupt noch hier wohnt. Ich habe ihn schon seit ewigen Zeiten nicht mehr gesehen und …« Ihr Handy klingelt. Sie zieht es aus der Tasche und runzelt die Stirn. »Das ist meine Kollegin, sorry, Maria. Wäre es okay, wenn ich da rangehe? Wirf doch einen Zettel durch den Briefschlitz und lass deine Nummer da, für den Fall, dass er noch hier wohnt.«

Ich laufe den Weg zum Gartentor und dann auf der anderen Seite der Hecke zur Tür von Haus Nummer 70. Die leuchtend rote Tür wird von blühenden Blumenampeln eingerahmt, und auf der Veranda stehen üppig grüne Topfpflanzen. Ich suche in meiner Tasche nach einem Zettel und schreibe eine Nachricht, in der ich erkläre, dass ich Davids Tochter bin und mich über einen Anruf freuen würde. Die goldene Klappe des Briefschlitzes glänzt im Sonnenlicht, und man sieht die Fingerabdrücke von all den bakterienverseuchten Händen, die sie berührt haben. Ich werfe Bella einen Blick zu, aber sie telefoniert immer noch, also hole ich meine Desinfektionstücher aus der Tasche und beuge mich vor, um die Klappe sauber zu machen.

Plötzlich öffnet sich die Tür, ich taumele überrascht vorwärts und schaffe es gerade noch, mein Gleichgewicht wiederzufinden, bevor ich kopfüber in den Hausflur stürze.

Als ich mich aufrichte, blicke ich in wunderschöne Augen: bernsteinfarbene Feueraugen, die sich in meine zu brennen scheinen. Ich registriere einen Jungen in meinem Alter, dessen kinnlange Locken golden glänzen. Aber nicht deshalb starre ich ihn an. Er hat irgendetwas an sich. Seine Haltung, wie er den Kopf neigt, der Schwung seiner Wange rufen das Echo einer fernen Erinnerung in mir wach. Ich versuche, sie festzuhalten, aber als er seinen Blick von meinen Augen löst, ist sie verschwunden.

Er schaut auf meine Hand, die immer noch die Packung Desinfektionstücher umklammert. Dann schaut er den Briefschlitz an.

»Danke«, sagt er, und ein Lächeln umspielt seine Lippen. »Aber ich glaube, unsere Tür ist schon ziemlich sauber.«

»Ehrlich gesagt«, sage ich unbeabsichtigt, »sammeln sich auf Türen die meisten Keime und Bakterien.«

Er zieht die Augenbrauen hoch. »Tatsächlich?«

»Soviel ich weiß, ja«, füge ich hastig hinzu und zerknülle die Packung in der Faust.
Er legt den Kopf schief. »Und ist deine Mission, die Welt vor allen dreckigen Türen zu retten oder nur vor meiner?«
»Ich wollte eine Nachricht einwerfen«, sage ich durch zusammengebissene Zähne. Wie peinlich. Ich wedele ihm mit dem Zettel vorm Gesicht rum.
Er streckt die Hand aus, und ich gebe ihm schnell den Zettel. Dabei bin ich mir der hässlichen, aufgesprungenen Haut zwischen meinen Fingern nur allzu bewusst. Er liest die Nachricht und faltet sie dann langsam und sorgfältig zusammen. »Na, wo du ohnehin schon hier bist, kann ich mir den Anruf ja sparen. Was wolltest du mir denn sagen?« Er lehnt sich gegen den Türrahmen, verschränkt die gebräunten Arme vor der Brust und mustert mich.
»Auch wenn dir das wahrscheinlich unglaublich vorkommt«, sage ich, »ist die Nachricht nicht für dich. Sie ist für Lucias Ehemann. Er war ein Freund meiner Eltern.«
Sein Blick wird auf einmal ernst. »Oh. Dann willst du bestimmt meinen Dad sprechen. Moment«, sagt er. Seine Stimme hat ihren neckenden Klang verloren. Er dreht sich um und ruft in den Flur: »Dad? Hier will dich jemand sprechen, sie heißt …«
Er dreht sich fragend zu mir um, als ich die Desinfektionstücher gerade zurück in meine Tasche stopfe.
»Maria«, sage ich.
»Maria«, wiederholt er, den Blick auf meine Augen geheftet. Er sagt meinen Namen noch einmal, und in seinem Mund klingt er wie eine Frage: *»Ma-ri-aaah?«*
Hinter ihm im Flur taucht ein großer, weißhaariger Mann auf. »Na, dann lass die junge Dame doch nicht vor der Tür stehen, Joshua«, sagt er. »Bitte sie rein.«

Joshua macht einen Schritt zur Seite, um mich hereinzulassen. Ich halte den Blick gesenkt, aber ich spüre, wie groß er ist, als ich mich an ihm vorbeiquetsche – nur wenige Männer sind größer als ich –, und eine Strähne seines Haares berührt meinen rasierten Schädel.

»Ich dachte, du wolltest ausgehen?«, murmelt der weißhaarige Mann.

»Wollte ich auch«, sagt Joshua. »Aber ich habe es mir anders überlegt.«

KAPITEL 5

Bella beendet ihr Gespräch und folgt mir ins Haus, in eine große, offen geschnittene Wohnküche mit weiß gestrichenen Wänden und abgeschliffenen Dielen aus Kiefernholz. Aromakerzen lassen den Raum nach Lavendel duften.

»Wie schön, dich mal wiederzusehen, Bella«, sagt der ältere Mann, bevor er sich mir zuwendet.

»Hallo. Ich bin Michael, und das ist mein Sohn Joshua.«

»Dies ist Maria, die Tochter von David und Anai«, sagt Bella.

Michaels dunkelbraune Augen leuchten auf. »David? Ist er hier?«

Ich drücke mir die Fingernägel in die Handflächen, um nicht in Tränen auszubrechen, während Bella erklärt, dass mein Vater gestorben ist.

»Er ist tot?« Michael sackt auf den nächsten Sessel. »Um Himmels willen«, sagt er mit seinem weichen, irischen Tonfall. »Wie kann das sein? Was ist passiert?«

»Es war ein Autounfall«, sagt Bella.

Ich starre sie wütend an. Der Tod meines Vaters war kein Unfall.

»Lieber Gott.« Er reibt sich übers Gesicht und schaut dann mich an. »Oh, du armes, armes Kind. Mein herzliches Beileid, liebe Maria. Ich hatte ja keine Ahnung … Joshua, machst du uns eine Kanne Tee, bitte?«

Joshua wirft mir einen Blick zu, und der ist so voller Anteilnahme, dass mir meine ungeweinten Tränen die Kehle zuschnüren. Es ist eine Erleichterung, als er nickt und sich dem Tresen zuwendet.

»Ich kann es noch gar nicht fassen«, sagt Michael und bedeutet mir mit einer Geste, mich auf das Sofa ihm gegenüber zu setzen. »Ich habe mehr als siebzehn Jahre nichts von deinem Vater gehört, bevor er mich letzte Woche aus heiterem Himmel angerufen hat, und …«

»Mein Vater hat Sie angerufen?«, unterbreche ich und setze mich hin. »Warum?«

»Er sagte, er wolle sich dafür entschuldigen, dass er damals meiner Frau die Schuld am Tod deiner Mutter gegeben hat. Und dass es ein Fehler gewesen sei, nicht auf Anai zu hören.« Michael hält kurz inne.

»Es hat mir eine Menge bedeutet, dass dein Vater das gesagt hat. Ich habe ihn gefragt, warum er seine Meinung nach all den Jahren geändert habe, aber darüber wollte er am Telefon nicht reden. Er wollte sich baldmöglichst mit mir treffen und mir etwas zeigen.« Er runzelt die Stirn. »Er sagte, er wolle alles erfahren, was ich über Josef von Arimathäa wisse. Wir waren letzten Freitag verabredet, aber er ist nicht aufgetaucht. Aber ich hätte niemals gedacht …«

Ich greife nach dem Isisknoten, der schwer auf meinem Brustkorb liegt. Joshua bringt zwei Tassen mit Tee zu uns, und seine Blicke folgen meiner Bewegung.

Ich lege das Amulett auf den Tisch. »Ich glaube, mein Vater wollte Ihnen das hier zeigen«, sage ich, aber ich warte, bis Joshua Milch und Zucker holen gegangen ist, um ihm von der Botschaft meiner Großmutter zu erzählen. Ich will nicht, dass er mich auch noch für eine Bibelfanatikerin hält. Zwanghafte Sauberkeitsfanatikerin ist schlimm genug.

Michael atmet hörbar ein, als ich den Namen Belial erwähne. »Wie hat dein Vater reagiert, als er den Namen hörte?«

»Welchen Namen?«, fragt Joshua und stellt einen Krug Milch auf den Couchtisch.

»Egal«, sagt Michael und klappt mein Notizbuch zu. »Musst du nicht zum Karate?«

Joshua hockt sich auf die Armlehne des Sessels, auf dem sein Vater sitzt. »Ich gehe zum späteren Kurs.«

Michael nimmt den Isisknoten in die Hand und mustert die Inschrift. »Ist das Griechisch?«

»Ja. Mein Dad hat mir die Übersetzung gemailt, kurz bevor er …« Ich schlucke. »Ich glaube, die Zahlen in der ersten Zeile beziehen sich auf die Koordinaten von Glastonbury.«

»Ich bezweifle, dass die Leute vor zigtausend Jahren schon wussten, was Koordinaten sind«, meldet sich Bella zu Wort.

»Oh, da bin ich ganz anderer Meinung«, sagt Michael, und sein ganzes Gesicht leuchtet auf. »Die Orte, an denen sich die ältesten Bauwerke der Welt befinden – und wie oft die Erbauer den Regeln der heiligen Geometrie folgten –, legen nahe, dass unsere Vorfahren schon weit vor der modernen Wissenschaft ein sehr gutes Verständnis für Koordinaten hatten. Man könnte sogar sagen, dass …«

»Oh, Dad, bitte fang nicht wieder damit an.«

Michael ignoriert seinen Sohn und wendet sich mir zu. »Und wo genau in Glastonbury befindet sich deiner Meinung nach der Ort, auf den sich die Inschrift bezieht?«

»Ich weiß es nicht, und ich glaube, Dad wusste es auch nicht. Aber er wollte bestimmt, dass Sie ihm dabei helfen, es herauszufinden. Deshalb hat er Sie wahrscheinlich auch nach diesem Josef gefragt. Wer war das eigentlich?«

»Den Evangelien zufolge war Josef von Arimathäa der Mann, der Jesus' Leiche vom Kreuz genommen und sie in seinem eigenen Familiengrab bestattet hat. Angeblich war er Jesus' Großonkel mütterlicherseits. Nach der Kreuzigung soll er hier nach Glastonbury gekommen sein.«

»Das ist nur eine Legende«, sagt Bella. »Und dieser Legende nach soll er nach dem letzten Abendmahl den Heiligen Gral mit dem Blut und dem Schweiß Jesu hierhergebracht haben. Aber dafür gibt es bislang keine eindeutigen Beweise.«

»Das kommt darauf an, wie man das Wort Beweis definiert«, wirft Michael ein.

»Na ja, als Professorin für Archäologie kann ich dir versichern, dass Geschichten und Lieder nicht dazuzählen.«

»Und als Theologiedozent bin ich da ganz und gar anderer Meinung.«

Bella seufzt und steht auf. »Vielleicht sollten wir das ein andermal ausdiskutieren. Davids Beerdigung war erst heute Morgen.«

»Nein. Ich muss das jetzt tun. Dad wollte unbedingt herausfinden, was der Isisknoten bedeutet, und ich habe versprochen, ihm dabei zu helfen.« Ich drehe mich zu Bella um. »Weißt du noch, dass Dad dich bei eurem letzten Telefongespräch gebeten hat, mit ihm zusammen eine Ausgrabung zu organisieren? Vielleicht wollte er nach etwas suchen, das Josef von Arimathäa hier vergraben hat.«

Bella zieht sich die Sonnenbrille, die sie als Haarreif benutzt hat, vom Kopf und beginnt, auf dem Plastikbügel herumzukauen. »Weißt du was?«, sagt sie. »Du könntest recht haben.« Sie geht zum Fenster und schaut auf die Hügel von Glastonbury hinaus, die in der Ferne zu sehen sind. »David hatte ein paar merkwürdige Ideen, aber er war ein Mensch, der streng darauf achtete, nur Beweisen zu folgen. Jesus. Wenn das wahr ist, dann …«

Sie dreht sich um und kommt beinahe im Stechschritt zum Couchtisch zurück, das Gesicht vor Konzentration ganz verkniffen. »Okay. Nehmen wir mal einen Moment lang an, dass Josef von Arimathäa tatsächlich nach Glastonbury gekommen ist und während seines Aufenthaltes hier auch wirklich etwas vergraben hat.«
»Meinst du den Heiligen Gral?«, fragt Michael.
»Nicht unbedingt. Aber etwas Wichtiges – eine Sache, die Jahrhunderte später wiedergefunden werden sollte. Und zu diesem Zweck hinterließ er ein paar kryptische Hinweise auf den Ort, an dem dieses Artefakt vergraben ist.« Sie setzt sich und zieht stirnrunzelnd mein Notizbuch zu sich. »Wenn Maria recht hat, dann erhalten wir aus den Koordinaten Glastonbury. Aber … wo genau hier? *Wo der Mond über den Säulen der Gerechtigkeit ruht.* Was, glaubt ihr, bedeutet das?«
Joshua trinkt seinen Tee, während Michael und ich Bella in die Mitte nehmen und gemeinsam die Übersetzung studieren. Er wackelt mit dem Fuß und lässt dabei die Sohle seiner Sandale gegen seine nackte Ferse schnalzen. Unter seiner gebräunten Haut zeichnen sich bei jeder Anspannung die Sehnen ab. Ich schaue auf und sehe, dass er mich beobachtet.
Irgendwann stellt Joshua seine leere Tasse auf ein Tablett, sammelt dann unsere auch ein und schlendert in Richtung Küche. Sobald er weg ist, drücke ich mir heimlich einen Tropfen Desinfektionsgel in die Hände und reibe ihn so schnell ich kann in meine Haut. Als ich fertig bin, reden Bella und Michael gerade über den Glastonbury Thorn, einen Baum, der – der Legende nach – über Nacht an der Stelle emporschoss, an der Josef von Arimathäa seinen Stab in den Boden gesteckt haben soll. Aber das kommt mir falsch vor.
»Wer auch immer die Botschaft auf dem Isisknoten verfasst hat,

muss sich bewusst gewesen sein, dass die Hinweise Jahrtausende überdauern sollten«, sage ich. »Bäume werden lange nicht so alt. Also, ich hätte mir etwas ausgesucht, das auf jeden Fall so lange Bestand hat. Einen Hügel oder einen Fluss zum Beispiel.«

»Oder den Himmel«, sagt Joshua, der auf einmal wieder neben dem Sessel seines Vaters aufgetaucht ist. Das Sonnenlicht, das in den Raum fällt, malt tanzende Flecken in seine Augen.

»Hügel erodieren, Flüsse trocknen aus«, fährt er fort. »Aber die Sterne, die Planeten, der Mond und die Sonne verändern sich eigentlich nie.«

Ich starre ihn an und versuche herauszufinden, ob er uns auf den Arm nehmen will, aber er wirkt ganz ernst. Mit einer einzigen anmutigen Bewegung lässt er sich zu Boden sinken und kniet sich neben mich. Ich erhasche den Hauch eines süßen, vanilleähnlichen Geruchs. Er zeigt auf mein Notizbuch. »Seht ihr das hier? Das mit dem ruhenden Mond? Ich wette, dass damit eine Mondwende gemeint ist.«

Ich schaue nach unten in seine leuchtenden Tigeraugen.

»Wie bitte?«, fragt Bella.

»Eine Mondwende«, sagt er und dreht sich zu ihr um. »Vereinfacht gesagt dauert ein Mondzyklus knapp neunzehn Jahre, und am Ende jedes Zyklus erreicht die Deklination – die Höhe, die der Mond über dem Horizont erreicht – ihren jeweils höchsten und niedrigsten Punkt.«

Dann schaut er mich an und zwinkert mir zu. »Ich hab nicht nur ein hübsches Gesicht, weißt du?«

Es liegt kein Funken Ironie in seiner Bemerkung. Er weiß genau, wie gut er aussieht.

»Und wann ist die nächste Mondwende?«, fragt Bella.

»2025.«

»Mist.«
»Aber dieses Jahr gibt es eine kleine Mondwende.« Joshua beginnt, den Unterschied zwischen einer großen und einer kleinen Mondwende zu erklären, aber ich schüttele den Kopf.
»Nein«, sage ich. »Schaut euch die Botschaft noch mal an. Es geht nicht darum, *wann* der Mond ruht, sondern *wo*. Es geht um den Ort, an dem der Mond untergeht.«
Michael springt auf. »Ich habe ein Buch, in dem dazu etwas steht.« Er eilt zu den Regalen, die in die Nischen zu beiden Seiten des Kamins in die Wand eingelassen sind. Als er halblaut murmelnd mit dem Finger über zerlesene Buchrücken fährt, erinnert er mich so sehr an meinen Dad, dass ich wegschauen muss.
Und ich sehe, dass Joshua mich schon wieder beobachtet. Nein, nicht beobachtet – er *studiert* mich.
»Das mit deinem Dad tut mir sehr leid«, sagt er.
»Ja, es war ein schrecklicher Unfall«, nickt Bella.
»Hör doch endlich damit auf!«, fahre ich sie an. »Es war kein Unfall.«
»Wie ist er gestorben?«, fragt Joshua.
»Die Polizei spricht von einem Unfall mit Fahrerflucht«, erkläre ich. »Aber ich glaube, dass mein Dad ermordet wurde.«
»Und warum?«
»Kurz vor seinem Tod bekam er einen Anruf. Angeblich war am Flughafen sein Gepäck gefunden worden. Aber das stimmte nicht. Ich glaube, jemand wollte ihn auf die Straße locken, ihn aus dem Weg räumen und es wie einen Unfall aussehen lassen.«
»Und wieso sollte jemand so etwas tun?«, fragt Joshua weiter.
»Wegen dem Ding hier«, sage ich und halte ihm den Isisknoten vor die Nase.
»Ist das Teil wirklich so wertvoll?«

»Nicht das Amulett selbst. Aber meine Großmutter glaubt, dass die Botschaft auf dem Isisknoten den Träger zu etwas führt, mit dem die Auferstehung des Antichristen verhindert werden kann.«
Joshua zuckt zurück, als hätte ich ihn geschlagen.
»Ich behaupte übrigens nicht, dass das stimmt. Aber falls es Leute gibt, die das wirklich glauben, dann …«
Aber Joshua ist bereits aufgesprungen und fährt seinen Vater mit vor Wut verzerrtem Gesicht an: »Also deshalb wolltest du mich unbedingt loswerden!«
Michael läuft rot an und schaut zu Boden. »Nein, Joshua, so ist es nicht. Ich …«
»Du hast gesagt, du würdest es nie wieder tun«, zischt Joshua. »Du hast es *versprochen.*«

KAPITEL 6

Vielleicht sollten wir jetzt lieber gehen, Maria«, murmelt Bella.

»Nein, bitte geht nicht«, sagt Michael schnell. »Entschuldigt. Mein Sohn hat ein paar Probleme mit gewissen … religiösen Angelegenheiten.« Er wendet sich Joshua zu. »Ich habe nicht vor, mein Wort zu brechen. Ich will nur der Tochter eines alten Freundes helfen. Vielleicht wäre es wirklich besser, du gehst aus dem Haus.«

»Das würde dir so passen«, sagt Joshua, er zittert vor Wut. Er dreht sich zur Seite, und einen Augenblick lang denke ich, er will aus dem Zimmer rennen. Stattdessen lässt er sich in einen Sessel fallen.

Michael ignoriert ihn und winkt mit dem alten Schwarz-Weiß-Führer über die Geschichte und Legenden von Glastonbury, den er aus dem Regal gezogen hat. »Das hier habe ich gemeint«, sagt er und liest vor:

»Cadbury Castle und der Cadbury Tor sind so ausgerichtet, dass der Mond am nördlichsten Untergehpunkt in seinem 18,61-Jahre-Zyklus, der nördlichen großen Mondwende, von Cadbury aus gesehen genau über dem Tor untergeht.«

»Und was bedeutet das?«, fragt Bella.

»Das bedeutet, dass unsere Vorfahren alle neunzehn Jahre von Cadbury Castle aus einmal den dramatischen Anblick genießen

durften, wie der Mond direkt über Glastonbury Tor untergeht«, sagt Michael mit glänzenden Augen. Er legt das Buch auf den Tisch und zeigt auf eine kleine Skizze, die vier von Menschen aufgeworfene Hügel im Raum Glastonbury darstellt. »Vielleicht stand auf einem dieser Hügel in grauer Vorzeit ein altes Gerichtsgebäude oder so etwas Ähnliches. Das würde die vier Säulen der Gerechtigkeit erklären.«
Ich schüttele den Kopf. »Nein. Dieser Hinweis sollte die Jahrtausende überdauern, es kann also kein Gebäude sein.« Ich beuge mich vor und lese den Absatz unter der Skizze. »Hier steht, dass diese Hügel exakt elf Meilen voneinander entfernt sind. Sie bilden beinahe ein natürliches Quadrat, seht ihr?«

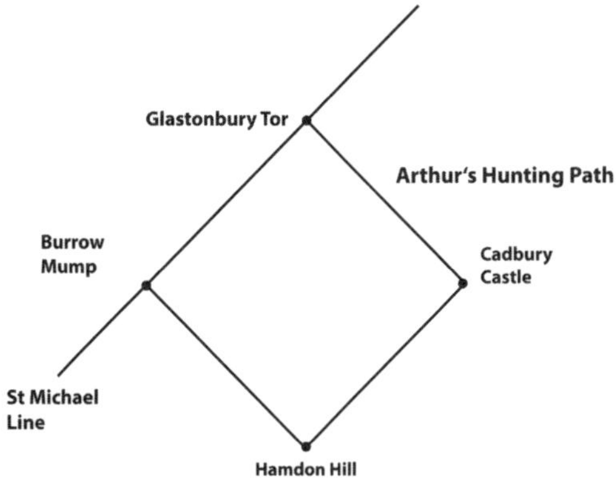

»Ja und?«, fragt Joshua.
»Schon mal was von Pythagoras gehört?«
»Der Typ mit den Dreiecken?«
»Es ging ihm nicht nur um Dreiecke. Pythagoras und seine Anhänger praktizierten eine Art Zahlenverehrung. Sie glaubten, jede Zahl habe eine mystische Bedeutung. Die Zahl Vier repräsentierte für sie Gerechtigkeit, weil sie die erste Zahl ist, die in vier gleiche

Teile aufgespalten werden kann, einer für jede Richtung. Jeder dieser vier Hügel wurde von Menschen aufgeschüttet, und wenn man sie verbindet, bilden die vier die *Säulen der Gerechtigkeit.*«

Joshua starrt mich an.

»Ich bin auch nicht nur ein hübsches Gesicht«, sage ich.

Er zieht eine Augenbraue hoch. »Ist mir aufgefallen. Aber wenn du recht hast, welcher der vier Hügel ist dann die Säule der Gerechtigkeit aus der Botschaft?«

»Nun, nur die Linie zwischen dem Tor und Cadbury Castle ist nach der großen Mondwende ausgerichtet«, sagt Michael.

Ich springe auf. »Es passt alles zusammen. Der Hinweis muss sich auf den Hügel beziehen, auf dem Cadbury Castle liegt.«

Bella legt meine Notizen auf den Tisch und kaut auf ihrem Stift herum. Ihre kleinen Zähne leuchten weiß zwischen ihren rot geschminkten Lippen. »Aber auf Cadbury gibt es kein Schloss mehr, nur noch die Ruinen einer alten Festung aus der Eisenzeit. Wir können doch nicht den ganzen Hügel umgraben.«

Ich nehme mein Notizbuch und lese die zweite Hälfte der Botschaft noch mal.

»Gibt es eine Quelle auf dem Gelände von Cadbury Castle?«

»Es gibt einen Brunnen. Eigentlich heißt er Queen-Anne-Brunnen, aber im Volksmund wird er auch König-Artus-Brunnen oder Heilige Quelle genannt.«

»*Wo die Quelle entspringt*«, zitiere ich den Isisknoten.

»Dann wissen wir ja, wo wir graben müssen«, sagt Michael mit einem energischen Schlag auf den Tisch.

»Wir?«, wiederholt Joshua. »Ich dachte, du willst dich nicht einmischen?«

Michael breitet die Arme aus. »Aber das verändert alles, Joshua. Siehst du das denn nicht?«

»Was soll ich sehen? Eine Kette, die eine dahergelaufene alte Frau einem Mädchen geschenkt hat, das wir nicht mal kennen, und die unwahrscheinliche Möglichkeit, dass ein paar Hippies in grauer Vorzeit in Cadbury den Monduntergang bewundert haben? Ach, vergiss es doch.«

»Diese dahergelaufene Frau ist meine Großmutter«, sage ich mit zitternder Stimme.

»Der Fairness halber musst du zugeben, dass du das nicht weißt«, mischt sich Bella ein. »Davids iPhone wurde bei dem Unfall zerstört, also konnten wir sie bisher noch nicht aufspüren. Du musst unvoreingenommen bleiben, Maria. All das könnte nur eine aufwendig gemachte Fälschung sein.«

»Wirst du uns trotzdem dabei helfen, eine Ausgrabung zu organisieren?«

»Ich muss zuerst die Genehmigung dafür einholen. Wir wollen schließlich nicht in irgendeinem Privatgarten buddeln. Ich muss schon ziemlich schlagende Argumente liefern, wenn ich die Erlaubnis bekommen will, eine nationalhistorisch bedeutsame Stätte umzugraben. Das kann Wochen dauern. Vielleicht sogar Monate.«

»Was? Soll das ein Witz sein?«

»Ich tue mein Bestes, das verspreche ich dir. Aber so etwas braucht Zeit.« Bella macht Anstalten, aufzubrechen, steckt ihr Handy ein und zieht ihr Kleid zurecht.

»Maria«, sagt Michael. »Warte noch einen Moment, ich habe etwas für dich.«

Er geht zu dem Schreibtisch in der Fensternische und holt eine Plastiktüte aus der untersten Schublade. Er setzt sich neben mich, seine weiche, irische Stimme ist so leise, dass ich mich zu ihm beugen muss, um ihn zu verstehen.

»David hat die Sachen nach dem Tod deiner Mutter weggeworfen, aber ich habe sie aus dem Müll gefischt. Sie haben ihr sehr viel bedeutet.«

Ich nehme die Tüte und hole zwei Bücher heraus. Eins ist eine altmodische, in Leder gebundene Bibel und das andere ein riesiger Bildband mit dem Titel: *William Blake – Gesamtausgabe.* Ich weiß nicht, was ich erwartet hatte, aber bestimmt nicht das.

»Wie war sie?«, frage ich leise und streiche über den weichen Ledereinband der Bibel.

Michael lächelt. »Anai war eine wundervolle Frau. Voller Güte und sehr, sehr klug.«

»War sie wirklich wahnsinnig?«

»Da fragst du den Falschen«, sagt er mit traurigem Lächeln. »Ich halte den Begriff Wahnsinn für ein soziales Konstrukt. Wir im Westen bezeichnen Menschen als wahnsinnig oder verrückt, deren Ideen und Verhalten sich von unserem unterscheiden. In anderen Kulturen ist man der Ansicht, dass Menschen mit sogenannten ›Geisteskrankheiten‹ in Wirklichkeit eine spirituelle Krise oder Wiedergeburt durchleben.« Er seufzt. »Ich persönlich glaube nicht, dass deine Mutter psychisch krank war. Sie hatte nur schreckliche Angst.« Er beugt sich näher zu mir, seine Stimme ist nur noch ein Flüstern.

»Anai war überzeugt davon, dass der Teufel persönlich – Belial – hinter dir her sei. Sie hatte schreckliche Albträume, und am Ende ihrer Schwangerschaft hatte sie Angst davor, zu schlafen. Sie sagte, im Schlaf könne sie sehen, wie sich Seine Dunkle Hand nach ihrem ungeborenen Baby ausstreckte und …«

»Das reicht jetzt, Michael!«, sagt Bella scharf.

Michael senkt den Kopf. »Entschuldige. Ich wollte dir keine Angst einjagen.«

Ich lache blechern auf und versichere ihm beim Aufstehen, dass es mir gut geht. Aber als ich die Wärme des Hauses hinter mir lasse, erschaudere ich bei der Vorstellung, dass der Schatten der Hand des Teufels auf meinen Rücken fällt.

KAPITEL 7

Wir gehen über die Glastonbury High Street zurück, in der die Restaurants und Kneipen sich allmählich mit der Feierabend-Menge füllen. Der Duft von Hähnchen Jalfrezi – Dads Lieblingsgericht – steigt mir in die Nase, und es trifft mich wie ein Schlag: Ich werde mir nie wieder ein Curry mit meinem Dad teilen.

Nie wieder.

Ich habe mich immer beschwert, wenn er Reis bestellte und dann mein Naan-Brot auch noch mit aufaß. Aber wenn er jetzt hier wäre, würde ich ihm alles Naan-Brot der Welt kaufen und ihm einfach nur beim Essen zusehen.

Bella fragt mich, ob ich okay bin. Ich möchte am liebsten schreien, dass das eine saublöde Frage ist. Dass es mir nie wieder gut gehen wird. Aber es ist nicht ihre Schuld. Ich dränge die Tränen zurück, und als ich wieder aufblicke, sehe ich einen Wegweiser in Richtung Glastonbury Tor.

»Wenn du einen Spaziergang machen willst, dann geh doch auf den Tor. Dort sind immer eine Menge Touristen, also bist du auf keinen Fall allein«, sagt Bella und nimmt mir die Bücher ab. »Geh schon. Es wird dir helfen, den Kopf wieder frei zu bekommen. Es war ein harter Tag für dich.«

Ich schaue ihr nach, während sie sich weiter die High Street hinaufkämpft, und biege dann rechts ab, den Schildern zum Glastonbury Tor folgend. Die Straße ist von Autos verstopft, also halte ich mir ein Taschentuch vor Mund und Nase, um die Schadstoffe auszufiltern. Als ich auf der anderen Straßenseite das Zeichen für einen Fußweg zum Tor sehe, eile ich hinüber und biege auf einen Weg ein, der an beiden Seiten von Bäumen gesäumt ist. Ich nehme das Taschentuch vom Gesicht, und der Verkehrslärm wird leiser, und nach ein paar Minuten Laufweg erreicht das enge Sträßchen eine offene Wiese voller Gänseblümchen. In der Ferne grasen Schafe.

Ich schaue blinzelnd ins Sonnenlicht, und auf einmal sehe ich ihn: Glastonbury Tor, der sich wie eine Erdpyramide aus der Landschaft erhebt. Er hat eine so seltsame, unnatürliche Form. Nicht so glatt oder einheitlich wie die meisten anderen großen Hügel, sondern gezackt und aus Terrassen bestehend, die sich tief in die Erde gegraben haben. Ein dicker Grasteppich mildert die harschen Konturen ein bisschen. Auf seiner Kuppe, nicht genau in der Mitte, trägt der Tor einen Turm, wie eine Königin ihre Krone trägt: ein dunkler Backsteinstreifen vor dem klaren blauen Himmel. Ich eile durch die Gänseblümchen und Sonnenwirbel zu dem weißen Pfad, der das Grün des Tors durchschneidet und durchs Herz des Sankt-Michael-Turmes führt.

Ein vom Wind zerzaustes Pärchen kommt mir entgegen, mit geröteten Wangen und glänzenden Augen. Sie haben die Arme ausgestreckt und sich an den Händen gefasst. Meine Kehle wird eng, als ich ihnen nachschaue. Waren meine Eltern auch so glücklich, als sie ihre Spaziergänge zum Tor hinauf machten?

Ich zwinge mich, weiterzugehen. Als sich meine schwarzen Doc Martens über den weißen Pfad bewegen, denke ich an die Tausende und Abertausende Menschen, die im Laufe der Jahrhunderte diesen Hügel hinauf- und hinuntergegangen sein müssen. Folge ich wirklich den Schritten von Josef von Arimathäa, dem Großonkel von Jesus? Und falls ja, wie um alles in der Welt hat er es vor zweitausend Jahren geschafft, von Israel nach Glastonbury zu reisen? Und, wichtiger noch: warum?

Was hat er hier versteckt, und was hat dieser Gegenstand mit meiner Mum und ihrer Angst vor dem Teufel zu tun?

Atemlos und zerzaust komme ich auf der Kuppe an und eile über den Pfad zum Sankt-Michael-Turm. Der quadratische Turm ohne Dach ist das letzte Überbleibsel der ursprünglichen Kirche. Die beiden sich gegenüberliegenden Torbögen, deren Türen schon lange nicht mehr existieren, rahmen die Aussicht auf dramatische Art und Weise ein. Immer noch heftig atmend, gehe ich durch den ersten Bogen, und sofort erfasst mich der starke Wind, der durch den Turm pfeift.

Ich breite weit die Arme aus, lasse den Wind gegen mein Kleid peitschen und betrachte das Tal, das unter mir liegt. Die Hügel von Somerset verlieren sich in der Ferne, die dunklen Hecken sind geisterhaft blau, am Horizont verschwimmen Land und Himmel. Irgendwo dort unten ist das Krematorium, in dem ich vor nicht einmal sieben Stunden den Leichnam meines Vaters zurückgelassen habe.

Ich schließe die Augen und halte mich an den uralten Backsteinen fest, während der Wind an meinem Körper zerrt. Eine Sache, die ich an den alten Ägyptern schon immer geliebt habe, ist ihr Glaube an die Wiedergeburt. Die Alternative – dass die Menschen, die man liebt, einfach nur *sterben* – ist zu unerträglich.

»Was deine Seele wohl wiegt?«

Ich fahre herum und zucke zurück, als ich die dunkle Silhouette eines Mannes im mir gegenüberliegenden Torbogen erkenne. Die tief stehende Sonne hinter ihm lässt seine Haare wie einen strahlenden Heiligenschein leuchten, und ich blinzele in die verwirrende Mischung aus Licht und Dunkel.

Er macht einen Schritt auf mich zu, und ich sehe, dass es Joshua ist.

Der Wind presst sein dünnes weißes T-Shirt gegen die Umrisse seines Körpers, und das macht mir bewusst, wie ich für ihn aussehen muss. Mein Kleid bläht sich im Wind, vorn muss sich der Stoff an alle Kurven und Linien schmiegen, die ich habe. Ich lasse meine nackten Arme sinken und gehe in den Turm zurück. »Wie bitte?«

»Du stehst unter dem Erzengel Michael, der die Seelen der Toten auf die Waagschale legt.« Joshua zeigt auf die Reliefs über meinem Kopf.

Ich schaue seinem Finger nach. Über dem Bogen befindet sich ein kleines Relief. Mit viel gutem Willen kann man vielleicht eine Waage erkennen. »Meinst du?«

»Ich weiß es. Dieser Turm ist Erzengel Michael geweiht, dem Anführer der himmlischen Heerscharen, der die Toten ins Jenseits geleitet.«

Ich schaue ihn skeptisch an. Er wirkt nicht wie ein Typ, der an Engel glaubt. »Was machst du hier oben?«

»Falls du wissen willst, ob ich dir gefolgt bin, dann lautet die Antwort ja«, sagt er ohne eine Spur Verlegenheit.

Ich zwinge mich, seinen unverwandten Blick zu erwidern. »Und warum?«

»Weil ich mich dafür entschuldigen möchte, was ich über deine Großmutter gesagt habe. Das war daneben. Ich war nur …« Er verstummt, als eine Frau im langen weißen Kleid den Turm betritt und dabei vor sich hin singt. »Hast du fünf Minuten? Wir könnten

uns draußen in die Sonne setzen und reden. Hier drin ist es ein bisschen kalt.«
Ich drehe mich um und betrachte den Hügel hinter mir, auf dem zahlreiche Paare und Familien die letzten Strahlen der Abendsonne genießen.
»Es ist aber auch kein Problem, wenn du lieber allein sein willst«, sagt er. Seine Stimme ist so zärtlich, dass ich gegen den plötzlichen Drang ankämpfen muss, zu ihm zu gehen, mein Gesicht an seiner Schulter zu vergraben und ihm zu gestehen, dass ich nie, niemals allein sein will. Stattdessen gehe ich hinaus in den Sonnenschein, in der Hoffnung, dass er mir folgen wird.

KAPITEL 8

Joshua macht es sich auf dem Gras bequem.

Oh Gott. Ich will nicht, dass er mich für eine Primadonna hält, aber da könnte Hundekot liegen oder Schafsköttel oder …

»Hier«, sagt Joshua, als habe er meine Gedanken gelesen. Er reicht mir den roten Pullover, den er aus seinem kleinen Rucksack geholt hat. »Du kannst hier draufsitzen.«

Als ich zögere, breitet er ihn aus und fügt hinzu: »Er ist sauber, versprochen.«

Achselzuckend, als sei das alles kein Problem, setze ich mich so lässig wie möglich auf seinen Pulli und ziehe die Knie an die Brust, sodass mein Kleid ein schwarzes Zelt über meinen Beinen bildet. Obwohl der Boden unter uns von der Sonne aufgeheizt ist, weht immer noch ein starker Wind und richtet kribbelnd die Härchen auf meinen Armen auf.

»Wenn du da rüberschaust, siehst du die Mendip Hills und den Bristol Channel«, sagt Joshua und zeigt auf den blauen Dunst in der Ferne. »Da drüben im Osten liegt Wiltshire, und die Quantocks im Westen.« Er seufzt zufrieden auf. »Die High Street macht mich wahnsinnig, aber hier oben bin ich gerne.«

Ich kann verstehen, warum. Es liegt nicht nur am Tor und dem Turm, sondern an der Beschaffenheit des Lichts: Der weite Himmel über uns ist erstaunlich klar, aber das Land unter uns scheint in einen zarten Nebelhauch gehüllt zu sein.

Joshua legt den Kopf in den Nacken und lässt sich die Sonne ins Gesicht scheinen. Sobald er die Augen schließt, nutze ich die Gelegenheit, ihn mir richtig anzusehen.

Es lässt sich nicht leugnen: Er ist geradezu ekelhaft attraktiv. In dem vergeblichen Bemühen, einen Fehler an ihm zu finden, mustere ich sogar seine Sandalen. Eigentlich hat doch wirklich niemand schöne Zehen. Das kann nicht normal sein.

»Mir gefällt deine Frisur«, sagt er.

Ich zucke zusammen. Hat er mich dabei erwischt, wie ich seine Füße anstarre? Na super. Wahrscheinlich hält er mich jetzt für eine total schräge Fußfetischistin.

»Sieht cool aus«, fährt Joshua fort. »Vielleicht sollte ich mir auch den Kopf rasieren.« Er fährt sich mit der Hand durch die Locken.

Ich ziehe skeptisch eine Augenbraue hoch. »Und womit spielst du dann den ganzen Tag?«

»Ach, ich finde schon eine andere Beschäftigung«, sagt er, den Mund zu einem Lächeln verzogen.

Flirtet der etwa mit mir?

»Normalerweise stelle ich Mädchen diese Frage ja nicht«, sagt er, schlingt die Arme um die Knie und lehnt sich zu mir. »Aber wie oft rasierst du dich?«

»Wahrscheinlich häufiger als du«, sage ich mit einem vielsagenden Blick auf sein Kinn. Es ist von goldenen Stoppeln bedeckt, die aussehen wie feiner Sand, und ich frage mich, ob sie sich an meiner Haut weich oder kratzig anfühlen würden.

Er lächelt, und als sein Blick meinen einfängt, bin ich überzeugt davon, dass er *genau* weiß, was ich gerade denke.

Ich halte seinem Blick stand und seufze, als sei mir allmählich langweilig. »Wir können wirklich gerne Rasiertipps austauschen, aber ich dachte, du wolltest mir etwas erklären.«

Sein Lächeln erstirbt. »Ja, das wollte ich. Es tut mir leid, was ich da vorhin gesagt habe. Mit dir und deiner Großmutter hatte das nichts zu tun. Ich habe mir nur Sorgen um meinen Dad gemacht.«

»Deinen Dad? Wieso?«

Seine Bernsteinaugen blicken mich forschend an. »Das ist schwer zu erklären. Was ist deine früheste Erinnerung?«

Ich blinzele. Diese Frage hätte ich nicht erwartet. Bilder schießen mir durch den Kopf: Rauschendes Wasser, eine Hand in meiner, ich renne und dann … es ist weg. Ich schüttele den Kopf.

»Meine ist Silvester 1999.« Er verschränkt die Hände und schaut auf das Tal unter uns. »Ich erinnere mich daran, dass mich mein Vater kurz vor Mitternacht aufgeweckt hat. Ich dachte, er wolle mit mir spielen, aber dann sagte er mir, dass die Welt gleich untergehen werde, und sobald die Glocken das neue Jahrtausend einläuten würden, müssten wir alle sterben. Ich war zwei Jahre alt.«

Ich starre Joshua an und versuche, ihn mir als kleinen Jungen vorzustellen. »Was? Warum hat dein Dad das gemacht?«

Joshua atmet geräuschvoll aus. »Weil er wirklich daran geglaubt hat. Mein Dad ist von der Endzeit besessen.«

»Der Endzeit?«

»Dem Jüngsten Tag, dem Ende der Welt. Mein Dad ist überzeugt davon, dass wir kurz vor einer Katastrophe stehen, die unsere Welt vernichten wird.«

Er hat ein abschätziges Grinsen aufgesetzt, als sei das alles nur ein großer Witz, aber statt zurückzugrinsen, schlinge ich die Arme fester um meine Knie und halte den Saum meines Kleides fest. Der Wind weht böig um den Tor.

»Na ja, zu seiner großen Überraschung endete die Welt aber nicht am Jahrtausendwechsel«, fährt Joshua fort. »Doch statt einzusehen, dass er falschgelegen hat, glaubte mein Dad nur, er habe das falsche Datum erwischt. So habe ich also den größten Teil meiner Kindheit damit verbracht, mich auf 2012 vorzubereiten. Erinnerst du dich an das ganze Theater um den Maya-Kalender? Der das Ende der Welt für die Wintersonnenwende vorhergesagt hatte?«

Ich nicke. An ein paar Sendungen darüber kann ich mich erinnern. Aber Joshua und sein Dad sehen nicht so aus wie die religiösen Spinner im Fernsehen. »Hast du wirklich geglaubt, die Welt geht unter?«

Er holt ein schwarzes Haargummi aus der Tasche und zwirbelt seine Locken zu einem unordentlichen Knoten zusammen. Jetzt sieht sein Gesicht so glatt und gelassen aus wie das eines russischen Balletttänzers. »Ich habe meinem Dad geglaubt.«

Er sagt es so leise, dass der Wind seine Stimme beinahe fortweht. Etwas an der Leere, die sich in seinem Gesicht ausbreitet, lässt mir das Herz anschwellen, und ich muss die Finger verschränken, um ihn nicht zu berühren. Das war einfacher, als er noch der arrogante Flirter war.

»Dann schlug es Mitternacht, später wurde es Morgen, und wir waren alle noch da«, sagt er. »Zuerst war ich nur erleichtert. Ich meine, ich war vierzehn, ich wollte nicht sterben. Aber als das nachließ, erkannte ich zum ersten Mal, dass mein Dad verblendet und besessen war.«

Er holt zittrig Luft. »Und dann bekam er Depressionen. Er konnte nicht aufstehen, sich nicht waschen, gar nichts mehr. Das ging monatelang so.«

»Und dann?«

»Ich habe ihn versorgt, so gut ich konnte, aber dann hat er versucht, sich umzubringen. Er nahm eine Überdosis, also musste ich den Notarzt rufen. Was bedeutete, dass sich das Jugendamt einschaltete und ich sechs Monate lang bei einer Pflegefamilie untergebracht wurde, während Dad in Behandlung war.« Er stößt die Worte so eilig von sich, als würde er über glühende Kohlen rennen.

»Oh, Joshua. Das tut mir so leid.«

»Auf lange Sicht gesehen war es besser so«, sagt er achselzuckend. »Bis zu diesem Zeitpunkt hatte mein Dad mich zu Hause unterrichtet, aber er hatte mir nur beigebracht, wie man eine Apokalypse überlebt. Als man mich zur Schule schickte, merkte ich schnell, dass ich zwar astronomische Navigation beherrschte, aber keinerlei Ahnung von höherer Mathematik oder anderem Schulstoff hatte.« Er beißt die Zähne zusammen, und ich spüre die Scham und Demütigung, die immer noch in ihm brennt.

»Na ja«, fährt er fort, »mein Dad wurde als manisch-depressiv eingestuft, und als er wieder nach Hause kam, versprach er mir, seine Medikamente zu nehmen, ausnahmsweise mal mich an erste Stelle zu setzen und den ganzen Apokalypse-Quatsch zu vergessen. Er gab seinen Job als Theologieprofessor auf und wurde Englischlehrer. Ich habe gerade meine Abschlussprüfung gemacht, also kann ich bald studieren und von hier abhauen. Wir hatten endlich so was wie ein normales Leben, bis …«

»Bis?«

»Bis du aufgetaucht bist.«

Sein Blick bohrt sich in meinen, und einen Augenblick lang fühle ich mich wie ein Beutetier, das im Bann eines Tigers steht. Die Luft zwischen uns scheint zu vibrieren, und in meinen Ohren rauscht das Blut im Rhythmus meines Herzens.

»Ich? Was habe ich denn getan?«

Joshua zieht eine Augenbraue hoch. »Hast du noch nie die Offenbarung gelesen?«

»Ich kenne die Bibel gar nicht. Dad wollte nie eine im Haus haben.«
»Ehrlich? Du Glückliche. Angeblich ist die Offenbarung eine Art Prophezeiung, eine Warnung an die Menschheit, aber sie ist total irre, als sei der Typ die ganze Zeit komplett stoned gewesen, als er sie aufgeschrieben hat. Zusammengefasst steht in der Offenbarung, dass in der Endzeit das Biest – der Antichrist – aus dem Abgrund steigen und für kurze Zeit die Welt beherrschen wird, bis der Messias zurückkehrt und den Antichrist besiegt. Damit läutet er dann den Tag des Jüngsten Gerichts und somit das Ende der Welt ein.«
Meine Hand wandert zu dem Isisknoten um meinen Hals, und ich denke an die Warnung meiner Großmutter: »Denn es naht die Zeit, in der Seine Dunkle Seele aus dem Abgrund emporsteigt.«
»Mein Dad glaubt jetzt nämlich nicht nur, dass dein Isisknoten beweist, dass er mit dem Ende der Welt recht hatte, sondern auch, dass er die Mission hat, es irgendwie zu stoppen.« Joshua stützt die Ellbogen auf die Knie und reibt sich das Gesicht. »Weil er bipolar ist, hat er manische Episoden, die dann in schwere Depressionen umschlagen. Ich mache mir Sorgen, dass er euphorisch werden könnte und dann wieder abstürzt, wenn ihm klar wird, dass das Ganze nur Blödsinn ist.«
»Und was, wenn er recht hat?«
Joshua lacht. Dann sieht er meinen Gesichtsausdruck. »Ernsthaft? Ach, komm schon. Glaubst du wirklich, es gibt einen gehörnten Teufel, der irgendwo in einer Grube gefesselt ist und nur darauf wartet, die Welt ins Chaos zu stürzen?«
»Natürlich nicht. Und mein Dad hat das auch nicht geglaubt. Ehrlich gesagt war er der größte Skeptiker der Welt. Wenn es um

Fakten und Beweise ging, verstand er überhaupt keinen Spaß. Er hat sogar seine eigene Karriere in den Sand gesetzt, weil es zu wenige eindeutige Beweise für eine genaue Datierung der Pyramiden gibt. Aber aus irgendeinem Grund war er überzeugt davon, dass dieser Isisknoten zu etwas Realem, zu einer Wahrheit führt.«

Joshua schüttelt den Kopf.

»Ich glaube auch nicht wirklich an den Teufel«, sage ich. »Aber findest du es nicht auch seltsam, dass Josef von Arimathäa den ganzen Weg vom Nahen Osten nach England gereist ist? Warum hätte er ohne Grund etwas hier verstecken und eine Reihe rätselhafter Hinweise darauf erschaffen sollen? Hinweise, denen mehr als zweitausend Jahre später jemand folgen soll?«

»Weil er wahrscheinlich komplett durchgeknallt war«, sagt Joshua und zeigt auf die immer noch singende Frau in Weiß, die jetzt um den Turm herumhüpft. »Glastonbury ist voller Schwindler und Betrüger, Leute, die ihr Geld damit verdienen, die Träume naiver Hippies von einer mystischen Gegenwelt auszunützen, anstatt diese hier besser zu machen.«

»Nein. Das ist nicht das Werk eines einzelnen Wahnsinnigen. Denk doch an die vier Hügel, an die Mühe, die es gekostet haben muss, sie so aufzuschütten, dass wir Tausende Jahre später die Verbindung zwischen ihnen erkennen können.«

»Das ist reiner Zufall. Wenn ich eine Landkarte dabeihätte, dann könnte ich mit Sicherheit ein paar Hügel finden, die ein Dreieck oder einen Stern bilden. So sind wir Menschen nämlich. Wir sehen Muster, wo keine sind. Glaub mir, Maria, ich weiß, wo das hinführt. Bald siehst du nur noch Muster innerhalb von Mustern, und irgendwann bist du auch verrückt.«

»Aber das Universum besteht wirklich aus Mustern und Zahlen. Die Fibonacci-Folge, der Goldene Schnitt, Pi. Wie Pythagoras sagte: *Alles ist Zahl*. Es ist nicht verrückt, an etwas zu glauben, was auf mathematischen Tatsachen beruht.«

Joshua wirft den Kopf in den Nacken und lacht schallend los.

»Was ist?«

»Du. Du siehst aus wie eine Punk-Amazone, aber du polierst Briefkästen und zitierst Pythagoras.«

»Tut mir leid, wenn ich nicht in deine sauberen, kleinen Klischee-Kästchen passe.«

»Sollte keine Beschwerde sein.«

Mein Herz schlägt schneller, als ich seinen Blick erwidere.

Schließlich hebt er beschwichtigend die Hände. »Hör zu. Vergiss mal die Bibel und Pythagoras, okay? Könntest du diese ganze Sache nicht vergessen? Bitte? Für meinen Dad?«

»Das mit deinem Dad tut mir leid, aber was ist mit meinem? Jemand hat ihn ermordet, damit er nicht herausfindet, wo dieser Isisknoten hinführt.«

»Warum war er denn so sicher, dass das Ding irgendwo hinführt?«

»Weil meine Mum Albträume über die Rückkehr von Belial, dem Antichristen, hatte. Niemand glaubte ihr – nicht mal mein Dad. Als meine Großmutter ihm den Isisknoten gab, hat er bestimmt Schuldgefühle bekommen. Er war fest entschlossen, herauszufinden, ob meine Mum damals die Wahrheit gesagt hat. Und ich habe versprochen, ihm dabei zu helfen. Das war das Letzte, was ich zu ihm gesagt habe.«

»Was ist mit deiner Mum passiert?«

»Sie starb, als ich noch ein Baby war.«

Joshua betrachtet mich forschend. »Meine Mum ist auch gestorben, als ich noch ein Baby war«, sagt er leise. Der Wind weht pfeifend über den Tor. Joshua sagt nicht, dass es ihm leidtut oder dass er versteht, wie es ist, seine eigene Mutter nicht zu kennen. Das muss er auch nicht. Obwohl wir uns gerade erst kennengelernt haben, spüre ich den starken Drang, seine Hand zu nehmen.

»Was machst du morgen Abend?«, fragt er unvermittelt.

»Wieso?« Ich bin total überrumpelt.

»Ich habe einen Gig mit meiner Band, aber wir könnten uns danach treffen und eine Runde graben gehen.«

»Das könnten wir. Aber wieso hast du deine Meinung geändert?«

»Weil du dich in die Sache verbissen hast und nicht aufgeben wirst. Je schneller wir also beweisen, dass das Ganze ein Fake ist, desto besser. Je länger mein Dad sich Hoffnungen macht, desto schlimmer stürzt er später ab.« Er steht auf und streckt mir die Hand hin. »Abgemacht?«

»Abgemacht«, sage ich, ignoriere seine Hand und springe auf. »Aber was ist, wenn sich herausstellt, dass du derjenige bist, der unrecht hat?«

»Dann soll mich der Teufel holen«, sagt Joshua und lacht.

KAPITEL 9

Ich drehe mich noch einmal um und kämpfe mit dem Kissen und der Erinnerung an den Sarg meines Dads. Mit fest zusammengekniffenen Augen schiebe ich das Bild beiseite und konzentriere mich auf das Heulen des Windes draußen. Wie stark er heute auf dem Tor geweht hat. Mein Atem wird langsamer, und ich stelle mir vor, wie ich dort oben unter dem weiten Himmel stehe und zusehe, wie die goldene Sonne hinterm Horizont versinkt, bis …

… ich in Dunkelheit gehüllt bin, eine so undurchdringliche Schwärze, dass ich nichts sehen oder spüren kann. Mein Mund wird trocken, als mir klar wird, wie allein ich bin.

Ich schaue nach oben, durchdringe das Schwarz mit meinem Blick, bis ein Stück Marineblau über mir erscheint, das silbern gesprenkelt ist.

Eine Hand streckt sich nach mir aus, und ich schluchze vor Erleichterung, aber je näher sie mir kommt, desto kälter wird mir.

Die Hand wird größer, dunkler, und die Luft ist erfüllt von durchdringendem Fäulnisgestank.

Und plötzlich weiß ich es.

Es ist Seine Hand. Die Hand des Teufels.

Und Er ist nicht gekommen, um mich zu retten, sondern um mich zu zerstören.

Ich schrecke mit hämmerndem Herzen hoch.
Und merke, dass sich eine Hand um meine Kehle schließt.
Ich schreie.
Eine dunkle Gestalt – nicht mehr als ein Schatten – zuckt zurück und ist verschwunden.
Ich blinzele in die Dunkelheit und drücke mich Schutz suchend gegen die Wand.
»Maria, was ist los?« Bella stürmt in mein Zimmer.
»Hier war jemand«, sage ich kurzatmig mit hoher Stimme.
»Wann?«
»Gerade eben«, sage ich. Meine Hand fliegt an meinen Hals. »Oh mein Gott. Jemand hat mich berührt, als ich geschlafen habe.«
Bella schaltet die Lampe an, und Licht durchflutet den Raum.
»Hier ist niemand«, sagt sie.
»Dann hat mein Schrei wohl gewirkt«, keuche ich. Das Herz schlägt mir immer noch bis zum Hals.
»Ich bin gerade eben über den Flur gerannt. Da war niemand.«
Sie führt mich nach unten, wo wir die Türen und Fenster überprüfen, aber sie sind alle abgeschlossen.
»Es muss ein Traum gewesen sein«, sagt Bella schließlich und zieht den Gürtel ihres Morgenrockes enger.
»Jemand war in meinem Zimmer. Ich habe ihn gesehen. Und gespürt«, beteuere ich und reibe mir Hals und Hände mit Desinfektionsgel ein.
»Es ist unmöglich, dass jemand durch eine abgeschlossene Tür hier eingedrungen ist oder unbemerkt an mir vorbei über die Treppe flüchten konnte. Es war nur ein Albtraum, Maria, das verspreche ich dir. Du hattest einen schwierigen Tag, bist emotional aufgewühlt. Aber wenn du wirklich glaubst, dass jemand in deinem Zimmer war, dann rufe ich die Polizei.«

Ich stelle mir bullige Polizisten in meinem Schlafzimmer vor, ihre höflich-mitleidigen Blicke, als sie meinen gestammelten Erklärungen lauschen. »Nein«, sage ich schließlich. »Du hast wahrscheinlich recht.«
Aber als Bella wieder in ihr Zimmer geht, schiebe ich die hölzerne Wäschetruhe vor die Tür und kauere mich unter meinen Decken zusammen. Was hatte Michael noch mal über meine Mutter gesagt?
»Anai war überzeugt davon, dass der Teufel persönlich hinter dir her sei. Sie sagte, im Schlaf könne sie sehen, wie sich Seine dunkle Hand nach ihrem …«
Hör auf. Joshua hat recht. Den Teufel gibt es nicht.
Aber ich kann mich nicht dazu überwinden, das Licht auszuschalten, also nehme ich die Bibel meiner Mutter mit ins Bett und lese darin bis zum Morgengrauen.

KAPITEL 10

Heute Morgen war es ganz einfach, die Ereignisse der Nacht als einen Albtraum abzutun. Aber jetzt um Mitternacht, allein in einer dunklen Straße, fühlt sich die Erinnerung an eine Hand um meinen Hals schrecklich real an.

Ich zucke zusammen, als sich die Tür des *The George and Pilgrim* klimpernd öffnet und ein paar Jungs erscheinen, die Boxen und Instrumentenkoffer schleppen.

Joshuas Haar schimmert im Schein der Straßenlaterne, und drei wartende Mädchen eilen auf ihn zu, gurren wie Täubchen seinen Namen und schwärmen ihm vor, wie toll sie den Gig und vor allem *ihn* fanden.

Ich zwinge mich wegzusehen und mustere die Shampooflaschen im Schaufenster der Drogerie hinter mir, während er Autogramme gibt und über ihre Fragen lacht wie ein echter Rockstar. Als ich wieder hinsehe, hieven Joshua und seine Freunde ihr Equipment in einen alten weißen Minivan, in den auch die Mädchen gerade steigen. Joshua knallt die Heckklappe zu und klopft auf das Blech. Der Van fährt los, und er winkt ihm nach. Aus den offenen Fenstern plärrt laute Rockmusik. Der Van biegt um eine Ecke, und nun stehen nur noch Joshua und ich uns an der Straße gegenüber.

Ich verschränke die Arme. Wenn er glaubt, dass ich wie eins seiner Groupies zu ihm renne, dann ist er auf dem Holzweg.

Joshua macht eine gezierte Verbeugung und zeigt auf das schwere schwarze Motorrad, das neben ihm am Bordstein parkt.
Oh.
So lässig wie möglich schlendere ich über die Straße, die Daumen in die Gürtelschlaufen meiner schwarzen Jeans gehakt.
Ohne den Blickkontakt zwischen uns abzubrechen, schwingt Joshua elegant ein Bein über den Sattel, setzt sich auf sein Bike und umfasst die Lenkergriffe.
Ich versuche, ihn nicht allzu auffällig anzustarren. Ich wette, er weiß genau, wie gut er aussieht, mit seinem schwarzen T-Shirt, den dunklen Jeans und den von der Sonne gebleichten Haaren. Was für ein Poser.
Jetzt hält er mir einen schmutzigen weißen Motorradhelm hin. Genauso gut hätte er mir eine Bombe reichen können. Ich weiß, dass es gegen die Verkehrsregeln verstößt, ohne Helm Motorrad zu fahren, ganz zu schweigen davon, dass es dumm und gefährlich ist. Aber ich würde meinen Kopf lieber in einen Stock voll aufgeregter Bienen stecken als in dieses verschwitzte, bakterienverkrustete Ding. Gott weiß, wie viele ungewaschene Biker sich den Helm bereits über die fettigen Haare gezogen und mit ihren speichelnassen Mündern abgestandenen Atem im Inneren verteilt haben.
»Den trage ich nicht«, sage ich.
Er zieht eine Augenbraue hoch und nickt in Richtung meines rasierten Schädels. »Hast du Angst um deine Frisur?«
»Schließ nicht immer von dir auf andere.«
»Wer sagt denn, dass ich das tue?« Er lacht, aber sein Blick ist freundlich, als er forschend mein Gesicht betrachtet. »Von mir aus. Aber dann musst du dich gut festhalten.« Er schnallt den Helm an der Gepäcktasche des Bikes fest und setzt dann seinen eigenen auf.

Ich klettere auf die Maschine und lege meine Hände um seine Taille. Er muss kitzlig sein, denn er erschaudert unter meinen Fingern, und sein Brustkorb dehnt sich, als er scharf die Luft einzieht. Ich rutsche so lange nach vorn, bis meine Oberschenkel an seinen Beinen liegen und meine Hüften seinen Po berühren.
Joshuas Muskeln spannen sich unter meinen Fingern an, als er das Motorrad aufheulen lässt. Und dann rasen wir in die Nacht und lassen die High Street hinter uns.

Zuerst ist es schrecklich. Der Motor knurrt und knarrt in meinen Ohren, und der Benzingeruch verschmutzt mir die Lunge. Aber kurz bevor ich es nicht mehr aushalte, biegen wir von der Hauptstraße ab und fahren eine dunkle Landstraße entlang. Das Röhren der Maschine vermischt sich mit dem Rauschen des Windes, ohne Straßenlaternen gibt es nur noch unsere Scheinwerfer und die Schatten der Allee. Wir biegen in eine noch kleinere Straße ein, diesmal von blühenden Hecken gesäumt, und ich schließe die Augen und atme die süß duftende, taufeuchte Nachtluft ein. Es ist, als erahne mein Körper instinktiv, wie er auf die Bewegungen des Motorrads reagieren muss, und ich lehne mich mit Joshua in die vielen Kurven, die unseren Weg durch die Nacht bestimmen.
Die Hecken machen hohen Laternenpfählen mit hellen Lampen Platz, die Lichttümpel auf Häuser mit kleinen Gärten werfen. Das Bike wird langsamer, der Wind flaut ab, und wir halten auf einem kleinen Parkplatz.
Ich bleibe in der plötzlichen Stille wie betäubt sitzen. Das Echo des Motors hallt in meinen Ohren wider.
Joshua nimmt den Helm ab und schüttelt sein Haar aus. »Du kannst jetzt loslassen«, sagt er und schaut mich an.
Ich schaue verwirrt in sein lachendes Gesicht. »Was?«

Oh. Ich löse meine Hände von seiner Taille und steige vom Motorrad. Erst jetzt wird mir bewusst, wie fest ich ihn umklammert habe. »Der Brunnen ist da oben bei der Böschung«, sagt Joshua. »Ungefähr fünfzig Meter weiter hinten. Direkt hinter dem Eingang zur Burg.«
Ich schaue seinem Finger nach und erkenne in der Dunkelheit den Anfang eines Pfades, der sich in den schwarzen Hügelklumpen verliert, die den Horizont sprenkeln.
»Eine richtige Burg gibt es hier aber gar nicht«, fährt er fort. »Nur eine Hügelfestung aus der Römerzeit. Eigentlich nur ein unebener Hügel. Aber keine Angst, ich kenne den Weg.« Er zieht einen kleinen Rucksack aus seiner Satteltasche, zieht ihn über und geht über den Parkplatz.
Ich zögere. Habe ich wirklich die Absicht, um Mitternacht mit einem Typen, den ich kaum kenne, in einer menschenleeren Gegend rumzustapfen? Ich schaue mich auf dem verlassenen Parkplatz um, auf dem nur ein paar Nachtfalter ihre schweren Körper gegen den Schirm der einzigen Laterne werfen. Mein einsamer Schatten erstreckt sich lang über den Asphalt.
Ich trage eine dünne Schicht Handgel auf und warte, bis es in der warmen Sommerluft verdunstet ist. Dann folge ich Joshua in die Schatten.

»Hier ist er«, sagt Joshua. »Der Artus-Brunnen.«
Ich folge dem Schein seiner Taschenlampe. Wir sind am Fuße der Hügelfestung, und zuerst sehe ich nur eine Böschung aus von der Sonne fest gebackener Erde. Die Wurzeln alter, krummer Bäume ragen wie Knochen aus dem Erdreich. Aber zwischen einem Fleck aus grünem Gras und einer Handvoll Löwenzahn sehe ich eine konkave Steinhaube in der Farbe von getrocknetem Ton, die in

den Hügel eingelassen ist. Darunter ist ein kleines, rundes Becken. Es ist nur einen guten halben Meter breit und hoch, und das Ding sieht eher wie ein Abfluss oder Abwasserkanal aus. Joshua lässt den Strahl seiner Lampe über die rostrote Erde wandern, die uns umgibt. Irgendein Tier huscht raschelnd aus dem Lichtkegel.

»Hier«, sagt er und reicht mir die Lampe. »Halt mal.«

Er kauert sich auf den Boden und räumt mit bloßen Händen ein paar Zweige zur Seite, die auf der Erde neben der Brunnenöffnung liegen. Als er wieder aufsteht, hat er zwei Klappschaufeln in den Händen, und ich lasse den Schein der Taschenlampen über ihre matt schimmernden, metallenen Formen wandern.

»Okay. Ich nehme mal an, wir müssen unter diesem Brunnen graben. Wie tief sollen wir gehen?«

»Auf dem Knoten steht: *Wo die Quelle entspringt, nehmt das Maß eines Mannes.* Damals hat man Menschen noch in Ellen gemessen, und der durchschnittliche Mann war vier Ellen lang.«

»Wie lang ist eine Elle?«

»Na ja … die Botschaft ist zweitausend Jahre alt, also nehme ich an, es handelt sich um eine biblische Elle. Das wären knapp 46 Zentimeter.«

»Also insgesamt …«

»Ein Meter vierundachtzig. Hast du ein Maßband mitgebracht?«

Er flucht.

Ich ziehe ein Rollbandmaß aus der Tasche und drücke einen Knopf. Das Maßband schießt wie ein Schwert zwischen uns hervor. »Na, so ein Glück, dass ich daran gedacht habe.«

Grinsend hält er mir eine Schaufel entgegen.

Als ich keine Anstalten mache, sie ihm abzunehmen, legt er den Kopf schief. »Was ist? Willst du lieber mit bloßen Händen graben?«

»Ich hatte eigentlich gar nicht vor, zu graben«, sage ich. Bei dem Gedanken an all den Schmutz, den Hundekot, die Keime, Würmer und Spinnen unter meinen Füßen schnürt sich mir der Brustkorb zu.

»Okay, ich habe kapiert, dass du dir nicht gerne die Hände schmutzig machst«, sagt Joshua, rammt die Schaufelspitzen in die Erde und stützt sich auf den Griffen ab. »Aber jetzt ist wirklich nicht der richtige Zeitpunkt, um die feine Dame raushängen zu lassen.«

»Ich lasse gar nichts raushängen!«, schreie ich ihn an. »Du verstehst das nicht! Ich bin … ich … ich …« Ich blase die Backen auf und zwinge mich dazu, ihm das erbärmliche Wort entgegenzuspucken. »Ich habe Mysophobie.«

»Myso-was?«

»Mysophobie. Das bedeutet krankhafte Angst vor Bakterien und Schmutz. Deshalb desinfiziere ich mir ständig die Hände. Du hast es ja gesehen. Ich kann nicht einmal einen normalen Briefkasten anfassen, also ist es für mich völlig unmöglich, ein Loch in die Erde zu graben. Es tut mir leid, ich hätte dir das schon längst sagen müssen.«

Ich beobachte, wie die Wolken über den Mond ziehen, und wappne mich für die Fragen, die normalerweise auf mich einprasseln, wenn jemand herausfindet, was wirklich mit mir los ist. Aber als das Schweigen immer länger wird, schaue ich schließlich zu Joshua. Und sehe, dass er mich ebenfalls ansieht.

»Hey, das ist okay«, sagt er. »Du musst dich nicht entschuldigen. Jeder Mensch hat vor irgendetwas Angst.«

»Als ob du vor irgendetwas Angst hättest!«

»Ehrlich gesagt habe ich Angst vor Wasser. Todesangst sogar. Mein Dad hat mir immer wieder gesagt, dass ich die Angst vor dem Ertrinken nur besiegen kann, wenn ich schwimmen lerne.

Aber jedes Mal, wenn er mit mir ins Hallenbad gegangen ist, habe ich die ganze Bude zusammengebrüllt.«

Ich leuchte sein Gesicht an. Die Schatten seiner Wimpern liegen wie kleine Federn auf seinen Wangen.

»Deine Aufmerksamkeit ist sehr schmeichelhaft«, sagt Joshua. »Aber ich glaube, wir sind hier schneller fertig, wenn du den Boden anleuchtest.«

Ich lasse den Strahl nach unten wandern und bin dankbar für die Dunkelheit, die unsere Gesichter verbirgt.

KAPITEL 11

Es hat seit Wochen nicht mehr geregnet, und Joshua hat zuerst Schwierigkeiten, die trockene, harte Erde aufzugraben, aber schließlich prallen herausgelöste Erdklumpen auf den Boden und wirbeln Staub und Erde auf.

Ich halte mir mein Taschentuch vor Mund und Nase, schaue zum Nachthimmel hinauf und versuche, nicht an all die Pilze und Bakterien zu denken, die hier herumwirbeln müssen. Die Nacht ist klar, und der Anblick der vielen Sterne erinnert mich daran, was ich gestern in der Bibel meiner Mutter gelesen habe, als ich nach Spuren suchte, die mich ihr näherbringen würden.

Dad hatte sich immer geweigert, eine Bibel ins Haus zu lassen, also kam ich mir gestern Nacht vor, als würde ich ein verbotenes Buch lesen, obwohl die Bibel verglichen mit den Geschichten über ägyptische Götter und Göttinnen, mit denen ich aufwuchs, enttäuschend langweilig ist. Als ich kleine, lavendelfarbene Zettel fand, die zwischen die Seiten gesteckt worden waren, schlug mein Herz voller Hoffnung schneller. Ich weiß nicht, was ich erwartet hatte – Tagebuchfragmente, Liebesbriefe an meinen Dad? –, aber es waren nur handschriftlich kopierte Bibelpassagen.

Ich faltete alle Zettel auseinander, legte sie auf meinem Bett aus und starrte auf die saubere, ordentliche Handschrift in verblasster schwarzer Tinte. Manche Passagen stammten aus dem Buch Joel oder Jesaja, einige auch aus dem Matthäusevangelium. Aber der größte Teil war aus der Offenbarung kopiert worden. Eine Passage las ich wieder und wieder, meine Zunge klebrig und trocken in dem Mund, der die Prophezeiung nachsprach:

Und ich sah, dass es das sechste Siegel auftat; und siehe, da ward ein großes Erdbeben, und die Sonne ward schwarz wie ein härener Sack, und der Mond ward wie Blut. Und die Sterne des Himmels fielen auf die Erde, gleichwie ein Feigenbaum seine Feigen abwirft, wenn er von großem Winde bewegt wird. Und der Himmel entwich wie ein eingewickelt Buch; und alle Berge und Inseln wurden bewegt aus ihren Örtern.

Ich zucke zusammen, als Joshua mich fragt, ob ich etwas zu trinken dabeihabe. Ich reiche ihm eine Flasche aus meinem Rucksack, und er legt den Kopf in den Nacken, trinkt und schüttet sich den Rest des Wassers übers Gesicht. Die Tropfen, die über seine Wangen und seinen Hals laufen, erfüllen die Luft mit dem Duft von Vanilleseife, dem würzigen Geruch seines Deos und frischem Schweiß. Als er fertig ist, hält er mir die leere Flasche hin. Seine langen Wimpern sind vom Wasser zu Dreiecken zusammengeklebt.

Er beginnt wieder zu graben, und nach ungefähr einer weiteren Stunde steigt er aus dem Loch und kauert sich dann mit dem Maßband daneben. »Das war's«, sagt er dann und steht auf. »Ich habe genau einen Meter vierundachtzig tief gegraben, und hier ist nichts. Nicht einmal ein alter Hundeknochen.«

Ich leuchte in das Loch. Hier muss etwas sein. »Vielleicht habe ich mich mit der biblischen Elle getäuscht«, sage ich. »Vielleicht ist die Botschaft älter als die Bibel. Eine ägyptische Königselle war gut 52 Zentimeter lang, und ihre Könige waren sehr groß – im

Durchschnitt einen Meter dreiundneunzig. Du musst also noch zehn Zentimeter tiefer graben.«

»Ach, wirklich? Und wenn das auch nichts bringt, soll ich es dann mit der hebräischen oder der babylonischen Elle versuchen? Jesus Maria, dann sitzen wir die ganze Nacht hier.«

»Nein, es kann nur die ägyptische Elle sein«, sage ich und hole den Isisknoten unter meinem T-Shirt hervor. »Es muss einen Grund dafür geben, dass ein Mann aus dem Nahen Osten eine Botschaft auf ein ägyptisches Symbol geschrieben hat. Vielleicht ist das ja noch ein Hinweis.«

»Nein.« Joshua wirft abwehrend die Hände hoch. »Genau das hat mein Dad früher auch immer gemacht: Wenn die Tatsachen keinen Sinn ergaben, hat er jedes Mal die Parameter neu arrangiert. Ups, die Welt konnte ja gar nicht 1998 enden, weil sie ja im Jahr 2000 endet. Oh, sorry, sagte ich 2000? Ich meinte natürlich 2012. Ach, doch nicht. Dann eben 2026. Es gibt immer einen Grund, Maria. Immer eine neue Erklärung. Alles ist einfacher, als sich der Wahrheit zu stellen.«

Er nimmt seine Schaufel, und einen Moment lang glaube ich, er gräbt weiter. Aber stattdessen benutzt er sie wie einen Besen und beginnt, den Aushub wieder in das Loch zu fegen.

»Nein! Nicht!«, schreie ich.

»Willst du weitergraben?«, fragt er und hält mir die Schaufel hin. »Nur zu.«

Ich starre auf den schweißfeuchten, dreckverkrusteten Metallgriff. Ich muss nur die Hand ausstrecken und die Schaufel nehmen.

Das ist alles.

Ich balle die Hände zu Fäusten und versuche, mich durch Willenskraft dazu zu bringen, zuzugreifen. Aber selbst der Gedanke daran verursacht mir Übelkeit. »Was ist los mit dir?«, schreie ich

und richte all meinen Ärger gegen Joshua. »Warum bist du so wild darauf, zu beweisen, dass hier nichts ist? Wovor hast du denn Angst?«
»Was mit *mir* los ist? Warum willst *du* denn unbedingt beweisen, dass hier etwas ist? Was erhoffst du dir davon? Selbst wenn du hier etwas findest, dann ist es immer noch zu spät für deinen Dad. Es tut mir leid, Maria, aber das hier bringt ihn dir nicht zurück. Aber für meinen Dad ist es noch nicht zu spät.«
Joshua schaufelt entschlossen weiter Erde zurück in das Loch. Jeder hineinfallende Erdklumpen fühlt sich an wie ein Schlag ins Gesicht.
»Du hast recht«, sage ich und leuchte ihm ins Gesicht. »Es ist zu spät für meinen Dad. Er hat meiner Mum nicht geglaubt und es bis zu seinem Tod bereut. Aber für mich ist es noch nicht zu spät. Vielleicht hast du recht, und hier ist wirklich nichts. Aber ich habe meinem Dad versprochen, es zu versuchen.« Wie immer, wenn ich daran denke, dass das meine letzten Worte an ihn waren, bricht meine Stimme. Ich denke daran, wie er mich an jenem Abend angesehen hat.
Joshua hält mit dem Schaufeln inne. Er starrt mich heftig atmend an. »Na gut«, sagt er dann. »Ich versuche es noch mal mit ägyptischen Königsellen, aber wenn dann immer noch nichts da ist, probiere ich keine andere Maßeinheit mehr aus. Verstanden?«
»Okay.«
Joshua packt den Saum seines T-Shirts und zieht es sich mit einer schnellen, ärgerlichen Bewegung über den Kopf. Ich erhasche einen Blick auf seine Achselhaare und die dunkle Linie, die von seinem Nabel abwärts läuft und in seiner Jeans verschwindet.
Schnell senke ich den Lichtstrahl und leuchte das Loch an, in dem Joshua erneut zu graben beginnt. Ich glaube, es zieht ein Sturm

auf, denn der Wind hat aufgefrischt, und die Nachtluft ist vom Ächzen starker Äste und einem Geruch nach Schwefel und Regen erfüllt.
Joshua gräbt und gräbt, bis er schließlich frustriert die Schaufelspitze in die Erde rammt. »Ich hab es dir doch gesagt, das war reine Zeit…« Er verstummt.
»Was?«
Joshua stellt den Stiefel auf das Schaufelblatt. »Ich kann nicht richtig … Da ist etwas …« Er schaut auf, und unsere Blicke treffen sich.
Da ist etwas.
Joshua kauert sich hin und schiebt mit den Händen die Erde zur Seite. Ich starre seinen im Licht der Taschenlampe blendend weißen, nackten Rücken an, während er den Boden aufwühlt. Dann erstarrt er.
»Was? Joshua! Was ist?«
Ohne ein Wort steht er auf und hält mir einen langen, dunklen Gegenstand entgegen, ungefähr so lang wie sein Unterarm.
»Was in Gottes Namen macht ihr zwei denn da?«, sagt eine Stimme hinter mir.
Ich wirbele herum, geblendet durch das Licht, das mir ins Gesicht scheint.
»Bella?«
»Was machst du denn da?«, zischt sie mich an. »Willst du uns alle ins Gefängnis bringen? Als ich gemerkt habe, dass du nicht in deinem Zimmer bist, habe ich zwar vermutet, dass du hier oben bist, aber ich hätte niemals geglaubt, dass du so dumm sein könntest, hier ohne Erlaubnis zu graben. Hast du eine Vorstellung davon …« Sie verstummt, als der Strahl ihrer Taschenlampe das Bündel in Joshuas Armen findet. »Was ist das? Habt ihr das unter dem Brunnen gefunden?«

Bella stolpert auf uns zu und nimmt Joshua das Bündel ab. Sie hält es wie ein Baby, und ihre Finger mit den roten Nägeln wandern zu der Schnur, die den ledernen Beutel verschließt, in dem das Objekt liegt. Aber dann ballt sie die Hand zur Faust.

»Nein. Wir müssen warten, bis wir in einer sterilen Umgebung sind«, sagt sie halblaut zu sich selbst. »Es ist unmöglich, zu sagen, wie alt es ist – oder aus welchem Material es besteht. Luftkontakt könnte den Inhalt zerstören.« Sie schaut auf den riesigen Erdhaufen vor uns und sagt mit fester Stimme: »Na gut. Füllt das wieder auf, damit niemand merkt, dass hier gegraben wurde. Ich nehme das hier mit in mein Labor und schaue mir an, was ihr gefunden habt.«

KAPITEL 12

»Komm rein und setz dich. Hast du Hunger? Willst du was trinken?«, fragt Michael und winkt mir mit der Suppenkelle zu. Ich bleibe stehen, weil ich nicht weiß, welche seiner Fragen ich zuerst beantworten soll.
»Ist Bella schon hier?«, frage ich.
»Nein, aber sie müsste gleich hier sein. Ich kann es kaum erwarten, endlich herauszufinden, was ihr dort gefunden habt«, sagt er. Wir grinsen uns gegenseitig nervös an.
»Hey.« Joshua ist ins Zimmer gekommen. Sein Anblick lässt mir das Blut in den Kopf schießen.
»Alles okay?«, fragt er und mustert mich forschend.
»Mir geht's gut«, lüge ich. Ich habe in den vergangenen drei Nächten kaum geschlafen, weil ich jedes Mal, wenn mir die Augen zufallen, sofort Albträume habe, in denen ich im Dunkeln gefangen bin. Ich weiß, dass es nur Träume sind – ich habe nicht noch einmal geglaubt, es sei jemand in meinem Zimmer –, aber ich wache trotzdem jedes Mal schwitzend und um Atem ringend auf.
Joshua kneift die Augen zusammen. Er hat die beinahe unheimliche Fähigkeit, mir das Gefühl zu geben, er könne bis in mein Inneres sehen. Als würde er mich kennen.
»Und was ist mit dir?«, frage ich, um das Thema zu wechseln. »Hast du inzwischen verkraftet, dass du unrecht hattest?«
»Dass wir in Cadbury etwas ausgegraben haben, heißt noch lange

nicht, dass ich unrecht habe. Wahrscheinlich ist es nur die uralte Vesperbox eines Bauern.« Er leckt sich die Lippen und schaut Michael an. »Stimmt's, Dad?«
Es klingelt.
»Das ist bestimmt Bella«, sagt Michael und eilt zur Tür.
Michael führt Bella ins Wohnzimmer und fragt, ob sie zuerst etwas essen will.
Bella schaut mich lächelnd an. »Ich glaube nicht, dass Maria noch so lange warten kann, also zeige ich es euch am besten gleich, in Ordnung?« Sie zieht einen Memorystick aus ihrer braunen Ledertasche. »Kann ich euren Computer benutzen?«
»Klar.«
Sie registriert meine verblüffte Miene. »Ich konnte auf keinen Fall das Artefakt selbst mitbringen«, sagt sie. »Das Stück ist sehr alt, also muss es in einem speziellen Raum mit kontrollierter Luftfeuchtigkeit aufbewahrt werden.«
Ich werfe Joshua einen triumphierenden Blick zu. Von wegen Vesperbox.
»Was ist es denn nun?«, fragt Michael.
»Eins nach dem anderen«, sagt Bella. Sie öffnet eine Datei, bevor sie sich mir zuwendet. »Der Gegenstand, den ihr unter dem Brunnen gefunden habt, war sorgfältig in Lammfell gewickelt – sehr, sehr altes Lammfell. Es war ziemlich mitgenommen, hat aber seine Aufgabe erfüllt. Und zwar, dieses Schmuckstück hier zu schützen.« Sie beugt sich vor und klickt auf das Foto eines Steinquaders, der ungefähr sechzig Zentimeter lang und so breit wie meine Hand ist. Der Stein könnte roter Granit sein. Die Ecken sind sanft abgerundet, und im Zentrum ist eine vertraute Form eingemeißelt:
»Genau wie auf meiner Kette«, sage ich und umklammere den Isisknoten an meinem Hals. »Das Blut der Isis.«

»Ist der Steinblock dann auch aus Ägypten?«

»Nicht zwangsläufig. Obwohl die Gravur auf einen ägyptischen Ursprung hindeutet, erzählt der Inhalt eine gänzlich andere Geschichte.«

»Der Inhalt?«, wiederhole ich.

»Ja, der Granit ist innen ausgehöhlt worden, wie eine Art Steinsarg. Ein Minisarkophag, wenn man so will.« Sie klickt auf das nächste Foto, auf dem der steinerne Deckel aufgeklappt ist.

»Seht ihr diese Markierungen hier?« Bella zeigt auf eine Reihe Linien und Punkte, die in die Innenseite des Deckels gemeißelt wurden. »Dies ist eine frühe Form des Hebräischen, die Quadratschrift genannt wird. Sie ist extrem selten.« Sie richtet sich auf. »Habt ihr schon mal von den Schriftrollen vom Toten Meer gehört?«

»Ja, habe ich«, sage ich. Während meiner Recherchen zum Namen Belial war ich auf eine Website mit Informationen dazu gestoßen. »Aber ich weiß nicht genau, was damit gemeint ist.«

»Die Schriftrollen vom Toten Meer waren die wichtigste archäologische Entdeckung des 20. Jahrhunderts«, sagt Bella. »Bis sie gefunden wurden, war die älteste Ausgabe der Bibel der Leningrad-Kodex, der um 1000 n. Chr. geschrieben wurde. Aber 1947 entdeckten zwei Beduinen, Schäfer, die Höhlen beim Toten Meer erkundeten, uralte Schriftrollenfragmente in versiegelten Behältern. Es stellte sich heraus, dass sie komplette Bibelabschriften enthielten, die in einer obskuren Form des Hebräischen verfasst wurden. Die Kohlenstoffdatierung bewies, dass die Schriftrollen irgendwann zwischen 62 vor und 250 nach Christus verfasst worden waren. Mit anderen Worten zu der Zeit, in der Jesus tatsächlich gelebt hatte.«

»Wow«, sagt Michael. »Und dieser Sarkophag enthielt eine dieser Schriftrollen?«

»Na ja, das kommt darauf an, wie man den Begriff definiert«, sagt Bella. »Zu den Schriftrollen zählen mehr als neunhundert Dokumente, die auf den unterschiedlichsten Pergamentarten niedergeschrieben wurden: Kalb, Lamm, gelegentlich Velin. Es gab nur eine Ausnahme: Eine der Schriftrollen, die in den Höhlen gefunden wurde, bestand aus Kupfer.«

»Aus Kupfer?«, wiederholt Joshua.

Bella nickt. »Vor zweitausend Jahren haben es unsere Vorfahren irgendwie geschafft, ein riesiges Kupferblech dünn und flach zu hämmern, es dann mit Schriftzeichen zu gravieren und zu einer Schriftrolle zusammenzurollen. Sie wussten, dass Pergament irgendwann verrotten würde, und waren entschlossen, diese Informationen für die Ewigkeit festzuhalten.«

»Und was war die Botschaft?«, frage ich.

»Im Grunde genommen ist es die Inventur eines riesigen Schatzes – von dem aber kein Stück jemals gefunden wurde. Es gibt auch Gerüchte – oder vielmehr Legenden – über eine Schwesternrolle, die Silberne Schriftrolle, aber niemand hat sie je gefunden.«

Bella holt tief Luft und klickt das nächste Foto an.

»Bis heute. Denn in dem Sarkophag lag das hier.«

Ich beuge mich vor und sehe einen Holzständer, der aus zwei Sockeln besteht. Auf diesen Sockeln ruht ein metallisches, zylinderförmiges Objekt, das etwa so lang ist wie mein Unterarm. Es ist bleigrau mit schwarzen Sprenkeln. Als ich genauer hinsehe, merke ich, dass es kein massiver Gegenstand ist, sondern aus vielen Schichten dünnem Metall besteht, die aufgewickelt sind wie Teigschichten auf einem Nudelholz.

Michael pfeift durch die Zähne.

»Die Silberne Schriftrolle.«

KAPITEL 13

Ich habe meinen ehemaligen Professor in unseren Fund eingeweiht. Er sucht schon sein halbes Leben lang nach der Silberrolle«, sagt Bella. »Vor ein paar Jahren hat er eine spezielle Maschine entwickelt, mit der man gefaltetes Metall so langsam auseinanderrollen kann, dass es nicht so beschädigt wird wie damals die Kupferrolle. Er war so nett, sie mir auszuleihen. Es hat 48 Stunden gedauert, die uralten Silberplatten Stück für Stück aufzurollen.«

»Und?«, dränge ich.

»Eins nach dem anderen«, sagt Bella und hebt mahnend einen manikürten Finger. »Während der Wartezeit habe ich den Sarkophag geputzt und die im Deckel eingravierte Inschrift übersetzt.« Sie klickt wieder auf das Foto der alten hebräischen Schriftzeichen, die in den roten Granit gemeißelt sind. »Hier steht: *Das Erste von vielen.*«

»Und was bedeutet das?«, fragt Michael.

»Keine Ahnung«, sagt Bella.

»Und die Schriftrolle?«, werfe ich ein. »Was steht auf der Schriftrolle?« In meinem Kopf überschlagen sich die Möglichkeiten. Ich wünschte, mein Dad wäre hier, um diese Entdeckung mit mir zu teilen.

Bella nimmt ihre Brille ab. »Wir haben beinahe vier Meter reines Silber voll von althebräischen Zeichen entrollt. Ich habe Fotos von allen Sektionen gemacht, damit ich sie digital übersetzen konnte und die Schriftrolle möglichst wenig Licht ausgesetzt wurde. Die Dateien sind so groß, dass ich sie auf zwei USB-Sticks verteilen musste, aber um das Ganze zu verstehen, reicht es, wenn ich euch den ersten zeige.«

Michael und ich beugen uns vor, und unsere Schatten verdunkeln den Bildschirm, als sie einen weiteren Ordner öffnet. Wir sehen fleckiges Metall und zwischen den Schatten des Alters weitere Striche und Punkte, die tief in das uralte Silber graviert sind.

»Es ist genau dieselbe Quadratschrift, die auch auf dem Sarkophag eingraviert war«, sagt Bella.

Ich greife nach dem Isisknoten um meinen Hals und drücke die Kanten des alten Steins tief in meine Handfläche. Ich wusste es.

»Aber als ich den Text übersetzt habe, musste ich leider feststellen, dass er keinen Sinn ergibt.«

»Wie meinst du das?«, frage ich. Kehle und Brust schnüren sich mir zusammen.

»Die Worte ergeben keinerlei Sinn. Seht selbst.«

Sie lehnt sich in ihrem Stuhl zurück und gibt den Blick auf die Übersetzung frei.

Ich scanne hastig die Worte:

»Wenn Schaf der Korn Mais Fisch Vögel Bienen Schafe der Holz Fluss Fleisch Blume ein Büschel Ellen Fisch Heim Hof Löwe Rind Maultier Schlamm Feuer Holz …«

Was zum …? Ich lese die nächste Zeile und die darauffolgende, aber obwohl ich das Wort Belial erkenne, haben die Sätze keinerlei Bedeutung. Es ist, als habe jemand eine willkürliche Auswahl Wörter genommen und Reiskörner über den Bildschirm verstreut.

»Nein, das kann nicht stimmen. Du musst einen Fehler gemacht haben.«

»Tut mir leid«, sagt Bella. »Ich habe meine Übersetzung meinem alten Professor vorgelegt, und er hat bestätigt, dass sie stimmt. Seiner Meinung nach ist die Schriftrolle entweder das Werk eines analphabetischen Graveurs, der die Zeichen, die man ihm zum Kopieren vorgelegt hat, nicht verstand, oder eine extrem aufwendige Fälschung.«

Das Blut sackt aus meinen Wangen. »Es kann keine Fälschung sein. Vielleicht ist es in Code geschrieben. Meine Großmutter hat gesagt, dass …«

»Oh, Maria«, sagt Bella, das Gesicht voller Mitgefühl. »Ich wollte dir das eigentlich nicht sagen, weil ich weiß, wie sehr du darauf gehofft hast, deine Großmutter zu finden, aber …«

»Was ist?«

Bella seufzt. »Nun, die Polizei von Kairo hat es dank deiner Beschreibung endlich geschafft, die alte blinde Frau zu finden. Und wie sich herausstellt, hat sie ein ellenlanges Vorstrafenregister.«

»Meine Großmutter?«

»Das ist es ja. Sie ist nicht deine Großmutter, fürchte ich. Diese alte Frau ist polizeibekannt, weil sie häufig vorgibt, eine lang verschollene Verwandte zu sein. Manchmal eine Großmutter, manchmal eine Schwester oder Tante. Sie bringt ihre angeblichen Verwandten dazu, ihr das Geld für ein Flugticket zu schicken, damit sie sie besuchen kann. Aber natürlich verschwinden dann sie und das Geld auf Nimmerwiedersehen.«

»Nein!«, rufe ich. »Dad hat gesagt, dass sie alles über uns wusste. Sie wusste, dass meine Mum gestorben ist und ich Probleme habe. Sie war keine Betrügerin, das muss ein Fehler sein!«

»Die Vorlesung deines Dads war offiziell angekündigt, also war es kein Problem, bei Google oder Facebook nach deinem Vater zu suchen und das mit dir und deiner Mum herauszufinden. Die Polizei hat Zeugen, die diese Frau bei der Vorlesung deines Vaters gesehen haben. Ich fürchte, es gibt keinen Zweifel. Sie wusste, dass dein Vater ein einsamer, verwundbarer Witwer war, dessen verstorbene Frau aus Ägypten stammte. Sie hat sich die Vorlesung angehört und dabei auf die Gelegenheit gewartet, ihn auszunehmen.«

Ihre Worte schlingen sich wie ein Druckverband um mein Herz.

»Es tut mir furchtbar leid. Ich weiß, wie gerne du glauben wolltest, dass du eine Großmutter hast, dass deine Mum recht hatte und nicht wirklich …« Sie hält inne und versucht vergeblich, ein freundlicheres Wort als »wahnsinnig« zu finden.

Ich wende mich ab und schaue aus dem Fenster. Die Sonne ist untergegangen, und der vorher helle Raum ist jetzt düster und kalt. Die Brise, die durch das offene Fenster hereinweht, ist schwefelgetränkt und der Himmel dunkel. Es wird bald regnen.

Mein Blick streift Joshua, und ich wappne mich gegen den Triumph, den er doch sicher verspüren muss. Aber er schaut nicht mich an. Er steht hinter seinem Dad, der mit hastigen Bewegungen Bellas Fotos durchklickt. Weiße Haarsträhnen hängen ihm wie Spinnweben ins Gesicht.

Schließlich legt Joshua ihm die Hand auf die Schulter und nimmt ihm sanft die Maus aus der Hand. Michael lehnt sich schwer in seinem Stuhl zurück und lässt Joshua die Daten abspeichern und schließen.

Der Computer schaltet sich mit einem Klicken aus.

Es ist vorbei.

»Wenn du mir meinen USB-Stick gibst, dann können wir gleich gehen«, sagt Bella und packt ihre Aktentasche zusammen.

Joshua stellt sich zu mir ans Fenster.
»Du hattest doch recht«, sage ich, bevor er den Mund aufmachen kann. »Ich war so dumm.«
»Ich weiß, dass du dich jetzt am liebsten allein irgendwo verkriechen würdest«, sagt er, »aber vertrau mir: Ich war schon in ähnlichen Situationen, und da ist das immer eine schlechte Idee. Ich habe heute Abend noch einen Gig. Hast du Lust, mitzukommen?«
Ich rümpfe die Nase. Ich kann mir nichts Schlimmeres vorstellen, als mich mit unzähligen anderen Leuten in eine schmutzige Kneipe zu quetschen.
»Na, komm schon«, sagt er. »Vielleicht hilft es ja. Weißt du, warum ich meine Band *Jerusalem Syndrome* genannt habe?«
Natürlich weiß ich das nicht. Und im Moment ist es mir auch ziemlich egal.
»Jedes Jahr pilgern Tausende Menschen nach Jerusalem, weil die Stadt das Zentrum ihres Glaubens ist, der heiligste aller heiligen Orte. Aber wenn sie dort sind, ist der Unterschied zwischen der Stadt aus ihren Vorstellungen und der banalen Realität so groß, dass diese Diskrepanz sie in den Wahnsinn treibt. Jedes Jahr werden dort so viele Touristen in die Psychiatrie eingewiesen, dass die Jerusalemer einen Namen für diese Geisteskrankheit haben. Sie nennen sie das Jerusalem-Syndrom.«
Mein Mund zuckt. »Willst du damit sagen, dass es mich vor einer besonders schrecklichen Form des Wahnsinns bewahren wird, wenn ich mir deine Band anhöre?«
Er beugt sich zu mir. »Ich will damit sagen, dass ich es schön fände, wenn du kommst.«

KAPITEL 14

»Willst du noch eins?«, fragt Tim – oder vielleicht Tom? Joshua hat höchstens zehn Sekunden darauf verwendet, mir all seine Freunde vorzustellen, bevor er zur Bühne rannte, um beim Aufbau zu helfen, also habe ich mir ihre Namen nicht wirklich gemerkt.

»Danke, bin versorgt«, sage ich und zeige auf mein unberührtes Getränk.

»Okay. Sag mal, woher kommst du eigentlich?«, ruft er, lässt sich auf die Bank mir gegenüber sinken und verschüttet dabei eine Menge Bier.

»London.«

»Und woher kommst du ursprünglich? Deine Familie, meine ich.«

»Alle waschechte Londoner«, sage ich mit einem gekünstelten Lächeln. Wie die meisten Weißen geht er davon aus, dass ich Asiatin sein muss, aber ich habe gerade wirklich keine Lust, ihm zu erklären, dass ich Halbägypterin bin.

Er trinkt sein Pint so hastig, dass ihm das Bier in den Bart läuft und auf sein T-Shirt tröpfelt. »Mein Onkel hatte vor ein paar Jahren Kehlkopfkrebs«, sagt er und wischt sich den Mund mit dem Handrücken ab. »Jetzt geht es ihm wieder gut, aber die Chemo war ziemlich ätzend.« Er beugt sich zu mir, und sein Salz-und-Essig-Atem umweht mich. »Mach dir keine Sorgen, Mary. Das wächst bald wieder nach.«

Mir steigt das Blut in die Wangen, als ich begreife, dass er über meinen rasierten Schädel redet. Während ich mir eine angemessen scharfe Erwiderung überlege, hole ich mein antibakterielles Gel aus der Tasche und reibe mir die Hände damit ein.

»Oh, du musst wegen der Chemo mit Bakterien aufpassen, stimmt's?«, sagt er mit einem Nicken in Richtung meiner Hände. »Sorry, das habe ich vergessen.«

Und dann fängt dieser Tim – oder Tom – an, den Tisch sauber zu räumen. Er steckt sich die leeren Chipstüten in die Hosentasche und sagt seinen Freunden, dass sie sich in meiner Gegenwart zusammenreißen sollen. Seine ungeschickten Hilfsversuche sind so voller Freundlichkeit, dass mein Ärger verpufft. Es ist nicht seine Schuld, dass er mich nicht versteht. Wie sollte ich es ihm auch verständlich machen?

Die Plastikflasche in meiner Hand gibt ein pfeifendes, saugendes Geräusch von sich, und als ich nach unten schaue, sehe ich, dass sie leer ist. Ich streiche über die zusammengequetschte Form, starre auf die Reste des blauen Gels, die immer noch in den Ecken gefangen sind.

Psychische Erkrankung der Mutter.

Ich wurde fuchsteufelswild, wenn ich das in meiner Krankenakte lesen musste. Aber als ich meine volle Ersatzflasche Desinfektionsgel aus der Tasche hole, frage ich mich, ob es an der Zeit ist, mich den Tatsachen zu stellen und mich nicht mehr länger von Wunschdenken leiten zu lassen. Vielleicht muss ich akzeptieren, dass meine Mutter nun mal an postpartaler Depression litt und ihre Besessenheit vom Teufel nur ein Symptom davon war.

Die Lichter werden gedimmt, und bald liegt der kleine Keller in Dunkelheit. Die Menge stimmt ein ohrenbetäubendes Jubel- und Pfeifkonzert an. Eine einsame Stimme, heiser und tief, bahnt sich einen Weg durch das Getöse und lässt mir kalte Schauer über den Rücken laufen. Ich recke den Hals in der Dunkelheit und versuche, einen Blick auf den Sänger zu erhaschen.

Die Stimme verstummt. Gitarren heulen, und Scheinwerfer gleißen auf. Dann geht der Song richtig los, und die Menge dreht durch. Die Leute an meinem Tisch springen so wild auf, dass der Tisch wackelt und die Flaschen taumeln. Ich springe ebenfalls auf, um dem verschütteten Bier auszuweichen, und über die Rücken der hüpfenden Zuhörer und zwischen den blendenden Stroboskoplichtern sehe ich ihn.

Joshua steht im Zentrum der Bühne, eine Hand zu der jubelnden Menge ausgestreckt. Er zieht sie mit seiner kehligen Stimme in seinen Bann. Den Kopf hat er schief gelegt, seine Locken fallen ihm ins Gesicht. Die Augen hat er fest zugekniffen, während seine Stimme sich höher und höher schraubt. Sein Arm hebt sich mit der Melodie, bis er ihn wie die Klinge einer Guillotine fallen lässt und uns mit der Kraft seiner Stimme, dem Röhren der Gitarren und den treibenden Beats des Schlagzeugs überwältigt.

Ich bin wirklich nicht der Groupie-Typ, also warum lassen sein Anblick und der Klang seiner Stimme jedes Fleckchen Haut an meinem Körper vor Aufregung kribbeln?

Seine Stimme wird leiser, als der Song in eine Ballade übergeht, und vielleicht liegt es an den Emotionen der Menge, der Sehnsucht in Joshuas Stimme oder dem schrecklichen Loch, das der Tod meines Dads in mir hinterlassen hat, aber auf einmal ertrage ich es nicht mehr. Ich quetsche mich hinter dem Tisch hervor und dränge mich durch die Menge. Obwohl ich zu den Größten hier gehöre, komme ich mir klein und zerbrechlich vor.

»Hey, pass auf!«, ruft ein rothaariger Typ und drückt sich sein Bierglas an die Brust.

»Sorry!«, rufe ich ihm zu, als sich das Stout auf seinem T-Shirt verteilt. Die braune Flüssigkeit sickert über Pythagoras' Gesicht und eine Sprechblase, in der steht: »Dreiecksbeziehung gefällig?« Und darunter ist …

Ein Tetraktys-Dreieck. Ich starre auf sein ruiniertes T-Shirt und beachte die Leute nicht, die gegen meinen Rücken rempeln. Natürlich. Wie konnte ich etwas so Offensichtliches nur übersehen?

Die Menge schäumt über wie eine warme Champagnerflasche, als Joshua den Song beendet.

Ich drehe mich wieder um und schiebe mich durch die dicht aneinandergedrängten, schwitzenden Zuhörer, die mit den Füßen stampfen und nach mehr verlangen. Den Typen, der sich über sein versautes T-Shirt beschwert, ignoriere ich.

Joshua stellt sich grinsend hinter sein Mikro, aber dann landet sein Blick auf mir. Er kommt zu mir, beugt sich von der Bühne und greift nach meiner Hand.

Wir sehen uns an, als sich unsere Haut berührt.

Er springt von der Bühne, ohne mich loszulassen.

Es gibt mehr als 330 000 verschiedene Bakterienarten auf menschlichen Händen, und nur 37 Prozent aller Männer waschen sich die Hände nach dem Toilettengang. Meine Phobie schreit mir diesen Satz wieder und wieder zu, aber aus unerklärlichen Gründen bleiben unsere Finger ineinander verschränkt. Ich ziehe ihn mit mir, und die Menge teilt sich wie das Rote Meer für uns. Unsere langen Beine gehen im Gleichschritt, unsere Hände sind miteinander verschmolzen. Wir erreichen die Tür und gleiten hinaus in die Dunkelheit der Nacht, der Kneipenlärm nur noch gedämpftes Gemurmel hinter uns.

Joshua zieht mich so dicht an sich, dass ich den frischen Schweiß riechen kann, der auf seinem Schlüsselbein glitzert und sich mit

dem sauberen Gewürzduft seines Deodorants mischt. »Wow«, sagt er leise und weich in mein Ohr. »Wenn ich gewusst hätte, dass Musik so eine Wirkung auf dich hat, dann hätte ich schon vor einer Ewigkeit für dich gesungen.«
Ich entreiße ihm meine Hand.
»Ich bin nicht eins deiner Groupies!«
Joshua verzieht das Gesicht. »Offensichtlich. Aber warum hast du mich hier rausgezerrt?«
Unsere Gesichter sind nur wenige Zentimeter voneinander entfernt. Hinter uns dröhnt dumpf die Musik, und in der Ferne lärmt der Verkehr, aber ich höre nur das Blut in meinen Ohren rauschen. Eigentlich hasse ich es, andere Menschen zu berühren, aber jetzt muss ich die Hände in die Hüften stemmen, um mich daran zu hindern, nach ihm zu greifen.
»Ich habe dich hier rausgezerrt, weil ich dir sagen wollte, dass die Silberrolle nicht mit Unsinn beschrieben ist – sondern mit Code.«
Er flucht lautstark. »Maria. Du musst damit aufhören. Echt.«
»Aber ich weiß, dass ich recht habe. Ich weiß es einfach. Und ich werde es dir beweisen. Komm mit, dann gucken wir gemeinsam Bellas Übersetzung an.«
Joshua schaut in Richtung Kneipe zurück. »Es ist schon nach Mitternacht. Bella schläft sicher.«
»Ich habe gesehen, dass du die Daten auf deinen Rechner kopiert hast.«
Joshua zieht die Augenbrauen hoch. »Ach so. Sag doch einfach, dass du mit zu mir kommen willst. Du brauchst dir wirklich nicht ständig neue Ausreden einfallen zu lassen.«
»Das ist keine Ausrede!«, protestiere ich so laut, dass ein paar Passanten stehen bleiben und zu uns schauen.
Aber Joshua setzt sich nur lachend in Bewegung.

KAPITEL 15

Bei Joshua ist es stockdunkel. Michael muss ins Bett gegangen sein, also sind wir beide allein.

Joshua wirft seine Schlüssel in eine Schale und schaltet dann das Küchenlicht an.

»Willst du was trinken?«, fragt er und öffnet die Kühlschranktür. »Ich dachte, wir hätten noch Wein …« Er schaut sich suchend um und seufzt, als er die leere Flasche neben dem Kühlschrank sieht. »Da war Dad schneller als du. Bier okay?«

»Ich will nichts, danke«, sage ich und gehe ins Wohnzimmer zum Computer. Ich muss unbedingt wissen, ob ich mit meiner Vermutung richtigliege.

Joshua schnappt sich ein Bier, schaltet die Lampe an und füllt den Raum mit Schatten. Er setzt sich an den Rechner und öffnet seine Dateien. Ich beuge mich vor, als er sich umdreht, und unsere Hände berühren sich. Mich durchfährt ein elektrischer Schlag. Was ist denn heute Abend los mit mir? Nervosität? Zu wenig Schlaf? Ich weiche seinem Blick aus und starre auf die Worte, die Bella vom Deckel des Sarkophags kopiert hat.

Der Erste von vielen.

»Das ist ein Hinweis«, sage ich. »Und ich glaube, er wird uns zu der Chiffre führen.«

»Wohin?«

»Zu der Chiffre, dem Schlüssel, um den Code zu knacken. Pythagoras glaubte, die ganze Welt sei nach dem Vorbild der Zahlen geschaffen …«

»Schon wieder Pythagoras? Du musst wirklich häufiger unter Leute.«

Ich ignoriere seinen Sarkasmus und nehme ein Blatt Papier aus dem Drucker. Darauf male ich einen Kreis und markiere dessen Mittelpunkt. »Für die Pythagoräer repräsentierte dieser Kreis die Zahl Eins.« Ich zeichne einen zweiten, gleich großen Kreis, dessen Umkreis durch den Mittelpunkt des ersten verläuft. »Dieser Kreis repräsentiert die Zahl Zwei. Eins und Zwei gelten als die Eltern aller anderen Zahlen, und die Fläche, die sie teilen, nennt man die *Vesica Piscis*. Sie gebärt alle geometrischen Formen.« Ich zeichne ein Dreieck in die Schnittfläche. »Und weil das gleichseitige Dreieck die erste Form ist, die daraus hervortritt, nennt man es auch *Das Erste von vielen*.«

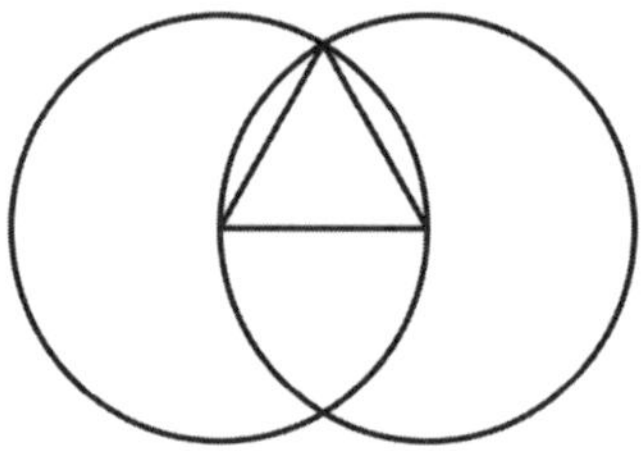

Joshua schüttelt den Kopf. »Die Vorstellung, dass geometrische Formen andere Formen gebären, finde ich zwar ein bisschen schräg, aber von mir aus. Nehmen wir mal an, du hast recht und die Antwort ist wirklich ein Dreieck. Was dann?«

Ich runzele die Stirn. »Na ja, ein Dreieck hat drei Spitzen und drei Winkel. Vielleicht bedeutet es, dass wir nur jedes dritte Wort lesen müssen.«

»Okay, versuchen wir's.« Joshua öffnet das Dokument mit Bellas Übersetzung, und ich schreibe jedes dritte Wort auf. Aber schon nach ein paar Zeilen wird mir klar, dass der Text immer noch keinen Sinn ergibt.
»Sag ich doch«, sagt Joshua.
»Moment«, sage ich, als er nach der Maus greift. »Lass mich noch was versuchen. Wie wäre es mit den Dreieckszahlen?«
»Wie bitte?«
»Das ist eine berühmte mathematische Zahlenfolge …«
»Unter Mathegenies vielleicht.«
»Sie zählt die Anzahl von Objekten, die ein gleichschenkliges Dreieck bilden. Schau.«
Ich drehe das Blatt um und male schnell ein paar Punkte auf.

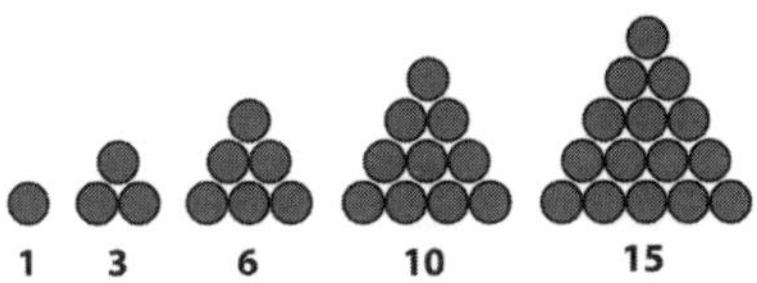

»Die Zahlen werden natürlich immer größer, aber siehst du, wie die Folge funktioniert? Vielleicht ist das der Code.«
Joshua klickt das Druckersymbol und reicht mir die erste Seite mit einem tiefen Seufzer. »Möglich. Aber wie viele Folgen willst du ausprobieren, bis du akzeptierst, dass da nichts ist? Ich will heute irgendwann noch ins Bett.«
Bilde ich mir das nur ein, oder hat er mich gerade wirklich eine Sekunde zu lange angeschaut? Ich schiebe den Gedanken an Joshua in seinem Bett beiseite, gehe mit dem ausgedruckten Blatt zum Couchtisch und unterstreiche die Wörter, die den ersten Dreieckszahlen entsprechen.

Wenn Schaf der Korn Mais Fisch Vögel Bienen Schafe der Holz Fluss Fleisch Blume ein Büschel Ellen Fisch Heim Hof Löwe Rind Maultier Schlamm Feuer Holz
»Joshua«, sage ich und halte ihm das Blatt entgegen.
Wenn der Fisch, der ein Löwe
»Das ist bestimmt nur Zufall.«
»Google die Dreieckszahlen und lese mir die restlichen vor, bitte.«
Joshua dreht sich zum Bildschirm um, sucht kurz und liest dann die Zahlen vor, während ich zähle und Worte einkreise. Als ich fertig bin, lasse ich mich auf meine Fersen sinken und lese laut vor, was ich entschlüsselt habe:

Wenn der Fisch, der ein Löwe war, sich zum Wasser wendet
und das Licht der Isis zurückkehrt,
wird Belials Dunkle Seele sich aus dem Abgrund erheben
und Seinen Schatten über das Land werfen.
Such die Zeichen der Zeit, der Ersten und der Letzten,
wo drei Könige herrschen, wie im Himmel so auf Erden.

Ich starre auf die Worte, die vor zweitausend Jahren in die Silberne Schriftrolle graviert wurden, und das Blut rauscht mir in den Ohren. »Oh. Mann. Meine Mutter hatte recht. Es ist eine Warnung.«
»Whoa«, sagt Joshua und steht von seinem Stuhl auf. »Das ist erst mal nur eine Vermutung.«
Ich springe auf. »*Wird Belials Dunkle Seele sich aus dem Abgrund erheben?* Darüber hatte sie Albträume. Und genau so steht es doch auch in der Offenbarung, oder?«
»Das musst du mir nicht erklären«, sagt Joshua. »Dieser Quatsch war meine einzige Gutenachtgeschichte.«

Angespannt beginnt er, auf und ab zu gehen, während er mit dramatischer Stimme aus der Bibel zitiert.

»Und ich sah einen Engel vom Himmel fahren, der hatte den Schlüssel zum Abgrund und eine große Kette in seiner Hand. Und er griff den Drachen, die alte Schlange, welche ist der Teufel und Satan, und band ihn tausend Jahre und warf ihn in den Abgrund und verschloss ihn und versiegelte obendarauf, dass er nicht mehr verführen sollte die Heiden, bis dass vollendet würden tausend Jahre; und darnach muss er loswerden eine kleine Zeit.«

Trotz seines sarkastischen Tonfalls erinnere ich mich schaudernd an meinen Albtraum, in dem der Teufel die Hand nach mir ausstreckte. An den grausigen Gestank nach Tod und Verwesung.
Ich nehme mein Gel aus der Tasche und drücke mir eine große Portion in die Handfläche. Joshua beobachtet mich dabei. »Sag mal, glaubst du etwa wirklich, dass der Teufel aus dem Abgrund steigt?«
Ich werde rot und stecke das Gel ärgerlich zurück in meine Tasche. »Keine Ahnung. Aber wer auch immer das geschrieben hat, war offensichtlich überzeugt davon. Was bedeutet es denn deiner Meinung nach?«
»Es muss überhaupt nichts bedeuten. Es könnte ein Gedicht sein oder ein Liedtext.«
»Josef von Arimathäa hat die Schriftrolle vor mehr als zweitausend Jahren hier vergraben, und irgendjemand wollte meinen Dad daran hindern, sie zu finden. Sie haben sein Gepäck gestohlen, einen Autounfall mit Fahrerflucht vorgetäuscht und ihn ermordet. Für einen Liedtext macht man so was nicht.«
»Aber für Geld. Vielleicht ist die Botschaft ein Hinweis darauf, wo

die Schätze der Kupferrolle versteckt sind.« Er nimmt das Blatt vom Couchtisch und liest eine Zeile:
»*Such die Zeichen der Zeit, der Ersten und der Letzten, wo drei Könige herrschen, wie im Himmel so auf Erden.* Das klingt auf jeden Fall wie die Beschreibung eines Ortes.«
Damit hat er recht, und es ist reine Zeitverschwendung, weiterzustreiten. »Okay, dann lass uns herausfinden, welcher Ort gemeint ist«, sage ich, nehme ihm das Blatt aus der Hand und knie mich vor den Couchtisch. »Stell dir vor, du wärst der Autor dieses Rätsels. Wenn du wüsstest, dass die Silberne Schriftrolle erst in mehreren Tausend Jahren gefunden werden wird, dann würdest du dem Finder doch sicherlich nur Orte nennen, die so lange überdauern. So wie die Botschaft auf dem Isisknoten es mit dem Mond gemacht hat.«
Joshua runzelt die Stirn. »Da steht: *Wie im Himmel so auf Erden.* Vielleicht eine Struktur, die die Position des Mondes oder der Sonne widerspiegelt, oder sogar die der Sterne. Moment mal …« Er dreht sich wieder zum Computer um.
»Was?«
»Mir ist gerade etwas eingefallen. Die drei Könige ist ein anderer Name für den Oriongürtel.«
»Welchen Gürtel?«
»Den von Orion. Gehört zu den hellsten Sternbildern am Himmel. Hier im Westen nennen wir ihn Orion den Jäger, weil man die Form eines Jägers erhält, wenn man die Sterne miteinander verbindet. Siehst du?« Er zeigt auf das Bild einer Sternkarte auf dem Schirm. »Dies ist sein Brustpanzer, dies sein Schild, und das hier …«, er zeigt auf die drei hellen Sterne, die in der Mitte eine Diagonale bilden, »ist der Oriongürtel. Auch drei Könige genannt.«
»Woher weißt du das alles?«

»Das hat mir mein Dad beigebracht. Ich habe zwar nicht viel Ahnung von Dreieckszahlen, aber am Nachthimmel kenne ich mich aus.«

Ich schaue noch einmal auf die silbernen Sterne, die eine nicht ganz perfekte Diagonale über den Himmel ziehen. »Moment. Das habe ich schon mal gesehen.«

»Sechs Monate im Jahr am Himmel vielleicht?«

»Nein. Mein Dad hat mir mal genau dasselbe Bild gezeigt. Er war total besessen von den Pyramiden und hat geglaubt, sie seien gebaut worden, um die Position von Sternen widerzuspiegeln. Ich glaube, in einem seiner Artikel hat er von Orion gesprochen.«

Joshua tippt »Orion« und »Pyramiden« in die Suchleiste und findet buchstäblich Tausende von Artikeln, die das Sternbild mit den Pyramiden von Gizeh in Verbindung bringen. Während er beginnt, sich durchzuklicken, versuche ich, auf meinem iPhone Dads Artikel zu finden. Aber vergeblich. Er durfte ihn nie veröffentlichen und sagte immer, er habe ihn seine akademische Karriere gekostet.

»Hier steht, dass die meisten Ägyptologen der Ansicht sind, dass die Pyramiden von Gizeh eine unregelmäßige Diagonale bilden, weil sie zu unterschiedlichen Zeiten erbaut wurden«, sagt Joshua. »Aber ein Typ namens Robert Bauval behauptet, sie seien absicht-

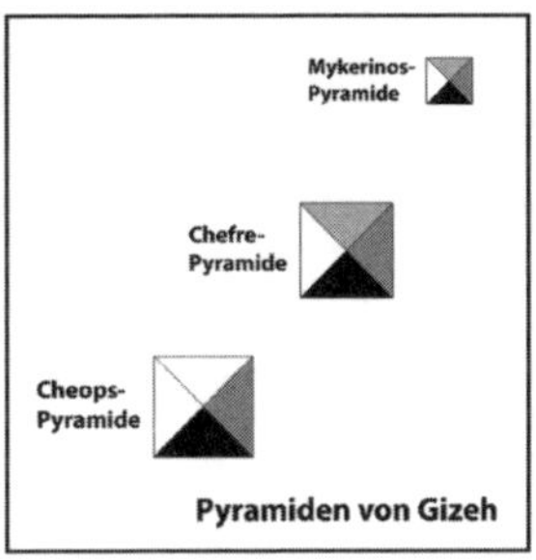

lich so angeordnet worden, um mit der Größe und Ausrichtung des Oriongürtels zu korrelieren. Schau.«

Er druckt die Grafik aus. »Vielleicht ist das die Bedeutung von *Wie im Himmel so auf Erden*. Die Pyramiden von Gizeh«, murmelt er. »Es gibt aber ziemlich viele Artikel, die das bestreiten.« Er liest weiter und schnappt dann hörbar nach Luft.

»Was ist?«

Joshua zeigt auf einen hellen, silbernen Punkt in der unteren linken Ecke der Sternkarte.

»Siehst du das hier? Direkt neben Orion ist der hellste Stern am Himmel. Sirius, der Hundsstern. Und laut diesem Artikel hier war Sirius für die alten Ägypter eine Art Uhr und Kalender, weil er jedes Jahr siebzig Tage lang nicht über den Horizont steigt und seine Rückkehr so gut wie immer mit der jährlichen Nilüberschwemmung zusammenfällt.«

»Faszinierend«, sage ich trocken. »Für Astro-Freaks.«

Joshua ignoriert mich. »Hier steht, dass die alten Ägypter diesen Stern mit der Göttin Isis in Verbindung brachten.« Grinsend tippt er auf die zweite Zeile der dechiffrierten Botschaft. »*… und das Licht der Isis zurückkehrt.*«

»Glaubst du, damit ist gemeint, dass Sirius wieder am Himmel steht?«, frage ich. »Weißt du, wann das ist?«

»Das genaue Datum ändert sich von Jahr zu Jahr und hängt vom Ort ab, an dem man sich befindet.« Er klickt noch ein paar Websites an und lehnt sich dann zurück. »Sirius ist in Kairo im Mai hinterm Horizont verschwunden und soll am 8. August wieder am Himmel erscheinen.«

»Echt jetzt? Wir haben den 30. Juli«, keuche ich. Es läuft mir kalt über den Rücken. »Vielleicht soll die Botschaft davor warnen, dass der Antichrist in Kairo emporsteigt, wenn Sirius sich wieder am

Himmel zeigt.« Meine Hand wandert schützend zu meinem Hals, als mir mein Traum wieder einfällt. Falls es ein Traum war.

»Oh, Maria. Glaubst du das alles wirklich?«

Trotzig strecke ich das Kinn vor und erwidere seinen mitleidigen Blick. »Ehrlich gesagt weiß ich nicht mehr, was ich glauben soll«, wiederhole ich die Worte, die mein Dad am letzten Abend seines Lebens zu mir sagte. »Schauen wir mal, was der Rest des Textes bedeutet.«

»Aber wir haben die zweite Hälfte nicht«, sagt Joshua. »Die war auf dem zweiten USB-Stick. Den hat Bella.«

Mit einem Fluch schaue ich auf mein Handy. Es ist schon fast Morgen. »Wenn wir jetzt losgehen, erwischen wir sie noch, bevor sie zur Arbeit geht. Wenn Sirius wirklich nächste Woche wieder aufgeht, dann dürfen wir keinen einzigen Tag verschwenden.«

Bei Bella angekommen, bedeute ich Joshua, in der Küche Platz zu nehmen. Ich nehme zwei Stufen auf einmal, biege auf dem Absatz links ab und klopfe an Bellas Schlafzimmertür. Keine Antwort. Vielleicht hat sie einen sehr tiefen Schlaf. Ich klopfe noch mal, drei kräftige Schläge. Immer noch keine Antwort.

Misstrauisch drehe ich den Türknauf und spähe ins Zimmer.

Das leer ist.

KAPITEL 16

Ich renne die Treppe hinunter und stürme in die Küche.
»Was? Was ist los?«, fragt Joshua, als er mein Gesicht sieht.
»Sie ist weg.«
»Wahrscheinlich ist sie schon zur Arbeit gegangen«, sagt er achselzuckend.
»Aber ihr Auto ist noch da.«
»Ruf sie an, wenn du dir Sorgen machst.«
Ich rufe Bella auf dem Handy an, aber sie geht nicht ran.
»Hast du ihre Büronummer?«
Ich will gerade verneinen, da erinnere ich mich an die Kontaktliste, die sie für mich an ihre überfüllte Pinnwand geheftet hat. Ich reiße das Blatt ab und verteile dabei Reißnägel und Zettel auf dem Boden.
»Entspann dich«, sagt Joshua. »Sobald Bella erfährt, dass wir den Code geknackt haben, macht sie sich sofort auf den Weg.«
Ich tippe die Nummer ein, und es klingelt bestimmt eine Minute lang, bevor eine geschäftig klingende Frauenstimme sich meldet.
»Fakultät für Archäologie und Anthropologie, wie kann ich Ihnen helfen?«
»Ich muss dringend mit Professorin Carnall sprechen. Können Sie mich zu ihr durchstellen?«
»Tut mir leid, aber Professorin Carnall ist diese Woche nicht mehr

im Büro. Sie wurde sehr kurzfristig für eine Ausgrabung angefordert.«

»Eine Ausgrabung? Wo denn?«

Die Frau seufzt. »Die Ausgrabung ist in Ägypten, aber mehr darf ich Ihnen am Telefon dazu leider nicht sagen. Ich gebe Ihnen die Nummer ihrer Vertretung, wenn Sie möchten.«

»Was ist los?«, fragt Joshua, nachdem ich aufgelegt habe.

»Ägypten. Bella ist nach Ägypten gefahren.« Auch als ich die Worte laut ausspreche, ergeben sie keinen Sinn.

»Wie kann Bella denn nach Ägypten geflogen sein?«

Ich lasse den Blick durch die Küche wandern. Das Waschbecken und die Ablage sind leer. Normalerweise stapelt sich hier das dreckige Geschirr vom Vortag. »Ich weiß es nicht.«

»Hast du deine Nachrichten gecheckt?«

Ich schaue mein Handy an. Nichts.

»E-Mails?«

Ich öffne meinen Posteingang und finde eine Mail von Bella, die vor ungefähr einer Stunde abgeschickt worden ist.

Maria, es tut mir SCHRECKLICH leid, dass ich dich per Mail informieren muss, aber ich wollte dich nicht wecken. Ich habe die Gelegenheit bekommen, bei einer EXTREM wichtigen Ausgrabung in Ägypten mitzuarbeiten. Ein ehemaliger Professor hat sie jahrelang vorbereitet, und jetzt ist im letzten Augenblick einer seiner Kollegen erkrankt. Er hat mir die Chance gegeben, für ihn einzuspringen, unter der Bedingung, dass ich innerhalb von 24 Stunden vor Ort sein kann. Sonst hätte er sie jemand anderem angeboten. Ich weiß, dass es ein bisschen selbstsüchtig von mir ist, aber ich konnte mir diese Gelegenheit nicht entgehen lassen. Da ich ein paar Wochen weg sein werde, habe ich Michael per Mail gebeten, ein Auge auf dich zu haben. Es tut mir wirklich leid, Maria. Wenn ich wieder da bin, dann …

Die Mail endet mit nutzlosen Entschuldigungen und Versprechen, und ich reiche Joshua das Handy. Ich bin sprachlos.

»Ein bisschen selbstsüchtig?«, wiederholt Joshua ungläubig. »Wie kann sie dich so kurz nach dem Tod deines Dads allein lassen?« Er kneift die Augen zusammen. »Merkwürdiger Zufall, dass sie ausgerechnet nach Ägypten geflogen ist, oder?«

Ich schlage die Hände vors Gesicht. »Was ist, wenn sie den USB-Stick mitgenommen hat? Oder er noch im Büro liegt? Wie sollen wir die Silberrolle jetzt fertig übersetzen? Sie ist ein paar Wochen weg – wir bekommen sie nicht vor dem 8. August zurück!«

Auf der Suche nach ihrer Aktentasche renne ich panisch durch die Küche, den Flur und das Arbeitszimmer. Immer schneller und flacher wird mein Atem. Hier ist nichts. Ich drücke mir die Handballen gegen die Stirn.

»Vielleicht hat sie die Daten auf ihrem Rechner gespeichert«, schlägt Joshua vor.

»Vielleicht.« Ich putze die Tastatur schnell mit einem Desinfektionstuch, bevor ich das Gerät anschalte. Endlich sehe ich den Bildschirmschoner und gebe das Passwort ein, das ich Bella habe benutzen sehen. Als der Rechner fertig geladen hat, durchsuche ich die Ordner und Dateien auf ihrer Festplatte nach allem, was irgendwie mit der Silbernen Schriftrolle in Verbindung stehen könnte.

Aber da ist nichts.

Eine Welle der Übelkeit überrollt mich. Ihre Daten sind wahrscheinlich auf ihrem Bürorechner. Aber vielleicht hat sie Sicherheitskopien an sich selbst gemailt. Ich öffne den Posteingang und scrolle nach unten. Keine E-Mails von Bellas Büroadresse, aber im »Gesendet«-Ordner finde ich eine Mail mit dem Betreff »Glastonbury« von Bella an eine Person namens Professor O'Brien. Ich zögere ungefähr fünf Sekunden, bevor ich sie öffne.

Lieber Sean.
Ich habe sie gefunden! Nach all den Jahren habe ich sie in Glastonbury gefunden, genau wie du es vorhergesagt hast. Die Übersetzung ist bereits fertig, denn ich wollte dir erst Hoffnungen machen, wenn ich ganz sicher bin. Soll ich den Text digital an diese Mailadresse schicken, oder hast du noch ein Postfach, das sicherer ist?

Herzlich, deine Bella

Ich gehe zurück zum Posteingang. Professor O'Brien hat sofort geantwortet.

Schick auf keinen Fall Daten per E-Mail. Sag niemandem, was du entdeckt hast. Du musst mir unbedingt so bald wie möglich persönlich die Kopien vorbeibringen. Lass das Original zu Hause, wir können nicht riskieren, dass der Zoll es in die Finger bekommt. Ich weiß, du wirst dich an deinen Eid erinnern und einen Weg finden, zu erfüllen, was du geschworen hast. Ich freue mich mehr auf dich und deine Entdeckung, als du dir vorstellen kannst.
Sean.

Ich gehe wieder zum Posteingang. Und sehe das E-Ticket für einen Flug nach Kairo, das Bella etwa zwanzig Minuten später erhalten hat.

Körperlich erschöpft, lehne ich mich in meinem Stuhl zurück.
»Das heißt also, sie hat uns ins Gesicht gelogen, als sie gestern Abend behauptet hat, es stehe nur Unsinn auf der Silberrolle«, sagt Joshua. »Da hatte sie ihren Flug schon gebucht. Unglaublich.«
Meine eigene Patentante hat mich betrogen. Ich fasse mir an den Hals, als ich mich an die Nacht erinnere, in der jemand in meinem Zimmer war. Das war bestimmt Bella, die versucht hat, mir den Isisknoten zu stehlen. Deshalb war sie auch so schnell zur Stelle. Und sagte mir, es sei ein Traum gewesen.
Ich habe ihr geglaubt.
Bella hat mir auch gesagt, die Frau, die ich für meine Großmutter gehalten habe, sei eine Betrügerin. Auf einmal bin ich davon überzeugt, dass auch das eine Lüge war.
Ich umklammere das Amulett auf meiner Brust – den Isisknoten, den ich von meiner Mutter hätte bekommen sollen. Und nun habe ich auch die Silberrolle verloren.
Nein, das stimmt nicht. Ich habe sie nicht verloren. Sie wurde mir gestohlen.
»Und was nun?«, fragt Joshua.
Der Computer geht aus, der Bildschirm wird schwarz. Wut steigt in mir auf, als ich mein Spiegelbild anstarre. Mein Vater musste sterben und ließ mich mutterseelenallein zurück, weil jemand verhindern wollte, dass ich die Silberrolle finde.
Aber ganz allein bin ich nicht. Ich habe eine Großmutter. Bella hat mich belogen, sie hat versucht, mir nicht nur die Silberrolle, sondern auch meine einzige lebende Verwandte zu stehlen.
Ich hebe den Kopf und begegne Joshuas Blick.
»Ich gehe nach Ägypten.«

TEIL ZWEI

KAIRO

KAPITEL 17

Phantastisch, oder?«, sagt Michael und macht noch ein Foto mit seinem iPhone.

So kann man es natürlich auch nennen. Ich hatte damit gerechnet, dass Kairo heiß, voll, laut und schmutzig sein würde. Aber das hier? Es ist ein Schlachtfeld aus Hitze, Menschenmassen und Krach. Die Sonnenstrahlen fallen wie Axthiebe vom Himmel, und laute Lärmpfeile durchbohren mein Trommelfell: Hupen, Streit und Eselsgeschrei. Ich schaue durch den Dunst aus Abgasen, während sich mehr und mehr Menschen zwischen den im Stau stehenden Autos hindurchquetschen.

Ja, das sind eindeutig Esel dort mitten im Verkehr, überdimensional große Körbe an die Flanken geschnallt. Ich beobachte, wie ein Treiber versucht, sein besonders elend wirkendes Tier durch eine enge Lücke zwischen zwei Autos zu ziehen. Der Junge brüllt den Esel auf Arabisch an, aber das Tier schüttelt nur den Kopf und versucht, umzudrehen. Der riesige Flechtkorb stößt gegen ein Auto, die Früchte, die herausfallen, werden von zwei Straßenmädchen eilig aufgehoben.

Kichernd rennen sie dem schimpfenden Jungen davon und auf mich zu, die Hände ausgestreckt.

»Bakschisch! Bakschisch!« Ich blicke in ihre braunen Augen, die in ihren kleinen, schmutzigen Gesichtern riesig wirken. Die eine muss ungefähr fünf sein, die andere ist nicht viel älter als zwei.

So alt war meine Mutter, als sie meiner Großmutter gestohlen wurde.
Ich suche nach meinem Geldbeutel.
»Vorsicht«, sagt Joshua. »Wenn du ihnen etwas gibst, dann sind wir gleich von allen Bettlern Kairos umzingelt.«
Ich schaue auf die kleinen, in meine Richtung gestreckten Hände, fleckig vom Saft der Früchte, die sie gerade von der Straße aufgesammelt haben.
»In Ägypten gilt das nicht als Betteln«, erkläre ich. »Bakschisch ist ein Geschenk von dem, der das Glück hat, geben zu können.«
Die Mädchen quieken, als ich ein paar Ägyptische Pfund in ihre Hände lege. Sekunden später drängeln sich weitere Kinder um mich, stellen sich auf die Zehenspitzen und rufen laut: »Bakschisch! Bakschisch!«
»Siehst du«, sagt Joshua, aber seine Miene wird weich, als er mir beim Geldverteilen zusieht.
Ein paar Frauen im Hidschab schütteln den Kopf, als sie an mir vorbeilaufen, und eine schnalzt missbilligend mit der Zunge. Ich fasse mir an den kahlen Kopf. »Ich muss mir ein paar Kopftücher kaufen.«
»Gleich da drüben ist ein Markt«, sagt Michael und wedelt mit seinem Reiseführer. »Der *Khan-el-Khalili-Basar*. Sollen wir mal schauen?«
Er zeigt in Richtung der grellen Farben. Das Feilschen der Händler hallt von den uralten Bogengängen wider. Ich will gerade ablehnen – ich kann mir nichts Schlimmeres vorstellen, als bei dieser Hitze zwischen unzähligen Menschen eingequetscht zu werden –, aber Michael wirkt so aufgeregt. Und es war so nett von ihm, uns zu begleiten. Er hat sogar die Flüge für uns gebucht und so.

Ich nicke, und Michael rennt über die Straße, ohne auf den Verkehr zu achten.

Joshua runzelt die Stirn. »Irgendwie kommt er mir ein bisschen manisch vor.«

»Er freut sich nur, dass er hier ist«, sage ich. »Komm.« Wir bahnen uns einen Weg zwischen Ständen voller Teppiche, Taschen, Kleider und Schals hindurch. Gürtel und Ketten liegen wie glitzernde Schlangen aufgerollt in der Auslage, die goldenen Schmuckstücke glitzern in der ägyptischen Sonne. Die Menge wird dichter und lauter. Als wir stehen bleiben, um ein paar Kopftücher zu kaufen, sind wir sofort wieder von Kindern umringt, die »Bakschisch! Bakschisch!« schreien. Ihre grellen Stimmen prallen wie Geschosse von den Steinbögen zurück, und der Lärm lässt mir, zusammen mit dem Lakritzgeruch von frisch gegerbtem Leder und dem Druck schwitzender Körper, beinahe den Kopf platzen.

Auf einmal steht ein Mann in einer schlichten weißen Dschallabija – einer langen Tunika – neben uns und klatscht in die Hände. Er ruft etwas auf Arabisch, und die Kinder tauchen in der Menge ab.

»Danke«, sage ich. Er ist groß und schmal und ungefähr so alt wie ich. Es liegt eine Art Ehrfurcht in der Art, wie er mich ansieht.

»Maria Shepherd«, sagt er. Das ist keine Frage. Er weiß es.

Ich stutze. Kennen wir uns? Nein. An diese hellen blauen Augen in seinem dunklen, ägyptischen Gesicht hätte ich mich doch bestimmt erinnert. Und einen Mann, der sich *verbeugt*, trifft man auch nicht alle Tage.

»Wir sind uns noch nicht offiziell vorgestellt worden«, sagt er mit förmlichem Schulenglisch. »Mein Name ist Amun, und ich genieße das Privileg, deine Großmutter zu kennen.«

»Meine Großmutter?« Ich schaue mich um. »Ist sie hier?«

Sein dunkles Haar ist ganz kurz geschnitten, was die Anmut seiner Bewegungen betont, als er den Kopf schüttelt. »Deine Großmutter hat mich geschickt, um dich abzuholen und zu ihr zu bringen.«
»Moment«, sagt Joshua. »Ihre Großmutter weiß doch gar nicht, dass wir in Kairo sind.«
»Marias Großmutter ist eine außergewöhnliche Dame«, sagt Amun, völlig unbeeindruckt von der Feindseligkeit in Joshuas Stimme. »Sie weiß viele Dinge.« Er wendet sich wieder mir zu. »Sechmet – deine Großmutter – sagte, ich würde dich heute in demselben Basar finden, in dem ihr die Tochter geraubt wurde. Sie sagte, du seiest hellhäutig, haarlos und so groß und würdevoll wie eine Göttin.«
Joshua stellt sich zwischen uns. »Glaubst du wirklich, darauf fällt sie rein?«
Amun schaut mich weiter unverwandt an. »Deine Großmutter sagte, du würdest das Blut der Isis um deinen Hals tragen.«
Trotz der Hitze, die auf diesem Basar herrscht, bekomme ich bei seinen Worten eine Gänsehaut. Ich weiß, es klingt verrückt, in einer fremden Stadt einem Unbekannten zu folgen, aber ich habe mir geschworen, von nun an meinen Instinkten zu vertrauen.
Ich ignoriere Joshua und nicke Amun zu. »Bring mich zu meiner Großmutter.«

KAPITEL 18

Amun führt uns eine weitere enge Gasse entlang, in der niedrige pappbraune Wohnhäuser stehen. Es duftet nach gebratenen Zwiebeln, lachende Kinder halten in ihren Spielen inne und starren uns an, als wir vorbeigehen.

»Wohnt Marias Großmutter wirklich hier?«, fragt Joshua.

Falls Amun das Misstrauen in Joshuas Stimme auffällt, dann überspielt er das gekonnt. »Ja. Sechmet lebt in Zeitoun, einem Vorort von Kairo, in dem viele Kopten leben.«

»Ist sie koptische Christin?«, fragt Michael und beginnt dann eine schnelle Abhandlung über die Kopten, eine religiöse Minderheit in Ägypten, die bereits seit dem ersten nachchristlichen Jahrhundert existieren und ihren eigenen Papst haben.

Als Michael endlich einmal Luft holt, frage ich Amun, woher er meine Großmutter kennt.

»Ich hatte die Ehre, sie kennenzulernen, als ich vor ein paar Wochen die Vorlesung deines Vaters über die Datierung der Pyramiden besucht habe.«

»Du warst bei der Vorlesung meines Vaters? Du hast ihn gesehen?«

»Ja. Ich studiere Archäologie und Ägyptologie an der Universität von Kairo«, sagt er und erwidert mein erfreutes Lächeln. »Dein Vater war ein großer Mann. Ich möchte dir mein Beileid aussprechen, Maria.«

Das Lächeln rutscht mir vom Gesicht, und ich nicke sprachlos.
»Moment. Woher wusstest du das mit Marias Vater?«, fragt Joshua, die Augen zusammengekniffen.
»Marias Großmutter ist zwar blind, aber sie sieht viele Dinge.« Amun bleibt vor einem quadratischen, staubgrauen Ziegelhaus stehen. »Wir sind da.« Er drückt eine klapprige Holztür auf und bedeutet uns, einzutreten.
Zögernd bleibe ich stehen. Hoffnung und Angst flackern in meinem Herzen auf, und ich schaue zu Joshua zurück. Was ist, wenn er recht hat und dies hier nur eine grausame Täuschung ist? Und was soll ich zu ihr sagen, falls sie wirklich meine Großmutter ist?
Ich berühre den Isisknoten an meinem Hals und überquere die niedrige Schwelle. Die Hitze Kairos bleibt draußen zurück, als wir eine kleine, aber saubere Küche betreten, die nach frisch gekochtem Reis und Pfefferminztee duftet.
Wir folgen Amun in einen zweiten, kleinen Raum, dessen Fensterläden gegen die Nachmittagssonne geschlossen sind. Hier stehen ein paar bunt zusammengewürfelte Sessel, ein altmodischer Röhrenfernseher, und auf dem Boden daneben liegt eine einzelne Matratze, die in ein dünnes weißes Laken gehüllt ist. An den Wänden hängen zahllose Ikonen im koptischen Stil, Bilder von Heiligen und Engeln mit goldenen Heiligenscheinen, die so groß sind wie Suppenteller.
An der Tür zum dritten Zimmer bleibt Amun stehen. »Sechmet, bist du wach? Ich habe dir Besuch mitgebracht.« Jemand steht seufzend auf, als verursache jede Bewegung Schmerzen.
»Besuch?« Ihre leise Stimme klingt müde.
Amun bedeutet mir, einzutreten. An der Wand steht ein schmales Bett, und auf einem schlichten Holztisch prangt ein Ventilator,

aber mein Blick wird magnetisch von der Frau im Hidschab angezogen, die in der Mitte des Zimmers steht, das Gesicht in den Falten ihres dunkelblauen Kopftuchs verborgen.
Sie hebt das Gesicht und schaut zu mir.
Obwohl ich sie schon einmal gesehen habe, bleibt mir kurz die Luft weg. Die Krankheit, die sie erblinden ließ, hat in beiden Augen Pupille und Iris mit hellen, silberblauen Scheiben überzogen, und als sie ihren Blick auf mich richtet, zucke ich unwillkürlich zusammen.
Sie kommt auf mich zu.
»Das ist Maria, Sechmet. Sie hat keine Haare, genau wie du gesagt hast …«
Die alte Frau hebt den Finger, und Amun verstummt. Dann ist sie bei mir.
Ihre knochige Hand zittert, als sie die Distanz zwischen uns überwindet, und einen Moment lang verharren ihre Finger dicht vor meinem Gesicht. Ich erhasche denselben Duft, der auch an dem Isisknoten hängt: Weihrauch, Seide und Minze. Sie ist viel kleiner als ich, also zwinge ich mich mit zusammengebissenen Zähnen, den Kopf zu senken. Aber die erste Berührung ihrer kühlen, papiertrockenen Hand ist so sanft, dass die Anspannung wie Wasser von mir abperlt. Ihre Finger wandern über meinen Schädel die Stirn hinunter bis zum Nasenrücken. Dann streichen sie über meine Wangenknochen und umschließen endlich die Spitze meines Kinns. Während sie mein Gesicht befühlt, starre ich in das ihre und mustere die von der Zeit ausgehöhlten Wangen mit den hohen Wangenknochen, die dunkle, faltige Haut neben den weißen Haarsträhnen, die unter ihrem blauen Kopftuch hervorlugen. Die schrecklichen blinden Augen.
Ihre Hand wandert meine Kehle hinab, bis sie meine Halskette

erreicht. Sie folgt ihr zum Isisknoten und legt ihre kleine Hand darum.
»Maria«, sagt sie mit brüchiger Stimme, und dann schließt sie mich in die Arme.
Meine Zweifel lösen sich in Luft auf, als ich spüre, wie fest und sicher mich mein eigen Fleisch und Blut an sich drückt. Joshuas Skepsis war fehl am Platz, denn das ist kein Täuschungs- oder Betrugsversuch. Dies ist meine Großmutter. Die Mutter der Mutter, die ich niemals gekannt habe. Ich schlinge meine Arme um sie, spüre die Knubbel ihres Rückgrats, ihre schmalen Schultern, die zittern, während sie weint. Ich lege meine Wange auf ihren Kopf, und meine Tränen benetzen ihr Kopftuch.

Irgendwann löst sich meine Großmutter aus meinen Armen, hält aber weiterhin meine Hand fest. »Gelobt sei Gott«, murmelt sie wieder und wieder. Sie tupft sich mit dem Kopftuch die Augen trocken und bittet mich dann, ihr meine Begleiter vorzustellen.
»Ich kann euch gar nicht genug danken dafür, dass ihr mir meine Enkelin gebracht habt«, sagt sie in die Richtung von Joshua und Michael.
»Eigentlich war es Amun«, sagt Joshua und schaut mich um Entschuldigung bittend an.
Meine Großmutter dreht sich abrupt um und starrt ihn mit ihren blinden Augen so lange an, bis das angespannte Schweigen selbst dem coolen Joshua zu viel wird und er verlegen hüstelt.
Sie blinzelt, als habe sie das Geräusch aus einer Art Trance gerissen.
»Amun, würdest du unseren Gästen im Vorderzimmer bitte einen Tee servieren? Ich muss mit meiner Enkelin allein reden.«

KAPITEL 19

So leise wie möglich drücke ich Desinfektionsgel in meine Hände, aber meine Großmutter hebt den Kopf, als der scharfe Geruch ihr Schlafzimmer erfüllt.

»Ah, Maria. Es ist nicht Schmutz, den du spürst, sondern Seine Dunkle Seele mit dem Tod und der Zerstörung, die Er mit sich bringen wird.«

Ich erstarre in der Bewegung.

»Ein besonders feiner Geruchssinn gehört zu den Gaben, die uns Propheten gegeben sind, und das Übel, das wir wahrnehmen, kann leider nicht mit Seife beseitigt werden.«

Sie durchquert das kleine Zimmer und nimmt wieder meine Hand, ein gütiges Lächeln auf dem runzeligen Gesicht.

»Uns Propheten?«

»Hast du Träume? Schreckliche, realistische Träume, die dir die Nachtruhe rauben und dich tagsüber verfolgen?« Sie dreht meine Hand in ihrer. »Brennen deine Handflächen oft wie Feuer? Rast dein Herz vor Angst, und du wirst das Gefühl nicht los, dass gleich etwas Entsetzliches geschehen wird?«

Ich schlucke. Woher weiß sie das?

»Hab keine Angst. Als ich die Gabe der Sicht empfing, ging es mir am Anfang genauso. Dein Vater hat mir gesagt, dass auch deine Mutter dasselbe durchgemacht hat. Das ist unser Blut, Maria«, sagt sie und richtet ihre Augen auf mich. »Denn das Geschlecht, dem du entstammst, ist ein sehr, sehr altes. Generationen von Frauen, die ihren Ursprung in der Göttin selbst haben. Und genau wie Isis unser Volk durch die Erste Zeit geführt hat, so musst du uns durch die Letzte führen.«

Meine schuppigen Hände streichen kratzig über ihre Haut.

»Aber … diese Träume, dieser Gestank … Das sind keine Gaben. Es sind Symptome meiner Angststörung, das hat mein Psychiater diagnostiziert.«

Meine Großmutter seufzt. »Ich wünschte, das wäre die Wahrheit, denn uns stehen schreckliche Zeiten bevor, Maria. So schreckliche Zeiten.«

Bevor ich fragen kann, was sie damit meint, rennt ein kleiner Junge in einer weißen Dschallabija ins Zimmer.

»*Sitto, Sitto!* Amun sagt, ich habe eine englische Cousine. Ist das wahr?«

Lächelnd legt meine Großmutter ihre Hand auf seine knochigen Schultern, und er sieht mich mit seinen riesigen, dunklen Augen an. »Ja, das stimmt, mein Kind. Maria, dies ist Ptah, der Großneffe meines verstorbenen Bruders. Ihr seid Cousins zweiten Grades. Ptah, dies ist Maria, meine Enkelin.«

Ptah grinst mich strahlend an, er hat eine Zahnlücke. »Lebst du in London? Kennst du David Beckham? Kann ich dich besuchen?«

Sein Lächeln ist absolut unwiderstehlich. Ich habe mir immer einen kleinen Bruder oder eine kleine Schwester gewünscht, und nun habe ich nicht nur eine Großmutter, sondern auch einen Cousin.

»Natürlich«, sage ich, die Stimme heiser vor unterdrückten Tränen. »Aber Fußballspieler kenne ich leider keine. Wie alt bist du?«

»Achtdreiviertel«, sagt er und macht sich so groß wie möglich.

»Na ja, vielleicht können wir uns ja zusammen ein Premier-

League-Spiel ansehen, wenn du mich besuchst?« Mein Blick fällt auf seine Turnschuhe, sie sind blendend weiß und viel zu groß für seine kleinen Füße. Ob ich meiner Großmutter Geld geben kann, damit sie ihm als Kennenlerngeschenk ein paar neue Fußballschuhe kauft? Oder wäre das unhöflich?

»Darf ich, *Sitto*?« Ihm fallen vor Aufregung fast die Augen aus dem Kopf.

»Wir werden sehen«, sagt seine Großmutter.

Ptah nimmt das als Ja und schlingt so schnell die Arme um meine Taille, dass ich beinahe umfalle. »Danke! Ab jetzt trainiere ich jeden Tag, damit ich richtig gut bin, wenn ich dich in England besuche. Vielleicht nehmen sie mich auch unter Vertrag!« Ptah drückt mich noch einmal und rennt dann wieder nach draußen.

»Ist der süß«, sage ich.

Meine Großmutter nickt, aber als sie sich schwer auf einen Stuhl sinken lässt, sehe ich die Tränen, die ihr über die Wangen laufen.

»Großmutter, was ist los? Was ist passiert?«

»Ach, mein selbstsüchtiges Herz wünscht, ich könnte dich und Ptah hier bei mir behalten, wo ihr in Sicherheit seid. Ich wünschte, du könntest die Tochter sein, die mir geraubt wurde, und ich die Mutter, die du nie gekannt hast.«

Ich eile zu ihr und umfasse ihre Hände. »Weine nicht«, sage ich und knie zu ihren Füßen nieder. »Das will ich auch.« Ich lege meinen Kopf in ihren Schoß, schließe die Augen und stelle mir ein Leben in diesem kleinen, einfachen Haus vor. Mit dem Geld, das mir mein Dad hinterlassen hat, könnte ich ihr ein neues Bett und einen neuen Fernseher kaufen. Vielleicht sogar einen Blindenhund.

Meine Großmutter saugt zitternd die Luft ein. »Leider ist es nicht wichtig, was du willst oder ich will, Maria. Alles hat einen tieferen

Sinn, ein Muster, das wir Sterblichen nicht erkennen können. Und es muss zu seiner Zeit vollendet werden.«

Sie hebt meinen Kopf an und zwingt mich, in ihre silberblauen Augen zu schauen. »Dir steht eine schreckliche Entscheidung bevor, Maria. Du musst dein Schicksal akzeptieren und uns führen. Und dann musst du Ihn zerstören, bevor Er uns alle vernichtet.«

»Aber ich habe dir doch gesagt, ich bin nicht …«

Sie packt mein Gesicht so fest, dass ich ihre Fingerknochen an meinem Kiefer spüre. »Schließ die Augen«, befiehlt sie. »Schließ die Augen und sieh.«

Ihr verzweifelter Tonfall erschreckt mich, und ich gehorche ihr.

Und ich bin dort. Allein in der Dunkelheit, einer so tiefschwarzen Nacht, dass ich nichts sehen oder spüren kann. Ich schaue nach oben und suche angestrengt, bis ich über mir ein blaues Rechteck mit silbernen Sprenkeln erkennen kann. Eine Hand greift nach meiner, und ich schreie um Hilfe.

Die Hand wird größer und dunkler, und die Luft ist erfüllt vom Pesthauch der Verwesung.

Und plötzlich weiß ich, dass es Seine Hand ist – die Hand des Teufels.

Und er ist nicht gekommen, um mich zu retten, sondern um mich zu zerstören.

Ich will schreien, aber mein Mund füllt sich mit Wasser, und das Wasser schmeckt nach Tod.

Ich werfe den Kopf in den Nacken, und die Tropfen werden zu Tränen, die wie Regen über mein Gesicht strömen, als sich der Himmel mit Feuer füllt. Ich wende mich von dem Gleißen und der unerträglichen Hitze ab, aber ich kann den Schreien der Verwundeten, ihrem verzweifelten Heulen, nicht entfliehen. Meine Lungen füllen sich mit dem Rauch der Brennenden und der Asche der Toten, und ich würge und schluchze, bis …

Ich reiße mich los.
Ich kauere auf dem Boden, spüre den kalten Stein unter meinen Händen und Knien. Mein ganzer Körper wird von Schluchzern geschüttelt. Ich schaue hoch und sehe meine Großmutter in ihrem Schlafzimmer. Das goldene koptische Kreuz an der Wand glänzt in der Nachmittagssonne.
»Was zum …? Was war das?«, krächze ich.
»Das war die Zukunft, Maria. Du hast gesehen, wie sich Seine Dunkle Hand nach dir ausstreckt. Und die Zerstörung, die Er mit sich bringen wird.«
»Wer?« Aber schon als ich die Frage flüstere, weiß ich, was sie antworten wird.
»Er hat viele Namen, aber in den uralten Schriften nennt man Ihn Belial.«
Ich verziehe mein Gesicht beim Klang des Namens.
»Aber den Teufel gibt es doch nicht …«
Meine Großmutter beugt sich vor.
»Wer aber darüber zweifelt, ist gerichtet, Maria. Römer 14:23. Ich habe einen hohen Preis für dieses Wissen bezahlt. Ich sah, wie sich Seine Hand nach meiner Tochter ausstreckte. Doch ich zweifelte an meiner Gabe und konnte sie nicht beschützen. Ich sah den Schatten Seiner Dunklen Hand auf deinem Vater liegen, doch er hörte nicht auf meine Warnung. Und nun greift der Teufel auch nach dir, denn Er weiß, dass nur du Ihn aufhalten kannst.«
Ich will ihre unmöglichen Worte bestreiten, darauf bestehen, dass ich einfach nur Albträume habe. Aber wie kann es ein Traum sein, wenn ich wach hier sitze? Und woher weiß meine Großmutter –

die ich gerade erst kennengelernt habe –, was ich vor meinem inneren Auge gesehen habe?

»Ich verstehe das nicht«, sage ich und lehne mich auf die Fersen zurück. »Ich …«

Meine Großmutter legt mir so bestimmt die Hände auf die Schultern, dass ich verstumme. »Dir bleibt keine Zeit, zu verstehen, Maria. Du musst den Rest der Silberrolle finden und damit das geheime Wissen, das den Aufstieg Belials mit all der Zerstörung, die Er über die Welt bringen wird, verhindern kann.«

»Und was, wenn ich sie nicht finde?«

Meine Großmutter sieht mich mit ihren zerstörten Augen an.

»Solltest du scheitern, dann wird es einen Krieg geben, wie ihn diese Welt noch nie gesehen hat und nie wieder sehen wird. *Und wenn tausend Jahre vollendet sind, wird der Satanas los werden aus seinem Gefängnis und wird ausgehen, zu verführen die Heiden an den vier Enden der Erde, den Gog und Magog, sie zu versammeln zum Streit*«, zitiert sie aus der Offenbarung des Johannes. »Die Bibel sagt voraus, dass Feuer vom Himmel regnen und die Kämpfer vernichten wird. Aber sie warnt auch vor dem Tag des Jüngsten Gerichts, an dem alle, deren Namen nicht im Buch des Lebens stehen, in den Feuersee geworfen werden.«

Ich zittere und denke an meinen Traum – oder was immer das war – vom brennenden Himmel und den entsetzlichen Schreien, die die Luft erfüllten.

Meine Großmutter lässt mich los und legt sich die Hände vor die mit Tränen erfüllten Augen.

»Du musst jetzt gehen, Maria, bevor ich in Versuchung gerate, darum zu bitten, dass dieser Kelch an mir vorübergehen möge. Amun wird dir dabei helfen, die Leute zu finden, die dir die Übersetzung gestohlen haben. Aber bevor du gehst, bitte Michael, noch ein bisschen bei mir zu bleiben. Ich muss noch mit ihm allein reden.«

»Ich soll gehen? Aber ich wollte noch mit dir über Mum reden und …«

»Finde den Rest der Silberrolle, Maria. Sirius geht in acht Tagen auf.«

Ich küsse sie auf die Wange und stehe widerstrebend auf. Als ich an der Tür ankomme, ruft meine Großmutter mir noch etwas nach.

»Als Christin bitte ich dich darum, zu glauben«, sagt sie. »Aber als Ägypterin flehe ich dich an, östlich des Flusses zu bleiben. Denn der Osten ist das Land der Lebenden. Im Westen liegt das Totenreich.«

KAPITEL 20

Joshua springt auf, als ich in die kleine Küche meiner Großmutter komme.

»Alles okay?«, fragt er und sieht mich forschend an.

Ich war schon immer eine miese Lügnerin, aber Joshua hat eine Art, mich anzusehen – in mich hineinzusehen –, als könne er dort genau lesen, was ich fühle.

Aber was soll ich ihm sagen? Die unglaublichen Worte meiner Großmutter jagen immer noch durch meinen Kopf. Ich brauche Zeit, um all das zu begreifen, um zu entscheiden, was ich glaube und nicht glaube, bevor ich meine Gedanken der Verachtung aussetze, die sie in ihm unweigerlich hervorrufen werden.

Ich weiche also seinem Blick aus, schaue Michael an und sage ihm, dass meine Großmutter gerne mit ihm reden möchte. Und dann frage ich Amun, ob er schon mal von einem Professor Sean O'Brien gehört hat.

Amun nickt und erklärt, dass O'Brien hochrangiger Beamter des ägyptischen Altertumsministeriums ist, der Behörde, die den Zugang zu der Geschichte, der Kultur und allem Wissen Ägyptens kontrolliert.

»Kannst du uns dort hinbringen?«, bitte ich. »Ich muss unbedingt meine Patentante Bella finden, und ich glaube, er weiß, wo sie ist.«

Amun verbeugt sich. »Natürlich.«

Professor O'Briens Assistent winkt uns in ein riesiges Büro mit einem überdimensional gigantischen Konferenztisch, der in dem Sonnenlicht glänzt, das durch die Fenster fällt. Er zeigt auf ein paar cremeweiße Ledersessel, die auf der anderen Seite des Raumes um ein niedriges Tischchen gruppiert sind.

»Bitte nehmt Platz. Der Professor wird gleich bei euch sein.«

Joshua und ich schauen uns lächelnd an. Nach einem kurzen Streitgespräch mit der Empfangsdame erklärte sie sich schließlich dazu bereit, Professor O'Brien eine Nachricht zu überbringen. »Mein Name ist Maria Shepherd«, schrieb ich. »Bella ist meine Patentante, und Sie haben etwas, was mir gehört.« Es funktionierte. Knappe fünf Minuten später kam sein Assistent nach unten und sagte, der Professor habe überraschend doch noch einen freien Termin.

Amun und Joshua setzen sich, aber ich bleibe stehen und studiere die Plinthen, die beide Wände des Raumes säumen. Es sind ungefähr zehn, und alle tragen ägyptische Statuen, die ich aus meiner Kindheit kenne: Götter und Pharaonen neben mumifizierten Katzen, bronzenen Falken und Papyrusfragmenten mit uralten Hieroglyphen. Ich bleibe bei der Statuette von Isis stehen, die den jungen Horus an die Brust gelegt hat.

»Ah, sie ist wunderschön, nicht wahr?«, sagt eine Stimme hinter mir. »Isis, die Göttin Ägyptens.«

Ich drehe mich um und sehe einen alten Mann mit silbernem Haar hinter mir stehen. Er trägt einen cremefarbenen Leinenanzug und ist so blass, als habe die Zeit all seine Farben gebleicht. Sogar seine Augen sind von einem sehr hellen Grau.

»Isis ist meine Lieblingsgöttin«, sagt er. »Die alten Ägypter verehrten sie als ideale Frau und Mutter, die Schutzherrin der Natur, der Magie und der Heilkunst, Freundin der Sklaven, Sünder und

Kunsthandwerker. Es ist inzwischen weitestgehend akzeptiert, dass diese Statue einen enormen Einfluss auf die Ikonografie der Jungfrau Maria mit dem Jesuskind hatte. Aber im Gegensatz zu Maria war Isis nicht nur ein passives Gefäß für ihren Sohn. Sie war eine starke, politisch kompetente Königin und eine sehr mächtige Zauberin.«

»Ich kenne Isis«, sage ich, irritiert darüber, dass er tatsächlich versucht, ausgerechnet mir die ägyptische Kultur zu erklären. Während andere Mädchen die Wände ihrer Zimmer mit One-Direction-Postern bepflastert haben, war ich besessen von Bildern und Geschichten, die mit Isis zu tun hatten. Dad sagte immer besorgt, ich würde sie als eine Art Muttterersatz betrachten, weil meine eigene Mum so früh gestorben war.

»Du musst Maria sein«, sagt er und streckt mir die Hand entgegen. Sein Mund verzieht sich leicht, als ich mich weigere, sie zu ergreifen. Er wirbelt herum und sagt voller Enthusiasmus: »Und das bedeutet, dass du Joshua sein musst. Und du bist …?« Sie stehen auf, er schüttelt ihnen die Hände und klopft Amun gönnerhaft auf die Schulter, während er sich ihnen vorstellt.

»Aber bitte setzt euch doch wieder.«

Er sinkt in den Sessel gegenüber von Amun und Joshua und gießt Wasser in die Gläser, die auf dem Couchtisch stehen.

Ich bleibe stehen, verschränke die Arme vor der Brust und mustere den Mann, der Bella dazu angestiftet hat, mir die Übersetzung der Silbernen Schriftrolle zu stehlen. Er klingt britisch, aber ich glaube, den Hauch eines Akzents durchschimmern zu hören. Südafrika vielleicht?

Professor O'Brien nickt in Richtung des leeren Sessels neben ihm. »Kaum zu glauben, dass vor nicht einmal zwei Wochen dein armer Vater genau hier gesessen hat.«

Ich zucke zusammen.
»Davids Tod ist ein schrecklicher Verlust«, sagt er kopfschüttelnd. »Er war ein so brillanter Wissenschaftler. So kritisch, so intuitiv. Zweifellos einer der besten Studenten, die ich je unterrichten durfte.« Er reicht mir ein Glas Wasser, als wolle er mit mir anstoßen. Ich nehme es und setze mich in den Sessel, der die Erinnerung an meinen Vater trägt.
»Warum war mein Vater bei Ihnen?«
O'Brien seufzt, als mache die Erinnerung ihn traurig. »Dein Vater wollte eine Ausgrabungsgenehmigung für das Gizeh-Plateau. Ich habe ihm ausführlich erklärt, dass weder Probebohrungen noch Satellitenbilder Anzeichen für irgendetwas gezeigt haben, was einen schweren Eingriff in eine Stätte von solch enormer historischer Bedeutung rechtfertigen würde. Ich konnte seinem Antrag nicht stattgeben, und wir trennten uns leider im Streit.«
Bevor ich weiterfragen kann, klatscht Professor O'Brien unvermittelt in die Hände. »Aber lasst uns nicht länger in der Vergangenheit verweilen. Ich kann mir vorstellen, dass ihr euch fragt, wo Bella eigentlich ist und was sie mit eurer Übersetzung der Silbernen Schriftrolle angestellt hat. Stimmt's?«
»Richtig«, sage ich. Es überrascht mich, dass er das Thema von selbst anspricht, und zwar ohne jeden Anschein von Zerknirschung oder Schuldgefühl. »Also, wo ist sie? Und wo ist die Übersetzung?«
»Beide sind am sichersten Ort der Welt. Bei mir zu Hause.«
»Sicher vor wem?«, frage ich.
Er scheint einen Augenblick lang darüber nachzudenken, was genau er uns sagen soll. »Habt ihr schon einmal von der Kriegsrolle gehört?«
Wir schütteln den Kopf.

»Das ist eine der berühmtesten Schriftrollen von Qumran. In diesem uralten Text wird von einem Krieg zwischen den Mächten der Finsternis und des Lichts berichtet, der schon seit Anbeginn der Zeit andauern soll. Der Kriegsrolle zufolge war der Herrscher der Söhne der Finsternis Belial, der Antichrist.«

Trotz des Sonnenlichts, das durch die Fenster strömt, schlinge ich die Arme um mich, weil ich auf einmal eine Gänsehaut habe.

»Ach, kommen Sie. Das glauben Sie doch nicht ernsthaft, oder?«, seufzt Joshua.

»Ich bin kein Theologe, sondern Archäologe, was ich glaube, ist völlig irrelevant. Wichtig ist, dass andere daran glauben, denn ihre Überzeugungen gefährden schon seit langer Zeit einige unserer wertvollsten Artefakte aus dem Altertum.«

»Wie meinen Sie das?«, frage ich.

»Ich glaube, dass über viele Jahrhunderte hinweg eine Geheimgesellschaft – die Söhne des Lichts – geheime Botschaften für nachfolgende Generationen in einigen unserer ältesten Monumente, Legenden und Manuskripte verborgen hat, als Erinnerung an und Warnung vor der Rückkehr Belials. Im Gegenzug haben die Söhne der Finsternis skrupellos Jagd auf alle Spuren dieser Botschaften gemacht, mit dem einzigen Ziel, sie im Dienste ihrer Sache zu zerstören. Die Taten der Söhne der Finsternis sind im Laufe der Geschichte zu verschiedenen Zeiten den unterschiedlichsten Gruppen und Nationalitäten zugeschrieben worden: die Auflösung der englischen Klöster, die Verwüstung Südamerikas durch Cortés, die Angriffe der Wikinger auf ganz Europa, sogar die heutige Zerstörung des Nahen Osten durch verschiedenste Terrorgruppen. Trotz all ihrer Unterschiede werden all diese Taten grundsätzlich durch denselben Impuls gesteuert: Sie dienen der Zerstörung des Wissens, das so lange so sorgfältig verborgen und bewahrt wurde.«

»Wollen Sie mir allen Ernstes erzählen, es gäbe eine internationale Verschwörung, an der all diese Gruppen beteiligt sind?«, schnaubt Joshua.

»Nein«, sagt Professor O'Brien ruhig. »Die Söhne der Finsternis – oder Söhne Belials, um ihren anderen Namen zu benutzen – sind keine organisierte Faktion. Noch nicht. Die meisten folgen nur dem uralten Instinkt, das Wissen zu zerstören, das tief in den Seelen mancher Menschen verwurzelt ist.«

»Und was ist mit den Söhnen des Lichts? Sind die organisierter?«, frage ich hoffnungsvoll.

»Ich glaube, dass auch sie in verschiedenen Epochen die unterschiedlichsten Namen trugen. Aber die Essener, denen die Kriegsrolle zugeschrieben wird, nannten sich selbst Söhne des Lichts, und viele glauben, dass es eine Verbindung zwischen ihnen und den altägyptischen Therapeuten gibt.«

Ich nicke und denke daran, was ich über die Essener gelesen habe, nachdem Bella uns von der Silberrolle erzählt hat. Sie waren eine geheimnisvolle jüdische Sekte, die angeblich in der Qumran-Wüste gelebt haben und die Qumran-Schriftrollen und andere heilige Texte verwaltet und aufbewahrt haben sollen. Es heißt, sie seien Propheten und Heiler gewesen und hätten mit den Engeln kommuniziert.

»Es gibt Theorien, nach denen Josef von Arimathäa mit seinem Großneffen Jesus die Essenergemeinschaft Israels besucht hat, weil diese die größte Sammlung religiöser Manuskripte besaßen, die es damals gab. Als dein Vater und Bella bei mir studierten, habe ich oft darüber spekuliert, dass Josef von Arimathäa womöglich ein paar Qumran-Schriftrollen – eventuell sogar die mythische Silberrolle selbst – nach Glastonbury in England gebracht haben könnte. Ich vermutete darin den Ursprung der Gralslegende. Es war nur die hoffnungsvolle Ahnung eines alten Archäologen, aber wie sich herausgestellt hat, war meine Hypothese zutreffend. Deshalb hat deine Patentante Bella mich kontaktiert, Maria.«

»Aber warum hat sie uns das nicht einfach gesagt?«, frage ich. »Warum all diese Lügen?«

»Als Archäologe kämpfe ich jeden Tag darum, unser Erbe vor denen zu beschützen, die es zerstören oder verzerren wollen. Leider ist es nicht ungewöhnlich, dass Artefakte, die der Mainstream-Meinung über die Geschichte widersprechen, einfach verschwinden. Deshalb habe ich Bella gebeten, mir die Übersetzung der Silberrolle persönlich zu übergeben, damit ich sie selbst untersuchen kann. Ich muss erfahren, was darin steht, bevor ich entscheide, wem ich die ausführlichere Analyse anvertrauen kann.«

»Weil Sie befürchten, die Söhne Belials könnten versuchen, sie zu zerstören?«

»Es wäre nicht das erste Mal.«

Ich starre Professor O'Brien an, der wie ein Wächter der Geschichte zwischen seinen Schätzen steht. Offensichtlich habe ich ihn völlig falsch eingeschätzt. »Glauben Sie, diese Leute, die Söhne Belials, haben auch meinen Vater umgebracht?«

»Wie bitte? Ich dachte, er sei bei einem tragischen Unfall umgekommen.«

Mein Verdacht sprudelt nur so aus mir heraus.

O'Brien legt die Fingerspitzen aneinander. »Hast du der Polizei von deinem Verdacht erzählt?«

»Ja, aber sie haben mir nicht geglaubt. Sie sagten, es sei normal, dass geschockte Verwandte versuchen, Gründe für eine so sinnlose Tragödie zu finden.« Meine Haut brennt, als ich an die mitleidigen Blicke der Polizei denke.

Professor O'Brien legt den Kopf schief. »Meiner Meinung nach würden manche Leute alles tun, um die Silberrolle in die Hände zu bekommen. Obwohl sie ihnen nichts nützen würde, denn leider ist die auf ihr eingravierte Botschaft in einem obskuren Code verfasst, der wahrscheinlich nur für unsere Vorfahren Sinn ergeben hat.«

»Und für Mathegenies«, sagt Joshua und schaut mich an.

»Wie bitte?«, sagt Professor O'Brien, der gesehen hat, wie wir uns anlächeln.

Ich erkläre ihm schnell die Chiffre auf dem Sarkophag und wie mir klar wurde, dass *Das Erste von vielen* sich auf die Dreieckszahlen bezog.

Professor O'Brien schaut mich so durchdringend an, dass ich mir auf einmal wünsche, ich hätte nicht so angegeben. Aber jetzt ist es zu spät.

Die Bürotür öffnet sich, und der Assistent kommt hüstelnd herein. »Es tut mir leid, Professor, aber der Termin mit dem Minister hat bereits begonnen. Sein Büro hat schon zweimal angerufen.«

»Meine Freunde, ich fürchte, den Minister kann ich nicht länger warten lassen«, sagt O'Brien und erhebt sich. »Aber kommt doch heute alle zu mir zum Abendessen, dann kann ich euch das Dokument zurückgeben, über das wir gesprochen haben. Schreibt mir doch bitte auf, in welchem Hotel ihr untergekommen seid, dann sage ich Bella, sie soll euch um sieben dort abholen.«

Ohne auf eine Antwort zu warten, nimmt er seinem Assistenten ein Bündel Papiere aus der Hand und geht zur Tür. An der Schwelle dreht er sich abrupt um und schaut mich mit seinen grauen Augen, die in der grellen Sonne von Kairo metallisch glänzen, scharf an. »Ach, übrigens, weiß sonst noch jemand von der Sache, die wir gerade besprochen haben?«

»Nein.«

»Ausgezeichnet. Bitte sorgt dafür, dass das auch so bleibt. Ich kann nicht genug betonen, wie gefährlich es für euch werden könnte, sollten die falschen Leute von der wahren Natur eurer Entdeckung erfahren.«

KAPITEL 21

Die Hitze trifft uns wie ein Faustschlag, als wir auf die Treppe der Altertumsbehörde hinaustreten. Ich hole mein Gel heraus; am liebsten würde ich meinen ganzen Körper in die kühle, flüssige Chemie tauchen.

Joshua setzt seine Sonnenbrille auf.

»Glaubst du wirklich, O'Brien rückt die Silberrolle heraus, weil du ihn nett darum gebeten hast?«

»Nein, tue ich nicht«, sage ich und denke daran, wie er mich bei der Frage angesehen hat, ob noch jemand von unserem Geheimnis weiß. »Ich vertraue ihm nicht, der Typ ist gruselig. Aber was haben wir für eine Alternative?«

Joshua schaut auf seine Uhr. »Bella holt uns erst in sieben Stunden ab. Sollen wir erst mal zurück ins Hotel gehen?«

»Mach das, wenn du willst«, sage ich. »Aber ich gehe zu den Pyramiden.«

»In dieser Hitze? Bist du verrückt?«

»Joshua hat recht«, nickt Amun. »Du solltest die Nachmittagssonne meiden und die Pyramiden morgen früh besichtigen, wenn es kühler ist.«

»Aber dann verlieren wir noch einen Tag.«

»Na und?«, fragt Joshua.

»Sirius geht in weniger als acht Tagen auf.« Ich halte inne. Wie soll ich erklären, was mir meine Großmutter gesagt hat oder welche

Angst mich innerlich erzittern lässt? Ich kann es nicht, also erinnere ich ihn nur daran, dass wir immer noch nicht wissen, was die Textzeilen unserer Hälfte der Übersetzung bedeuten. »Wenn ich die Pyramiden sehe, komme ich vielleicht auf die Lösung«, schließe ich.

Amun verbeugt sich. »Es wäre mir eine Ehre, dich dorthin zu begleiten.«

Joshua starrt ihn wütend an. »Ich komme auch mit«, murmelt er.

Die Pyramiden erheben sich wie goldene Berge über das Gizeh-Plateau. Ich kneife die Augen zusammen und versuche, den urbanen Dschungel von Kairo zu unserer Rechten auszublenden, die glänzenden Büro- und Hotelgebäude, den süß-salzigen Geruch eines nahen McDonald's. Im Westen erstreckt sich nur Wüste, Meile um Meile Sand, der bis zum dunstigen Horizont zu reichen scheint. Ich lege den Kopf in den Nacken, aber die gigantische Größe der Pyramiden lässt sich kaum begreifen. Der brennende Wunsch, die Hand meines Vaters zu nehmen und diesen Augenblick mit ihm zu teilen, zerreißt mich beinahe.

»Alles okay mit dir?«, fragt Joshua.

Ich habe einen Kloß im Hals. »Ich habe immer geglaubt, mein Vater wäre an meiner Seite, wenn ich die Pyramiden zum ersten Mal sehe.«

»Oh, Maria«, sagt er, und die Wärme seiner Hand auf meinem Rücken lässt mir die Tränen in die Augen steigen.

Ich gehe einen Schritt zur Seite, als Amun sich zu uns stellt.

»Es ist wirklich beeindruckend, nicht wahr?«, sagt er. »Wusstet ihr, dass die Große Pyramide die am genauesten ausgerichtete Struktur ist, die es auf der Welt gibt? Die vier Seiten entsprechen exakt den vier Himmelsrichtungen im Kompass, mit einer Abwei-

chung von weniger als 0,15 Prozent. Ausnahmslos alle internen und externen Maße der Pyramiden können als Funktionen von Pi, Phi und dem ägyptischen Sonnenjahr ausgedrückt werden.«
Amun schüttelt ehrfürchtig den Kopf. »Meine Vorfahren hatten noch nicht einmal den Flaschenzug erfunden, aber irgendwie haben sie es geschafft, mit einer Präzision, die uns noch heute schwerfallen würde, diese Giganten aus Stein zu errichten.«
»Und wie haben sie das geschafft?«, fragt Joshua.
»Mein Dad hat immer gesagt, die wichtigste Frage sei die nach dem *Warum*.«
»Und er hatte recht damit«, sagt Amun. »Der architektonische Nutzen war wirklich nicht groß genug, um den immensen Aufwand zu rechtfertigen, den ein solches Maß an Präzision erfordert hat. Es ist, als ob die alten Ägypter uns damit irgendetwas sagen wollten.«
Joshua schaut stirnrunzelnd zwischen uns hin und her. »Wahrscheinlich waren sie bloß Mathegenies, die gerne angegeben haben.«
»Aber wen wollten sie damit beeindrucken?« Amun streckt die Arme aus, um den Anblick vor uns zu umfassen. »Die Große Pyramide ist ein maßstabsgetreues Modell der nördlichen Erdhalbkugel im Maßstab 1 : 43 200. Und erst jetzt, Tausende von Jahren, nachdem sie gebaut wurde, sind wir in der Lage, dies überhaupt zu würdigen.«
»Das macht keinen Sinn«, sagt Joshua. »Sie hätten damals gar nicht wissen können, wie groß unser Planet ist. Dazu mussten wir erst Flugzeuge bauen.«
Amuns blaue Augen werden weich, als er mich ansieht. »Das war das Thema der letzten Vorlesung deines Vaters, Maria. *Das fehlende Kapitel der menschlichen Geschichte*. Er sagte, die momentan

herrschende Lehrmeinung sei so offensichtlich falsch, dass es ein fehlendes oder vergessenes Kapitel der Menschheitsgeschichte geben muss. So, wie auch der Schlussstein der Pyramidenspitze fehlt.«

Ich schaue seinem ausgestreckten Finger nach. Die Pyramidenspitze ist abgeflacht, als habe jemand den letzten Stein vergessen. Das fehlende Kapitel. Ich erinnere mich daran, dass Dad einen Artikel mit diesem Titel geschrieben hat, in dem er die Hypothese aufstellte, die Pyramiden seien von einer technisch versierten Zivilisation vor vielen Tausend Jahren gebaut worden, bevor ein katastrophales Ereignis deren Untergang herbeiführte. Er schaffte es nie, den Artikel drucken zu lassen, und sein wissenschaftlicher Ruf war danach auf Jahre ruiniert.

»Die Theorie deines Vaters war nicht so weit hergeholt, wie sich das vielleicht anhört«, sagt Amun, als habe er meine Gedanken gelesen. Er zeigt auf die Sphinx am Fuße der Pyramiden, ein kolossales Monument aus Sandstein mit dem Körper eines Löwen und dem Kopf eines Menschen. Ich erinnere mich daran, dass mein Dad mir gesagt hat, der Kopf allein sei so groß wie das Weiße Haus, der Körper so lang wie ein Fußballfeld. Obwohl ein Großteil des Gesichts erodiert und ein Teil des Körpers unter Schutt und Sandhaufen verborgen ist, strahlen die Haltung des riesigen Kopfes, der mit rätselhafter Miene zum Horizont schaut, und die Eleganz des uralten Körpers etwas Edles, Majestätisches aus.

»Die meisten Ägyptologen sind überzeugt davon, dass die Große Sphinx ungefähr 2500 v. Chr. gebaut wurde«, sagt Amun. »Aber wie Marias Vater in seinem Vortrag betont hat, gibt es Beweise für Wasserschäden am Stein, die nur Tausende von Jahren früher entstanden sein können.«

»Aber damals lebten wir noch in Höhlen«, sagt Joshua.

»Wenn man der orthodoxen Geschichtsschreibung glaubt, dann ja. Aber schon Platon schrieb, dass ägyptische Priester ihm von einer hoch entwickelten Zivilisation berichtet hätten, die ungefähr 10 500 Jahre v. Chr. auf einer Insel namens Atlantis lebte. Atlantis versank bei einer schrecklichen Katastrophe im Meer. Die Überlebenden suchten Zuflucht in Ägypten und waren – zumindest laut Platon – unsere Vorfahren.«

»Atlantis ist nur eine Legende«, sagt Joshua.

»Wir werden sehen«, sagt Amun diplomatisch. »Ein amerikanischer Prophet namens Edgar Cayce sagte voraus, dass man die Halle der Aufzeichnungen von Atlantis gemeinsam mit dem verlorenen Schlussstein in einer geheimen Kammer unter der Sphinx finden wird.«

»Unter der Sphinx? O'Brien sagte doch, mein Vater habe um die Erlaubnis gebeten, hier graben zu dürfen. Vielleicht hat er ja danach gesucht?«

»O'Brien sagte auch, dass alle Probebohrungen und Satellitenbilder ergeben haben, dass dort nichts ist«, sagt Joshua.

»Kann sein, aber wie gesagt vertraue ich dem Kerl kein Stück.« Ich schaue Amun an. »Hat dieser Edgar Cayce auch gesagt, wann man die Halle der Aufzeichnungen finden wird?«

»Er sagte, man werde sie in der *Letzten Zeit* finden.«

Joshua lacht. »Typischer Prophet. *Letzte Zeit* ist ein so vager Begriff, dass das jederzeit sein könnte.«

»Ganz im Gegenteil«, sagt Amun. »In Ägypten ist die Bedeutung sehr spezifisch. *Zepi Tepi* – die Erste Zeit – war vor mehr als dreizehntausend Jahren, als Orion seinen tiefsten Punkt am Himmel erreicht hatte. In der *Letzten Zeit* wird der Orion seinen höchsten Punkt am Himmel erreichen, und meines Wissens nach wird das in Kürze stattfinden.«

Ich zögere einen Moment, aber dann hole ich meine Übersetzung der Silberrolle aus meiner Tasche. »Amun, könntest du dir das mal ansehen, bitte?«
»Was machst du denn da?«, zischt Joshua. »Weißt du nicht mehr, was Professor O'Brien gesagt hat? Du hast den Typen doch heute erst kennengelernt, verdammt!«
»Na und? Dich kenne ich doch auch erst seit einer Woche.«
»Acht Tage«, sagt Joshua. Er starrt mich an, und ich frage mich, ob er dasselbe denkt wie ich. Wie können es erst acht Tage sein?
Ich reiße meinen Blick von ihm los und reiche Amun die Übersetzung mit einer kurzen Erklärung darüber, wo ich sie gefunden habe.
Amun liest den Text der Silberrolle mit seiner sanften, leisen Stimme:

»Wenn der Fisch, der ein Löwe war, sich zum Wasser wendet
und das Licht der Isis zurückkehrt,
wird Belials Dunkle Seele sich aus dem Abgrund erheben
und Seinen Schatten über das Land werfen.
Such die Zeichen der Zeit, der Ersten und der Letzten,
wo drei Könige herrschen, wie im Himmel so auf Erden.«

»Die letzte Zeile muss sich auf die Pyramiden von Gizeh beziehen, weil sie dem Oriongürtel entsprechen«, erkläre ich.
»Die Theorie ist mir bekannt«, sagt Amun. »Sie ist sehr umstritten, aber ihre Anhänger glauben, dass die Pyramiden und die Sphinx gemeinsam die Positionen der Sterne in der *Ersten Zeit* repräsentieren – also von vor mehr als dreizehntausend Jahren. Die drei Pyramiden spiegeln die Position des Oriongürtels, der

Nil repräsentiert die Milchstraße, und die Sphinx, ein Löwe, bezeichnet das Zeitalter des Löwen, das damalige Weltzeitalter.«
»Das heißt also, dieses ganze Plateau ist im Grunde genommen eine riesige 3-D-Sternenkarte von 10 500 v. Chr.«, sage ich und schaue Joshua aufgeregt an. »*Wie im Himmel so auf Erden.*«
»Ja. Dies müssen die Zeichen der Zeit sein, auf die sich die Silberrolle bezieht«, sagt Amun. »Die *Erste* und die *Letzte Zeit.*«
Ich blinzele zum blauen Himmel hinauf. »Und Sirius erscheint in acht Tagen wieder über dem Horizont«, sage ich.
»Ich habe dir doch gesagt, dass Sirius jedes Jahr verschwindet und wiederkommt«, sagt Joshua. »Es gibt keinen Grund, anzunehmen, dass dieses Jahr irgendetwas anders ist als sonst.«
»Wenn man der ersten Zeile der Silberrolle Glauben schenkt, dann doch«, sagt Amun. »Hier steht: *Wenn der Fisch, der ein Löwe war, sich zum Wasser wendet.* Das astrologische Zeitalter des Löwen war 10 500 v. Chr. in der *Ersten Zeit.* Wir verlassen gerade das Zeitalter der Fische und treten in das des Aquarius ein, dem Sternzeichen des Wassers.«
Ich drehe mich um und starre auf das Gizeh-Plateau. Mein ganzer Körper kribbelt vor Aufregung. Dieses Gebiet ist nicht nur eine 3-D-Sternenkarte. Es ist eine gigantische Uhr.
Und uns läuft die Zeit davon.

KAPITEL 22

»Wo ist Joshua?«, fragt Michael und schaut sich in dem kleinen Wohnbereich unserer Hotelsuite um.

»In der Dusche«, sage ich.

Michael wirft einen Blick auf seine Uhr. »Bella wird in einer Viertelstunde hier sein.« Er sinkt auf das Sofa und seufzt abgrundtief.

»Was hat meine Großmutter zu dir gesagt?«, frage ich. Seit er wieder hier ist, kommt er mir ungewöhnlich schweigsam vor.

Michael dreht den Ring an seinem Finger. »Sie hat mir die Wahrheit gesagt.« Er geht zum Balkon und schaut auf die überfüllten Straßen Kairos hinunter, die Abendsonne lässt sein silberweißes Haar rotgolden aufleuchten. Eine Brise dringt durch die offenen Türen, und ich rümpfe die Nase, als ich den Verwesungsgeruch darin wahrnehme.

»Das ist nur der Nil«, sagt Michael.

Ich nicke, aber als ich zu meinem Handgel greife, erinnere ich mich an die Worte meiner Großmutter. *»Es ist nicht Schmutz, den du spürst, sondern Seine Dunkle Seele mit dem Tod und der Zerstörung, die Er mit sich bringen wird.«*

»Glaubst du an den Teufel?«, fragt Michael plötzlich.

Ich werfe einen Blick in Richtung Badezimmer, wo ich Joshua gedämpft unter der Dusche singen höre. »Pythagoras würde sagen, wer an das Gute glaubt, muss auch an das Böse glauben. Wo es Licht gibt, muss es auch Dunkel geben.«

»Aber was sagst *du*?«

Ich schlucke. »Ehrlich gesagt weiß ich es nicht.« Und während der Himmel über Kairo langsam dunkler wird, erzähle ich ihm von meinen Träumen und der Vision, die ich im Haus meiner Großmutter hatte.

Michael dreht sich um und schaut mich forschend an. »Und was ist, wenn deine Großmutter recht hat? Sie sagt, du musst Ihn vernichten, bevor Er dich vernichtet. Glaubst du wirklich, du könntest das?«

»Kommt darauf an, was *Er* ist. Wenn seine Seele wirklich seit Tausenden von Jahren in einem Abgrund gefangen gehalten wurde, dann müsste das doch bedeuten, dass Belial als Baby zurückkehren wird, richtig?« Ich reibe die Handflächen aneinander. »Ich werde unter keinen Umständen einem Baby etwas antun.«

»In der Bibel spricht Paulus von einem Katechon, das den Antichrist einschließt, um seine Rückkehr zu verhindern. Das kann eine Sache, aber auch eine Person sein. Möglicherweise ist der Abgrund eine Art spirituelles Gefängnis für Seine Seele und kein physikalischer Ort. Er könnte also durchaus schon ein erwachsener Mann sein. Manchmal ist Unwissenheit das sicherste Gefängnis.«

Michael seufzt wieder, und es mag daran liegen, wie die untergehende Sonne auf sein Gesicht fällt, aber es wirkt heute Abend eingefallen und sehr, sehr müde. »Professor O'Brien wusste erstaunlich viel über die Söhne Belials, findest du nicht?«, sagt er nachdenklich. Dann steht er auf. »Ich brauche ein bisschen frische Luft. Ich laufe zum Professor und treffe euch dort. Es gibt einiges, was ich ihn gerne fragen würde.«

Etwas an der Art, wie er mir den Rücken zuwendet und zur Tür geht, erinnert mich an die letzten Momente mit meinem Dad. Hilflos folge ich ihm zur Tür.

»Michael?«

Er greift nach dem Türgriff.

Meine Haut prickelt. »Warte doch noch fünf Minuten, bis Joshua aus der Dusche kommt. Dann gehen wir zusammen.«

Michael öffnet die Tür und schaut mich noch einmal an. »Sag Joshua …« Er schüttelt den Kopf, und ich bin mir nicht sicher, aber ich glaube, ich sehe Tränen auf seinen Wangen glänzen. »Sag ihm, es tut mir leid.«

Und bevor ich fragen kann, wovon er spricht, ist er verschwunden.

Ich drehe mich um, als in der Stille hinter mir eine Tür aufgeschlossen wird. Joshua kommt aus dem dampfenden Bad, nur in Shorts. Sein nasses Haar klebt ihm am Kopf.

Er sieht, wie ich ihn anstarre, und ein wissendes Lächeln breitet sich auf seinem Gesicht aus. Ich halte seinem Blick stand, als er auf mich zugeht, und versuche, nicht auf seine nackte, mit glitzernden Tropfen bedeckte Brust zu starren. Als er näher kommt, beschleicht mich das Gefühl, als hätte ich dies schon einmal erlebt. Das Gefühl, dass ich genau weiß, wie sich seine nasse Haut an meiner anfühlen wird.

»Hey«, sagt er.

»Hey«, antworte ich so lässig wie möglich.

»Ich freue mich übrigens darüber, dass du deine Großmutter gefunden hast. Ganz ehrlich. Sorry, dass ich vorher so ein Arsch war. Wenn es ein Trick gewesen wäre, hätte dich das noch trauriger gemacht, und davor hatte ich Angst.«

Im weichen Abendlicht leuchten seine Augen golden wie Karamell, und ich spüre den mächtigen Drang, mich zu ihm zu beu-

gen, meine Arme um seinen Hals zu legen und ihn an mich zu ziehen.
»Wo ist mein Dad?«, fragt er mit leiser, rauer Stimme.
»Er ist nicht mehr hier.«
Die Worte hängen zwischen uns.
Ich gehe einen Schritt auf ihn zu, und der heiße Wasserdampf der Dusche, der sich mit dem betörenden Duft seines Kokosshampoos mischt, erfüllt meine Nase. Meine Augen sind auf einer Höhe mit seinem Mund.
Joshua beugt sich zu mir, und ich weiß, dass wir nur Sekunden davon entfernt sind, uns zu berühren.
Dann richtet er sich abrupt auf. »Moment. Was meinst du damit, er ist nicht mehr hier?«
»Wie bitte?«
»Mein Dad«, sagt er und schaut sich im Zimmer um. »Wo ist er hingegangen?«
»Er wollte einen Spaziergang machen«, sage ich, verwirrt durch den plötzlichen Stimmungswechsel.
Joshua eilt zum Balkon. »Hat er gesagt, wo er hingehen will und wann er wiederkommt?«
»Nein, er …«
»War er okay?«
Ich zögere. »Er wollte frische Luft schnappen und uns bei O'Brien treffen, weil er ein paar Fragen an ihn hatte.«
Joshua flucht. »Ich wusste es. Er fängt schon wieder an, sich in die Sache hineinzusteigern. Komm, wir gehen runter zu Bella. Vielleicht holen wir ihn ja noch ein.«

Bella küsst Joshua auf beide Wangen und hinterlässt rote Lippenstiftabdrücke auf seiner Haut. Dann wendet sie sich mir zu.

Sie macht einen Schritt, als ob sie eine Umarmung erwartet, aber ich bleibe mit verschränkten Armen auf dem Lobbystuhl sitzen.

»Wo ist Michael?«, fragt sie und tut so, als bemerke sie mein abweisendes Verhalten gar nicht.

»Er ist schon vorgegangen«, sagt Joshua mit angespanntem Gesicht. »Fahren wir?«

»Natürlich«, nickt Bella, wendet sich dann aber noch einmal mir zu. »Aber zuerst will ich mich bei Maria entschuldigen.«

Ich schaue sie völlig ausdruckslos an, weil ich nicht die Absicht habe, es ihr leicht zu machen.

»Hör zu. Ich kenne Professor O'Brien seit über zwanzig Jahren, dein Vater und ich haben bei ihm studiert. Als ich ihm von der Silberrolle erzählt habe, musste ich ihm versprechen, niemandem etwas davon zu sagen.« Sie schaut sich hastig um und senkt dann die Stimme: »Ich weiß, dass das dramatisch klingt, aber glaub mir, allein von ihrer Existenz zu wissen, bringt dich in Gefahr, Maria. Ich bin deine Patentante und habe vor Gott geschworen, dich vor allen Gefahren zu beschützen. Nur zu deiner Sicherheit habe ich dir nicht gesagt, dass ich die Übersetzungen nach Ägypten mitgenommen habe.«

»Aber du hast *gelogen*«, zische ich. »Nicht nur über die Silberrolle, sondern auch über meine Großmutter. Du hast sie eine Betrügerin genannt und mich glauben lassen, ich sei ganz allein auf der Welt. Wie konntest du nur?«

Bella wird rot. »Wenn du gewusst hättest, dass deine Großmutter hier ist, hätte ich dich niemals daran hindern können, nach Kairo zu fliegen. Es tut mir leid, dass ich gelogen habe. Aber ich habe nur versucht, die Tochter meines besten Freundes zu schützen, und das bereue ich nicht.« Ihre Unterlippe zittert. »Ich wollte dir die Wahrheit sagen, sobald die Silberrolle in Sicherheit ist. Kannst du mir verzeihen?«

Ich starre sie schweigend und wütend an, aber als ihr Tränen der Reue über die Wangen laufen, beruhige ich mich. »Okay. Aber lüg mich nie wieder an.« Ich räuspere mich und wechsele das Thema. »Ich verstehe nur eins nicht: Wenn mein Dad und Professor O'Brien wirklich so gute Freunde waren, warum hat er ihn dann nie erwähnt?«

Bella schaut auf ihre Uhr. »Willst du das Sean nicht lieber selbst fragen? Wir sollten los, sonst kommen wir zu spät.«

Dass Bella es so eilig hat, uns zu O'Brien zu schaffen, gefällt mir nicht, aber Joshua folgt ihr bereits zum Auto.

KAPITEL 23

Ich rutsche auf die Rückbank von Bellas silbernem Landrover. Der Geruch von sonnenverbranntem Leder und Benzin lässt mich ein bisschen würgen.

»Sean – Professor O'Brien – lebt in einer Vorstadt von Kairo, direkt am Rand der Wüste«, sagt Bella und dreht den Zündschlüssel. »Hier ist ein bisschen viel Verkehr, weil vorhin eine Demonstration war, aber sobald wir die Kasr-El-Nil-Brücke überquert haben und auf der Westseite des Flusses sind, müsste es besser werden.«

Ich rutsche unruhig hin und her und denke daran, was meine Großmutter mir zum Abschied gesagt hat: *Aber als Ägypterin flehe ich dich an, östlich des Flusses zu bleiben. Denn der Osten ist das Land der Lebenden. Im Westen liegt das Totenreich.* Aber uns bleiben nur noch knapp acht Tage, bis Sirius aufgeht. Ich muss Belial aufhalten, und dafür muss ich unbedingt erfahren, was auf der Silberrolle steht. Also schiebe ich meine Nervosität beiseite.

Als wir uns in die Schlange der vor der Brücke wartenden Autos einreihen, schaue ich aus dem Fenster. Zwei gigantische Bronzelöwen bewachen den Eingang der riesigen, viktorianischen Anlage, die mindestens so breit und lang ist wie die Westminster Bridge. Und wahrscheinlich doppelt so dicht befahren. Als wir endlich am anderen Ende ankommen, schaue ich zurück auf Kairo und bin überrascht, wie weit entfernt die Stadt in der fortgeschrittenen Dämmerung schon wirkt.

»Ihr solltet etwas Wasser trinken«, sagt Bella und schaut mich im Rückspiegel an. »Im Auto dehydriert man sehr leicht, sogar um diese Tageszeit. In der Tasche auf dem Rücksitz liegen ein paar Flaschen.«
Joshua greift in den Rucksack, der dort liegt, reicht mir eine kleine Plastikflasche und nimmt sich selbst auch eine. Die Flasche ist ziemlich warm, aber da meine Kehle sich wie ausgedörrt anfühlt, schraube ich den Deckel ab und nehme einen tiefen Schluck. Als wir von der Brücke fahren, gluckert das Wasser in meinem Bauch, und ich verziehe das Gesicht.
Ich schaue aus dem Fenster auf die Kuppeln der Moscheen, deren Silhouetten sich anmutig vor dem Abendhimmel abzeichnen. Bilde ich mir das nur ein, oder ist es hier im Westen dunkler? Und dieser schreckliche Gestank, wie Biotonnen im Sommer. Ist das der Fluss? Wieder höre ich die Worte meiner Großmutter:

»Es ist nicht Schmutz, den du spürst, sondern Seine Dunkle Seele mit dem Tod und der Zerstörung, die Er mit sich bringen wird.«

Der Gedanke dreht mir den Magen um. Ich schließe die Augen und atme durch den Mund ein, um die Übelkeit niederzukämpfen, die in mir aufsteigt. Das Auto ist warm, der Motor summt, und mein Kopf sackt nach vorn. Ich richte mich hastig auf, weil ich wach bleiben will, aber der Sog des Schlafs ist zu mächtig. Mein Kopf wiegt sich im Rhythmus des Autos, als das graue Zwielicht zu Schwarz wird.

»Maria?«
Uh. Mein Kopf.
»Maria? Komm, schon, Maria. Du musst aufwachen.«

Ich schmiege mich enger an Joshua und klammere mich an den warmen Schlaf, das Gesicht in seiner Halsbeuge, mein Herz an seinem, unsere Beine …

Ich reiße die Augen auf. Joshua?

Neben mir auf dem Rücksitz bewegt sich Joshua, dessen Gesicht an die Fensterscheibe gepresst ist.

Es war ein Traum. Nur ein Traum. Ich reibe mir das errötende Gesicht. Aber es hat sich so real angefühlt. Mehr wie eine Erinnerung.

»Leider habe ich mich ein bisschen verfahren, als ihr geschlafen habt«, sagt Bella. »Na, kommt schon. Ich brauche eure Hilfe beim Kartenlesen.« Sie öffnet die Autotür, und ich taumele nach draußen. Mein Gehirn ist irgendwie benebelt. Ich trete auf …

Sand?

Ich schaue hoch. Wo sind wir? In der Dämmerung ist die Gegend nur schwer zu erkennen, und ich drehe mich um und versuche, die Lichter Kairos auszumachen. Aber da ist nichts. Keine Gebäude, keine Straßen, keine Bäume, keine Lichter. Nur Sand, endlose Sandhügel, so weit das Auge reicht.

Verwirrt schaue ich Bella an. Sie breitet gerade eine Landkarte auf der Motorhaube aus und leuchtet sie mit der Taschenlampe an. Dann schaut sie mich an und sagt: »Ihr müsst bestimmt aufs Klo. Da drüben ist ein Felshaufen. Folgt doch dem Ruf der Natur, während ich versuche, herauszufinden, wo wir sind, okay?«

»Wie bitte? Auf keinen Fall.«

Stirnrunzelnd betrachtet Bella meine entsetzte Miene. »Maria, jetzt ist wirklich nicht der richtige Augenblick für deinen Hygienefimmel. Wir haben uns total verfahren, es wird noch eine Weile dauern, bis wir eine richtige Toilette finden.« Sie wendet sich wieder der Landkarte zu, dreht sie energisch unter dem Kegel der Taschenlampe.

Als ich fertig bin, wische ich mir die Hände mit Desinfektionstüchern ab und schaue mich wieder um. Ich könnte schwören, dass es jetzt heller ist als bei unserem Aufbruch. Es ist dämmrig, aber der Himmel ist von einem helleren Blau als vorher. Dabei müsste er eigentlich dunkler sein. Viel dunkler. Das muss das Wüstenlicht sein. Ich drehe mich um und betrachte den Horizont.

Irgendetwas stimmt hier nicht.

Joshua geht mit wachem, besorgtem Blick auf mich zu. Er tippt auf seine Uhr.

»Laut dem Ding hier ist es sieben Uhr. Sieben Uhr *morgens*.«

Ohne ein weiteres Wort gehen wir gemeinsam zu Bella zurück. Sie muss fertig gesucht haben, denn sie sitzt wieder im Auto, die Hände am Lenkrad. Aus unerfindlichen Gründen liegen unsere Rucksäcke auf dem Boden.

Joshua klopft ans Fenster, und sie rollt die Scheibe einen Spalt breit runter.

»Hey, Bella. Willst du allen Ernstes behaupten, dass wir mehr als zwölf Stunden lang im Kreis gefahren sind?« Er lacht.

Bella erwidert sein Lächeln nicht.

»Ja, Joshua. Wir sind ungefähr zwölf Stunden gefahren, aber nicht im Kreis. Ich habe euch hierhergebracht, ins Herz der Westlichen Wüste.«

»Du hast *was*? Warum? Bist du total verrückt geworden? Statt zum Professor zu fahren, haben wir eine Spritztour durch die Wüste gemacht?« Er zeigt hinter sich. »Okay, die haben wir gesehen. Überall nur Sand, sehr interessant. Aber jetzt bring uns bitte wieder zurück.« Wütend zieht er am Griff der hinteren Tür.

Sie ist verschlossen.

Joshua bedeutet Bella, sie zu öffnen.

Sie reagiert nicht, sondern starrt nur an ihm vorbei auf mich.

»Es tut mir leid, Maria. Ich wollte nicht, dass es so weit kommt, glaub mir. Aber ich muss euch leider hierlassen.«

»Haha, sehr witzig«, sagt Joshua. »Jetzt mach die Tür auf, bevor wir uns einen Sonnenbrand holen.«

Bella schaut mich weiter unverwandt an. Ihre Stimme zittert, als sie weiterspricht.

»Warum musstest du auch nach Ägypten kommen? Und warum musstest du zu Sean gehen? Alles wäre gut gegangen, wenn du in England geblieben wärst. Aber du musstest ja unbedingt weiterschnüffeln.«

Ich höre, was sie sagt, aber ihre Worte ergeben keinen Sinn.

»Komm schon, Bella«, sagt Joshua. »Wir sind hier am Ende der Welt. Kairo muss meilenweit weg sein.«

»Zweihundert Meilen, um genau zu sein. Zu Fuß würdet ihr zwei Wochen für den Rückweg brauchen. Es tut mir leid, Maria, aber du hast uns keine andere Wahl gelassen.«

Etwas läuft über Bellas Wange. Zuerst denke ich, es ist Schweiß, aber dann sehe ich, dass es Tränen sind.

Und dann kapiere ich endlich.

Meine Patentante wird uns hier in der Wüste aussetzen.

Joshua zerrt wie besessen an allen Türgriffen.

Bella greift nach dem Zündschlüssel.

»Warte!« Ich greife in den offenen Fensterspalt, suche ihren Blick und schreie: »Warum tust du das?«

Bella schaut zu Joshua, der inzwischen an der Kofferraumtür zerrt. Sie dreht sich wieder um, aber ihre rechte Hand lässt den Zündschlüssel nicht los.

»Weil wir seit Tausenden von Jahren auf die Rückkehr Seiner Dunklen Seele warten, Maria. Wir können nicht zulassen, dass du uns alles kaputt machst.«

KAPITEL 24

Das Röhren des Motors dröhnt durch die Wüste, als Bella den Wagen anmacht.

Bevor ich mich auf die Motorhaube werfen kann, drehen die Reifen durch, und Sand wirbelt auf, der Rover biegt scharf nach links ab und wirft uns beide aus dem Gleichgewicht.

»Nein!«, schreit Joshua. Ein paar Sekunden lang rennt er mit rotem, vor Anstrengung verzerrtem Gesicht neben dem Wagen her, die Hand immer noch am Türgriff. Aber das Auto ist zu schnell für ihn, und er lässt los. Keuchend bleibt er stehen, verschränkt die Hände hinter dem Kopf und starrt verzweifelt dem sich schnell entfernenden Landrover hinterher.

Ich renne weiter, zumindest bewegen sich meine Beine noch, schwer und langsam sinken sie im Sand ein. Der Landrover beschleunigt und wird mit jeder Sekunde kleiner. Meine Lungen sind voller Glasscherben. Darf ihn nicht verlieren. Darf nicht aufgeben.

»Maria, bleib stehen! Es hat keinen Zweck«, schreit Joshua hinter mir.

Ich renne weiter, mit schrecklichen, unkontrollierten Bewegungen taumele ich durch den Sand. Bellas Auto ist inzwischen mehrere Hundert Meter entfernt, aber meine Wut treibt mich weiter.

»Stopp, Maria!« Joshua rennt zu mir, sein keuchender Atem hallt durch die Stille der Wüste.

Ich renne weiter.
Er greift nach mir, packt das Ende meines Kopftuchs, aber es gleitet ihm durch die Finger.
Dann packt er mich am Arm und dreht mich um.
Ich versuche, das Gleichgewicht zu halten, aber er fegt mir mit dem Fuß die Beine weg und wirft mich zu Boden.
Ich lande hart im heißen Sand und ringe nach Luft.
Joshua steht vor mir, die Hände auf die Knie gestützt, und versucht, wieder zu Atem zu kommen. »Sorry«, japst er. »Musste dich aufhalten.«
Ich schnelle nach vorn, packe seine Knöchel und ziehe so fest ich kann. Er knallt ebenfalls auf den Boden.
Schnell rappele ich mich auf und suche nach Bellas Auto.
Aber es ist verschwunden.
Ich drehe mich einmal um mich selbst, aber da ist nichts. Nur ein Meer aus Sand, das sich meilenweit ringsum erstreckt, Welle um goldene Welle. Mein Ärger verpufft im Angesicht solch endloser Leere.
Joshua steht ebenfalls auf und keucht: »Ich musste dich aufhalten. Wir dürfen weder Wasser noch Energie vergeuden. Komm, wir müssen uns einen Sonnenschutz bauen, bevor es richtig Tag wird.«
»NEIN! Wir haben keine Zeit für Pfadfinderspielchen! Wir müssen den Reifenspuren zurück nach Kairo folgen, und zwar jetzt. Nachher sind sie verschwunden.«
Joshua packt meine Oberarme, seine Hände fühlen sich durch mein dünnes Hemd heiß und stickig an. Er zieht mich zu sich und zwingt mich, ihm in die Augen zu sehen, die im grellen Wüstenlicht fahlgelb wirken.
»Hör mir zu. Wenn du jetzt nicht genau tust, was ich dir sage,

dann werden wir beide sterben. Hast du gehört? Sterben. Wir sind in einer Wüste. Weißt du, was das bedeutet?«

Meine Zähne klappern, so heftig schüttelt er mich.

»Es bedeutet, dass es heute Mittag mindestens vierzig Grad heiß wird. Ein Mensch kann in einer solchen Hitze nur überleben, wenn er mindestens dreieinhalb Liter Wasser am Tag trinkt. Aber wir haben kein Wasser. Keinen. Einzigen. Tropfen. Und wir werden wahrscheinlich auch keines finden. Verstehst du mich?« Er gräbt seine Finger schmerzhaft in meine Haut.

»Unsere einzige Hoffnung ist es, so wenig Wasser wie möglich durch Schwitzen zu verlieren. Und das bedeutet, dass wir bei Tag nicht laufen und uns auch sonst nicht anstrengen dürfen. Wenn wir laufen, laufen wir bei Nacht. Tagsüber ruhen wir uns aus und verstecken uns vor der Sonne. Eigentlich dürfen wir tagsüber nicht einmal miteinander reden. Wenn du genau machst, was ich sage, dann schaffen wir es mit viel Glück vielleicht, noch zweieinhalb Tage zu überleben.«

TEIL DREI

DIE WÜSTE

KAPITEL 25

Joshua kniet sich neben seinen Rucksack, öffnet den Reißverschluss und kippt den Inhalt auf den Sand.

Ich knie mich neben ihn und durchwühle meinen eigenen. Die Morgensonne knallt auf meinen Nacken, und der heiße Sand ist rau unter meiner dünnen weißen Leinenhose. Irgendwo da drin muss doch eine vergessene Wasserflasche sein. Bitte. Aber da ist nichts. Nur Kopftücher und … Ich hole mein iPhone heraus und will es Joshua triumphierend unter die Nase halten. Aber natürlich gibt es in der Wüste keinen Empfang. Schweiß tropft von meinem Gesicht auf das Display, während ich trostlos auf die fast vollen, aber nutzlosen Ladebalken starre. Entmutigt stecke ich das Ding wieder in den Rucksack und hole meine Sonnenbrille heraus. Nachdem ich meinen Kopf in ein Kopftuch gehüllt habe, setze ich sie auf und schaue mir unsere Umgebung genau an.

Sand und Himmel erstrecken sich rundum bis zum Horizont, weder Bäume noch Häuser unterbrechen die Monotonie. Der Anblick von so viel Leere macht mir Angst, und ich hole mein Handgel aus der Hosentasche.

Joshua reißt es mir aus der Hand. »Sorry, aber ich fürchte, du musst auf kalten Entzug gehen.«

»Wer sagt das?«, frage ich empört und versuche, es ihm abzunehmen. »Hab deine Wahl zum Anführer wohl nicht mitbekommen.«

Joshua wischt sich den Schweiß ab. »Wir sind in der Wüste, falls du das auch nicht mitbekommen hast, Maria. Abgesehen von Schlangen und Skorpionen müssen wir auch auf spitze Steine und Dornen aufpassen. Ein kleiner Kratzer kann sich hier leicht entzünden und dich umbringen. Und dieses Gel ist die einzige Medizin, die wir haben. Du darfst es nicht verschwenden.«

»Von mir aus«, sage ich und werfe ihm das Gel zu. Ich versichere mir stumm, dass ich es nicht brauche – dass ich es wirklich nicht brauche –, stecke meine schweißfeuchten Hände wieder in den Rucksack und finde einen vergessenen Haferkeks. »Der hat zwar schon bessere Tage gesehen«, sage ich und schaue das klebrige, zerdrückte Ding angewidert an, »aber wenigstens verhungern wir nicht.«

»Vergiss es«, sagt Joshua und nimmt mir den Keks ab, als sei ich ein Kleinkind mit einem Messer in der Hand. »Unsere Körper verschwenden wertvolles Wasser, wenn sie etwas verdauen müssen. Wir können es wochenlang ohne Nahrung aushalten. Wasser ist unsere Priorität.«

»Bist du jetzt auch noch Pfadfinder des Jahres?«

»Ich habe den größten Teil meiner Kindheit damit verbracht, mich auf den Weltuntergang vorzubereiten, schon vergessen? Ich habe zwar nicht viel Ahnung von Pythagoras, aber ich weiß, wie man Wüsten, Trockenzeiten und Überschwemmungen überlebt.«

Er greift in meinen Rucksack und holt eins meiner neuen Kopftücher heraus. »Die sind schön groß«, sagt er. »Wir können uns daraus einen Unterschlupf bauen, uns tagsüber vor der Sonne und nachts gegen die Kälte schützen.«

Er wickelt sich ein rotes Tuch um den Kopf, bis nur noch seine verspiegelte Sonnenbrille zu sehen ist. »Na los. Machen wir uns an die Arbeit, bevor es noch heißer wird.«

Wir nutzen den Steinhaufen als eine Art Mauer und befestigen die eine Seite der Tücher unter der Spitze. Die andere Seite beschweren wir mit Steinen und schaffen uns so einen dreieckigen Unterschlupf, der gerade hoch genug ist, damit wir beide darunter sitzen können. Das Dach besteht aus zwei Schichten Stoff, und wir lassen die Seiten offen, damit theoretisch der Wind hindurchströmen und das Innere abkühlen kann. Aber in Wirklichkeit gibt es keinen Wind. Nur Hitze.

Schweißgebadet sinken wir an der Steinwand zu Boden, die Sonne ist eine Diebin, die jeden Tropfen Wasser aus unseren Körpern stiehlt. Ich spüre, dass die Hitze wie ein Blutegel alle Feuchtigkeit aus mir heraussaugt. Unser einziger Schutz sind dieses dünne Sonnensegel aus Kopftüchern und der bunte Schatten, den sie auf uns werfen. Ich verlagere mein Gesicht und versuche, ein kühleres Fleckchen Sand zum Sitzen und ein paar weniger spitze Steine zum Anlehnen zu finden.

Meine Zunge ist bereits so trocken wie ein Korken, und meine Kopfhaut fühlt sich zu eng für meinen Schädel an. Ich durchsuche noch einmal meinen Rucksack. Vielleicht habe ich ja irgendwo doch noch ein paar Bonbons vergessen. Aber da ist nichts.

Joshua reicht mir eine Tube Sonnencreme und besteht darauf, dass wir sie auftragen, weil wir sonst auch hier im Schatten verbrennen. Unter den Tüchern verbreitet sich der Duft von Kokosöl, als er den Deckel aufklappt, und obwohl ich beteuere, dass ich mich selbst eincremen kann, ignoriert er mich und lockert sanft meine Kopfbedeckung. »Ich will nicht, dass du eine Stelle übersiehst.«

»Na gut«, sage ich errötend. »Du zuerst.«

»Nein, du.«

»Wieso? *Ladies first* ist hier wirklich unnötig.«

»Weil ich Haare habe und du nicht. Deine Kopfhaut verbrennt sonst.«

»Dafür bist du weiß. Dir verbrennt gleich die Nase.«

Joshua seufzt. »Wir verschwenden gerade wertvolle Energie und kostbaren Speichel.«

»Dann hör auf, mit mir zu streiten.«

Kopfschüttelnd lächelt er. »Okay. Du hast gewonnen.«

Ich nehme ihm die Sonnencreme aus der Hand. Die Vorstellung, gleich sein Gesicht zu berühren, macht mich nervös. »Ich kann nicht glauben, dass Bella uns wirklich hier ausgesetzt hat«, sage ich, um das Schweigen zu brechen. »Meine eigene Patentante.«

Ich reibe ihm die Creme aufs Kinn und spüre, wie seine Bartstoppeln meine Fingerspitzen kitzeln. »Sie hat gesagt, dass sie schon seit Urzeiten auf den Aufstieg Belials warten«, fahre ich fort. »Und sie hat *wir* gesagt. Glaubst du, sie hat Professor O'Brien damit gemeint?«

Joshua schließt die Augen, als ich die Creme in seine Wangen und Schläfen massiere. »Vielleicht«, sagt er. Seine Stimme ist leise. Beinahe verträumt.

»Sie muss das mit O'Brien gemeinsam geplant haben«, rede ich weiter und verteile die Creme auf seiner Nase und in Richtung seiner Lippen. »Deshalb hat er Bella gebeten, ihm die Übersetzung mitzubringen. Und deshalb hat er uns auch zu sich nach Hause eingeladen und sie gebeten, uns abzuholen.«

»Hmmm«, macht Joshua. Aber das klingt mehr nach einem wohligen Seufzer als nach einem Kommentar.

Ich lasse meine Hände sinken. »Ist es dir egal, dass Bella praktisch zugegeben hat, dass sie zu den Söhnen der Finsternis gehören? Macht es dir nichts aus, dass …« Ich verstumme.

»Was?« Er öffnet die Augen.

»Oh Gott. Ich habe O'Brien die Chiffre für die Silberrolle verraten.« Mein Gesicht wird heiß vor Scham, als ich daran denke, wie ich in seinem Büro damit angegeben habe. Wie sein Gesicht aufgeleuchtet hat, als ich ihm erklärte, was *Das Erste von vielen* bedeutet.

»Das ist alles egal«, sagt er und nimmt mir die Sonnencreme aus der Hand.

»Wie kannst du das sagen?«

Joshua drückt sich etwas Creme in die Handfläche. »Weil die beiden komplett irre sind, falls sie wirklich an Belial glauben.«

Ich schließe die Augen und bereite mich darauf vor, von ihm berührt zu werden. »Und wenn sie nicht verrückt sind?«

Er verteilt die Creme mit der Hand über meinem Kopf. »Wie meinst du das?«

Ich unterdrücke ein leises Stöhnen, als seine Finger Verspannungen finden, von denen ich gar nichts wusste. Vielleicht liegt es an dem Kaleidoskop an Empfindungen, die mich durchfluten, als Joshua meinen Kopf massiert, oder daran, dass ich die Augen geschlossen habe, aber irgendwoher finde ich den Mut, ihm von meinen Träumen zu erzählen.

Während Joshua über den Bogen meiner Augenbrauen und den Schwung meiner Wange streicht, erzähle ich ihm, dass meine Großmutter und ich bei ihr zu Hause eine Vision geteilt haben, obwohl ich dabei wach war. »Aber diesmal war es nicht mit der Hand vorbei«, sage ich. »Ich habe den Nachthimmel brennen sehen und schreckliches Geschrei und Weinen gehört.«

Ich wage es nicht, die Augen zu öffnen, aus Angst, Verachtung in seinen zu sehen, nicht einmal, als er mit seinem weichen Daumen meine Oberlippe einreibt und meinen Mund öffnet, damit er auch meine Unterlippe einreiben kann.

Er hält inne. Ich spüre die Wärme seiner Finger über meinem Mund und öffne die Augen, ganz entrückt von seinen Berührungen.
Langsam nimmt er seine Hand weg und hinterlässt eine kribbelnde Spur auf meiner Haut. Wir sehen uns an. Der einzige Laut ist das Flattern unseres Kopftuchzeltes und das Hämmern meines Herzens.
»Ich weiß, dass das verrückt klingt«, sage ich. »Aber es war unglaublich real, als wäre ich dort. Dieses Schreien, das Feuer. Es war schrecklich.«
»Ich habe auch sehr lebhafte Träume.«
»Aber es war Tag, und ich war wach. Meine Großmutter sagte, es war eine Vision davon, was geschehen wird, wenn wir Belial nicht aufhalten.«
Joshua bläst frustriert die Backen auf. »Ach, komm schon. Glaubst du ernsthaft, du hättest eine *Vision* gehabt?«
»Keine Ahnung. Aber was ist, wenn meine Großmutter recht hat? Was ist, wenn all das wahr ist und Bella und O'Brien wirklich Söhne der Finsternis sind? Sie haben die Silberrolle. Sirius geht in sieben Tagen auf, und wenn wir es nicht schaffen, aus dieser Wüste zu entkommen und sie aufzuhalten, dann werden all die Dinge, die ich gesehen habe …«
»Vergiss mal kurz den Weltuntergang«, sagt Joshua. »Wenn wir hier nicht wegkommen, dann sterben wir.« Er klappt den Deckel der Creme zu, steckt sie in den Rucksack und macht ihn zu. »So einfach ist das.« Es liegt keine Verachtung in seinen Augen. Nur Angst.
»Es tut mir leid«, sage ich. »Ohne mich wärst du nicht in diesen Schlamassel geraten.«
»Nichts davon ist deine Schuld.«

Ich löse meinen Blick von seinem. Wenn ich nicht gewesen wäre, hätten wir keinen Grund gehabt, nach Ägypten zu fliegen. Es ist also doch meine Schuld. Aber es ist zu spät für Gewissensbisse. Wie wir hierhergelangt sind, ist egal. Es ist nur wichtig, dass wir von hier wegkommen.

»Wir sind noch nicht am Ende«, sage ich entschlossen, hole die Landkarte und breite sie vor uns auf dem Sand aus. Ägypten ist nur ein schmaler grüner Streifen, der dem Pfad des Nils folgt und von allen Seiten von Wüste umgeben ist.

»Bella sagte, wir seien zweihundert Meilen von Kairo entfernt«, sagt Joshua. Er zeigt auf die Worte *Westliche Wüste*, einen deprimierend leeren Teil der Karte. »Aber ohne Wasser würden wir, auch wenn wir nur nachts laufen, höchstens zwanzig oder fünfundzwanzig Meilen weit kommen, bevor wir kollabieren.«

Ich zeige auf eine schmale Rundstraße, die um die Wüste verläuft. Sie ist mit grünen Palmen gesprenkelt. »Aber vielleicht schaffen wir es zu einer Oase. Dort gibt es Wasser. Und Menschen.«

Joshua runzelt die Stirn. »Bella hat bestimmt mit einberechnet, wie weit wir von einer Oase entfernt sind. So etwas hat sie auf keinen Fall dem Zufall überlassen. An ihrer Stelle hätte ich uns an einem Ort abgesetzt, der in alle Richtungen mehr als zwei Tage Fußmarsch von Rettung entfernt ist.«

»Aber vielleicht treffen wir unterwegs jemanden, der uns helfen kann.«

»Mir fallen da die Worte *Nadel* und *Heuhaufen* ein.« Seufzend reibt er sich das Gesicht. »Okay. Wir haben zwei Möglichkeiten. Entweder gehen wir nach Westen und hoffen, dass wir auf eine Oase stoßen, oder wir gehen nach Osten in Richtung Nil. Die Oasen wären wahrscheinlich näher, aber ohne einen Kompass haben wir so gut wie keine Chancen, eine zu finden. Den Nil können

wir nicht verfehlen, aber wir werden verdursten, bevor wir dort sind. Beides ist ein Risiko. Was willst du machen?«
Seine Stimme klingt entspannt, aber sein Gesicht ist schweißbedeckt, als wir uns ansehen. Wir beide wissen, dass es eine Entscheidung auf Leben und Tod ist.
Ich schaue auf die Landkarte. Meine Großmutter sagte, der Westen sei das Reich der Toten.
»Gehen wir nach Osten.«

KAPITEL 26

Wie Überlebende eines Atomkriegs kriechen wir aus unserem Unterschlupf, betrachten die feindselige Landschaft und strecken unsere verkrampften Körper. Der Sand glüht nicht länger blendend weiß. Weiche Zuckerhügel umgeben uns, die orange im Licht der Abendsonne leuchten. Mein Blick wandert über die erste Düne, dann die nächste. Und die nächste. Unzählige Dünen, die sich in die Unendlichkeit erstrecken.

Ich greife nach meinem Gel und fluche, als mir einfällt, dass Joshua es hat. Als ich versuche, zu schlucken, fühlt sich meine Kehle an wie mit Glassplittern gefüllt. Ich schaue Joshua an, der bereits das Zelt abbaut. Ich habe heute literweise Schweiß verloren. Wahrscheinlich stinke ich bestialisch.

»Wir müssen in den nächsten paar Stunden so weit wie möglich laufen«, sagt Joshua. »Wenn wir die untergehende Sonne im Rücken haben, wissen wir, wo Osten ist. Danach können wir uns an den Sternen orientieren. Der Sand wird noch ungefähr eine Stunde lang Hitze abstrahlen, aber dann wird es kalt werden. Verdammt kalt.«

Ich nicke stumm. Ich habe nicht viel geschlafen, aber wenn doch, habe ich von Kälte geträumt. Zuerst war ich extrem erleichtert, aber dann löste sich der Traum in meinen üblichen Albtraum auf. Dieses Mal kam mir die Hand näher als zuvor, und ich sah, wie ein Gesicht sich aus dem Schatten löste. In meinem Traum wurde die

Hand größer und größer, der Gestank von Verwesung immer intensiver, bis ich wusste, dass ich gleich Sein Gesicht sehen würde. Sein schreckliches Gesicht. Ich begann zu schreien und wachte in Schweiß gebadet auf.

Ich schüttele die Erinnerung ab, und obwohl mein Gehirn in meinem Kopf wackelt wie ein trockener Pfirsichkern und meine Muskeln schmerzen, weil ich den ganzen Tag gesessen habe, fühlt es sich doch gut an, das Zelt zu verlassen und aufzubrechen. Wir sind beide jung und stark. Wir schaffen das. Denk an die Essener-Gemeinde. Die haben freiwillig in der Wüste gewohnt, also muss es möglich sein, hier draußen zu überleben. Egal, was Joshua sagt.

Es ist immer noch heiß, als wir loslaufen, aber die Hitze kommt hauptsächlich vom Boden, als würden wir über die Reste eines Lagerfeuers stapfen.

Wir schlurfen durch das Sandmeer, vermeiden die höchsten Dünen und gehen sooft es geht durch die Täler, die der Wind zwischen ihnen geschaffen hat. Es bin geschockt, wie schnell ich erschöpft bin, wie schnell ich mich nach einer Pause sehne. Ich versuche, mich bei Laune zu halten, indem ich den Farbenrausch am Himmel bewundere: ein Fruchtsalat aus reifen Pfirsichen und Erdbeeren.

Ich presse meine aufgesprungenen Lippen zusammen. Lass das. Hör auf, an saftige, reife Früchte zu denken.

Wir laufen Seite an Seite, unser keuchender Atem und der Wind sind die einzigen Geräusche, die den Einzug der Nacht begleiten. Als die Sonne hinter dem Horizont versinkt, verändert sich schlagartig alles.

Wir versinken in tintenschwarzer Dunkelheit. Die Veränderung ist so abrupt und absolut, dass ich stehen bleibe, weil ich irgendwie annehme, dass gleich jemand das Licht anschalten wird. Joshua geht weiter, eine schattenhafte, in Tücher gehüllte Gestalt, die in der Nacht verschwindet. Trotz der Schmerzen in meinen Oberschenkeln und dem Brennen in meinen Lungen laufe ich ihm nach, denn mir wird klar, wie leicht ich ihn hier draußen verlieren kann. Und dann wäre ich allein und verlassen, hier draußen in diesem endlosen, dunklen Nichts.

Joshua ist dagegen, unsere Handys als Taschenlampen zu benutzen. Wir müssten Nachtsicht entwickeln, argumentiert er, damit wir uns an den Sternen orientieren und Batterien sparen können, für den Fall, dass wir einem vorbeiziehenden Nomaden ein Signal senden müssen. Damit hat er natürlich recht, aber das macht es nicht leichter, einen Fuß vor den anderen zu setzen, ohne die geringste Ahnung, was vor uns liegt.

Nach ungefähr einer halben Stunde wird meine Nachtsicht besser, und im Licht des beinahe vollen Mondes erkenne ich erstaunlich viel. Aber mit der Nacht kommt die Kälte, und erst jetzt wird mir klar, wovon Joshua vorher gesprochen hat. Der eisige Wind greift uns an wie ein hungriger Wolf. Wir halten an und wickeln uns in die restlichen Tücher ein. Wir kämpfen mit den Seidenstreifen, die im Wind flattern und wie Peitschen knallen. Aber auch sie bieten keinen Schutz gegen die unter den Gefrierpunkt gefallene Temperatur. Es ist, als wären wir in dünnen Pyjamas in den Schnee hinausgegangen.

Joshua zeigt auf ein flaches Tal zwischen zwei Dünen, und wir taumeln darauf zu, denn wir müssen unbedingt dem schrecklichen Wind entkommen.

Wir stampfen über den Boden und suchen in der Dunkelheit nach Schlangen oder sonstigem Getier, bevor wir uns niederlassen. Joshua kauert sich hinter mich und streckt seine Beine zu meinen Seiten aus. Seine Brust liegt an meinem Rücken, seine Arme umschließen mich wie Flügel. Ich weiß, dass er so hilflos der Kälte ausgesetzt ist, aber ich bin so dankbar für den warmen Druck seines Bauchs an meinem halb erfrorenen Rücken, dass ich ihn nicht daran hindere. Ich schiebe meine tauben Hände in meine Achselhöhlen. Ich würde alles für ein paar Handschuhe geben.

Nein, nicht Handschuhe. Ich würde alles für einen Schluck Wasser geben. Denn schlimmer noch als die Hitze, schlimmer noch als die Kälte ist der schreckliche, unerbittliche Durst.

Denk nicht daran, es hat keinen Zweck. Es gibt kein Du-weißt-schon-was. Aber meine Zunge fühlt sich an, als sei sie mit Tesa an meinem Daumen festgeklebt, und ich würde alles, wirklich alles für einen Schluck Wasser tun.

Ach, wem erzähle ich das? Ich will keinen Schluck, ich will eine Flasche. Eine Badewanne voll Wasser. Ich will meinen ganzen Körper in eisigen Fluten ertränken. Will es in meinem Mund gluckern, durch meine Eingeweide surfen, über mein Kinn tropfen spüren, in einem endlosen Wasserfest.

Hör auf.

Vielleicht spürt Joshua, wie sich mein Körper verkrampft, vielleicht denkt er auch dasselbe wie ich, denn er beugt sich vor und flüstert mir ins Ohr: »Denk an etwas anderes. Schau dir die Sterne an.«

Ich lege den Kopf in den Nacken, und sein Kinn kitzelt mein Ohr. Erschauernd betrachte ich die Tausenden, nein, Millionen silbernen Sterne. Wir sind Hunderte von Meilen von jeglicher Lichtquelle entfernt, und etwas so Atemberaubendes habe ich noch niemals gesehen. Universum an Universum voller glitzernder Größe.

»Schau«, sagt Joshua heiser und zeigt auf ein Sternenband mit undeutlichen Umrissen. »Das ist die Milchstraße, unsere Heimatgalaxie. Sie ist nur eine von mehreren Hundert Milliarden Galaxien im Universum.«

»Woher weißt du so viel über Sterne?«

»Als Kind war ich vom Nachthimmel geradezu besessen.« Er seufzt, und sein Atem lässt meine Nackenhärchen kribbeln. »Das war das Einzige, was mein Vater und ich gemeinsam hatten.«

Ich lege meinen Kopf so weit in den Nacken, dass er auf Joshuas Schulter zu liegen kommt. Als ich ihn berühre, erstarre ich, weil ich fürchte, er könne zurückweichen, aber er zeigt mir nur weiter die unterschiedlichen Sternbilder. Seine Bartstoppeln kratzen über meine Kopfhaut, wenn er den Kopf dreht.

»Wo wird Sirius aufgehen?«, frage ich.

»Da drüben«, sagt er und zeigt auf den Horizont. »Kurz vor Sonnenaufgang in sechs Tagen.«

Joshua muss die Anspannung in meinem Körper spüren, denn er fängt an, mit fröhlicher Themawechsel-Stimme zu reden. »Wusstest du, dass Sterne und Planeten Musik machen? Eigentlich sind es nur elektromagnetische Vibrationen, aber als ich klein war, habe ich mir vorgestellt, ich könne die Sterne singen hören. Dumm, ich weiß.«

»Nein, gar nicht dumm. Pythagoras hat auch behauptet, er könne die Musik des Universums hören.«

»Na, dass man mich mal mit Pythagoras vergleicht …«, sagt er lachend. Ein Windstoß reißt das Geräusch von uns weg, und er drückt sich enger an mich. »Meine Mum war sehr musikalisch. Hat man mir erzählt.«

»Was ist mit ihr passiert?«

Er umarmt mich fester. »Kurz nachdem sie mit mir schwanger wurde, fand man heraus, dass sie Krebs hatte. Sie hätte wieder gesund werden können, aber die Chemotherapie hätte mich umgebracht, also lehnte sie jegliche Behandlung ab. Genau wie mein Dad war sie davon überzeugt, dass die Endzeit bevorstand, und sie war aus unerfindlichen Gründen auch davon überzeugt, dass ich darin eine wichtige Rolle spiele. Deshalb hat sie mich auch Joshua genannt. Auf Hebräisch bedeutet das *Jahwe ist die Rettung*. Auf Griechisch bedeutet es Jesus. Meine Mum hat ihr Leben geopfert, weil sie dachte, ich würde dabei helfen, die Welt zu retten.« Er lacht spröde und bitter. »Du kannst dir sicher vorstellen, wie enttäuscht mein Dad von mir ist.«

Ich drehe mich um, mein Gesicht ist in der Dunkelheit nur Zentimeter von seinem entfernt. »Nein. Dein Dad liebt dich.« Im Licht der Sterne sind Joshuas Augen zwei tiefe Wunden, und ich sehne mich danach, ihn in die Arme zu schließen.

Er atmet heftig ein. »Wir sollten weitergehen, bevor unsere Muskeln zu sehr abkühlen«, sagt er und steht auf.

Ohne die Wärme seines Körpers peitscht der Wind unerbittlich um mich. Hinter uns in der mondbeschienenen Ferne sehe ich gerade noch den Steinhaufen, den wir vor all diesen endlosen, schmerzhaften Schritten verlassen haben. Ich wende mich von dem Anblick ab, blinzele in das endlose Sandmeer, das vor uns liegt, und folge Joshuas einsamer Gestalt, die sich gegen den Wind vorwärts kämpft.

KAPITEL 27

Normalerweise ist die Morgendämmerung eine Zeit der Hoffnung, eine Zeit des Neuanfangs. Aber als heute die Sonne den Himmel allmählich erhellt, welkt und verblasst meine Lebenskraft unter ihrem grellen Schein. Wir sind jetzt seit vierundzwanzig Stunden in der Wüste. Wenn sich unser Glück nicht wendet, dann sind wir morgen um dieselbe Zeit bereits tot.

Tot. Gestern um diese Zeit war dies noch ein unmöglicher Gedanke, aber jetzt scheint er nur allzu real. Eine Zeile aus der Grabrede bei der Beerdigung meines Dads weht durch meinen Kopf wie der Wind über den Sand: *Denn Staub bist du, und zum Staub kehrst du zurück.*

Als wir anhalten und unseren Unterschlupf errichten, zittern meine Hände vor Erschöpfung und Dehydrierung so sehr, dass mir die Tücher immer wieder durch die Finger gleiten. Als wir endlich fertig sind, knallt die Sonne auf meinen Nacken wie ein Hammer, der mich in den Wüstenboden nageln will.

Wir brechen im Zelt zusammen, aber Joshua verbietet mir, mich hinzulegen. Er erklärt, dass die Hitze des Sandes uns umbringen kann und wir den Kontakt mit dem Boden so weit wie möglich reduzieren sollten. Um die Luftzirkulation zu verbessern, sitzen wir Seite an Seite, die Rücken gegen die spitzen Steine gedrückt, die Knie an die Brust gezogen.

Alles tut weh. Meine Augen brennen vom grellen Sonnenlicht und

den Sandkörnern in ihnen. Mein Mund ist ein Friedhof voller Staub und Tod. Meine Kehle ein Dornenfeld.
Ich schließe die Augen und denke daran, wie viel Wasser ich in meinem Leben schon darauf verschwendet habe, mir die Hände zu waschen. Dann stelle ich mir vor, ich stünde mit weit aufgerissenem Mund unter einer riesigen, eiskalten Dusche. In meiner Phantasie sprudelt das Wasser mir den Rachen hinab und erweckt meine ausgedörrten Organe zu neuem Leben.
Hör auf.
Ich presse die Handflächen aneinander, eine Katastrophe aus verbranntem, sich schuppendem Fleisch. Wenn ich nur mein Handgel hätte. Nur ein kleines bisschen. Ich drehe den Kopf, um Joshua darum zu bitten, aber sein Anblick lässt mich meinen Wunsch vergessen. Er sieht schrecklich aus. Sein Kopftuch und die Sonnenbrille hat er abgenommen, und mein Herz tut weh, wenn ich ihn ansehe. Die Haut um seine Augen ist eingefallen und schwammig, ein Anzeichen starker Dehydrierung. Seine Lippen sind gesprungen und voller Blasen, sein kalkweißes Gesicht von roten Streifen Sonnenbrand durchzogen.
»Schlaf ein bisschen«, sagt er mit schwacher, heiserer Stimme.
»Nein. Du zuerst. Ich halte Ausschau nach vorbeiziehenden Nomaden.«
Er hält meinen Blick einen Augenblick lang, und trotz seines müden Lächelns sehe ich, wie sich meine eigene Angst in seinen Augen spiegelt. Wir wissen beide, dass wir bei Anbruch der Dämmerung sechsunddreißig Stunden ohne Wasser durchlebt haben. Es ist egal, wie lange wir jetzt schlafen. Vielleicht haben wir danach nicht mal mehr die Kraft, weiterzugehen. Ich leide bereits unter Magen- und Muskelkrämpfen, und mein Herz ist aus dem Rhythmus geraten.

Joshua kann kaum noch reden, aber das muss er auch nicht. Nach vierundzwanzig Stunden zusammen mit ihm in der Wüste können wir unsere Gesichter lesen und selbst die kleinste Geste richtig deuten, als habe die Hitze unsere Seelen zu einer verschmolzen. Ich wache über ihn, während er seinen Kopf an die Felsen lehnt und die Augen schließt. Ich wünsche mir mit aller Kraft, dass er einschläft und ein wenig Erleichterung findet, eine Auszeit von dem Schmerz und der Angst, die unsere wachen Stunden begleiten.

Irgendwann döst er tatsächlich ein, aber er murmelt und zuckt; wedelt mit den Händen, als wolle er etwas ablehnen. Vielleicht träumt er wieder vom Ertrinken. Vielleicht beginnt er aber auch zu halluzinieren. Wenn ich mich richtig erinnere, habe ich im Erste-Hilfe-Kurs gelernt, dass das als Nächstes dran ist. Gefolgt von Organversagen.

Joshua stöhnt, und das Geräusch bricht mir das Herz. Oh, Joshua. Der schöne, freundliche, eitle Joshua wird in der Wüste einen entsetzlichen Tod sterben, und das alles nur meinetwegen. Der Schmerz, den dieser Gedanke in mir auslöst, geht tiefer als mein Fleisch, und zum ersten Mal in meinem Leben schließe ich die Augen und bete.

Bitte lass einen Nomadenstamm vorbeiziehen. Oder einen verirrten Touristen. Ein wanderndes Kamel. Irgendetwas. Nicht für mich. Nicht einmal für die Silberrolle. Für Joshua. Er darf nicht sterben. Nicht so. Ich öffne die Augen, aber die Landschaft bleibt leer, zu Staub zerschlagen von der alles erobernden Sonne.

Als es Nacht wird, laufen wir wie lebende Tote weiter. In Tücher gewickelt, gegen den Wind zusammengekrümmt, stolpern wir durch die Wüstenlandschaft. Ich suche den Horizont ab, der von den letzten Strahlen der untergehenden Sonne gesprenkelt wird. Gleich sehen wir bestimmt die Silhouette eines wandernden Nomaden. Wir müssen einfach. Weil das unsere letzte Chance ist. Wenn die Sonne morgen aufgeht, sind wir tot.

Unsere Welt wird enger, besteht nur noch aus einer Abfolge von Schritten. Zieh das rechte Bein hoch aus dem Sand, schwing es nach vorn, lass es sinken. Zerr das linke Bein aus dem Sand hoch, schwing es nach vorn, lass es sinken. Zieh das rechte Bein aus dem Sand hoch …

Wieder.

Und wieder.

Und wieder.

Versuch, nicht zu fallen, dich hinzusetzen, zu kollabieren und selbst zum Sandhaufen zu werden. Mit brennenden Schenkeln waten wir durch die endlosen Dünen, unsere Blasen stechen uns, wenn wir die Hügel hinunterschlittern. Mein Gehirn ist geschmolzen wie Asphalt in der Sonne, und ich kann es nicht wieder in Form ziehen. Mein Verstand füllt sich mit unvollendeten Sätzen, Ideen flirren vorbei, ohne dass ich sie fassen könnte. Ich denke daran, dass meine Großmutter mich eine Prophetin aus einem uralten Geschlecht genannt hat, und ich stelle mir vor, wie Josef von Arimathäa durch die Wüste geirrt ist, um Glastonbury zu erreichen. Aber dieser Gedanke führt mich nur zu einer Phantasie aus grünen Hügeln, regennasser Erde und feuchter, kühler Luft. Wirklichkeit und Träume verschwimmen miteinander, ändern die Form wie der vom Wind verwehte Sand. Ich stelle mir vor, wir seien Teil eines biblischen Exodus auf der Suche nach dem Gelobten Land oder Flüchtlinge aus Atlantis, voller Sehnsucht nach unserer verlorenen Heimat.

Die Essener. Die Pyramiden. Atlantis. Der Wüstenwind weht die

Worte durch mein dehydriertes Hirn. Ich bin sicher, dass sie alle miteinander verbunden sind; alle sind Teil derselben Geschichte. Ich weiß nur nicht, wie ... Oder warum.
Als die Sonne endlich untergeht, ist es, als habe jemand einen Schalter in mir umgelegt. Ich falle auf die Knie, und Joshua zerrt mich wieder hoch. Ich humple ein paar Schritte weiter durch die Dunkelheit. Dann falle ich wieder. Er versucht, mich hochzuziehen, aber ich schüttele den Kopf. Ich kann nicht mehr. Es geht nicht.
»Okay«, krächzt er. »Zeit für eine Pause.«
Ich werfe meinen Rucksack von mir und sacke auf den Sand, ohne mir die Mühe zu machen, den Boden nach Schlangen abzusuchen. Meine Augen schließen sich, und ich nicke nur, als Joshua irgendetwas von der Position der Sterne murmelt. Ich bin so müde. Warum kann ich nicht einfach hier liegen bleiben, einschlafen und nie wieder aufwachen? Ich denke an den Sand, der im Wind weht und mich nach und nach zudecken würde wie eine Decke des Todes.
Unter mir bewegt sich etwas, und ich springe panisch auf und renne taumelnd weg von ... was auch immer es war. Eine Schlange? Ein Apothekerskink? Joshua hat mir erzählt, welche grässlichen Biester nachts buchstäblich durch den Sand schwimmen. Angewidert schüttele ich meine Kleider aus.
Dann schaue ich auf und merke, dass ich vor lauter Panik weiter gerannt bin als gedacht.
»Joshua?«, schreie ich. Meine Stimme ist in der riesigen Wüste dünn und schwach. Meine Blicke irren suchend durch die Dunkelheit, und ich drehe mich um mich selbst, weil ich nicht mehr weiß, aus welcher Richtung ich hierhergerannt bin. »Joshua? Joshua?«

Er ist nicht hier. Ich drehe mich panisch um die eigene Achse, die Sterne sind dünne Silberstreifen in der schwarzen Nacht. Oh mein Gott, er ist nicht da.
»Maria? Maria!«
Meine Knochen werden zu Wasser, als ich seine heisere Stimme höre, aber ich kann ihn immer noch nicht sehen. Meine Blicke zerreißen die Dunkelheit, doch da sind nur Schatten, und der Anblick macht mich verrückt. Ich reiße den Mund auf, spalte dabei meine von Blasen bedeckte Unterlippe und schreie seinen Namen.
»Maria! Wo bist du?«
Seine Stimme wird leiser, als gehe er in die falsche Richtung.
»Joshua! Ich bin hier! Joshua!«
Er antwortet, doch seine Stimme klingt noch leiser.
Ich werde ihn verlieren. Der Gedanke durchfährt mich wie ein Blitz. Meine schrecklichste Angst wird wahr: Ich bin allein und verlassen in der Dunkelheit.
»Maria!« Ich schaue auf und sehe eine Gestalt auf dem Gipfel einer Sanddüne, eine dunkle Silhouette vor der weißen Scheibe des Mondes.
Joshua.
Sein Anblick und der Klang seiner Stimme erwecken mich zu neuem Leben, und ich springe auf und schreie seinen Namen durch meine aufgesprungenen Lippen.
Joshua rennt den Hügel so schnell herunter, dass er beinahe hinfällt. Er taumelt auf mich zu, und ich falle in seine Arme. Er drückt mich so fest an sich, dass ich seine Rippen spüre, seinen Hüftknochen, sein Herz an meinem.
»Joshua«, schluchze ich. Ich würde am liebsten in ihn hineinkriechen.
»Maria«, ächzt er. »Ich dachte, ich hätte dich verloren.«

Ich höre meine eigene Angst in seiner Stimme. Spüre mein Entsetzen im Zittern seines Körpers, als er seine Lippen an mein Ohr presst. »Verlass mich nie wieder«, flüstert er. »Versprich es. Versprich es mir.«

Wir halten uns umschlungen, so lange wir können. Aber schließlich sagt uns der kalte Wind, dass wir nicht ewig hier stehen bleiben können. Wir müssen weiter, wenn wir überleben wollen. Aber in der dunklen Wüstennacht schwören wir uns einen feierlichen Eid: Joshua wird meine Hand nie wieder loslassen. Und ich werde seine Hand für immer festhalten.

KAPITEL 28

Joshua zeigt auf den marineblauen Fleck Himmel im Osten, wo bald unsere Feindin, die Sonne, aufgehen wird. »Zeit, den Unterschlupf zu bauen.«

Ich schüttele den Kopf und verziehe dabei das Gesicht vor Schmerz. Wir sind seit achtundvierzig Stunden in der Wüste. Wenn wir jetzt anhalten, dann stehen die Chancen dafür, dass wir heute Abend noch weiterlaufen können, sehr, sehr schlecht. Wir müssen weitergehen. »Nur noch eine Sanddüne«, flüstere ich. »Vielleicht ist etwas hinter dem nächsten Hügel.«

»Und falls nicht, haben wir nicht mehr genug Energie, um unseren Unterschlupf zu bauen«, sagt er. Seine Stimme ist so schwach und krächzend wie meine eigene.

Ich lasse meinen Rucksack fallen, und er prallt dumpf auf den Sand. Das war's dann wohl. Ich sinke auf die Knie und versuche, die Schnalle zu öffnen. Aber meine Finger zittern zu stark.

Joshua versucht, mir zu helfen, aber er schafft es nicht, die Schnalle zwischen Daumen und Zeigefinger zu greifen. Wir beobachten beide hilflos, wie das silberne Metallstück wie ein zappelnder Fisch durch seine Finger rutscht. Irgendwann schiebt Joshua den Rucksack beiseite und vergräbt das Gesicht in den Händen. Ich schlinge die Arme um ihn und vergrabe mein Gesicht in seiner Halsbeuge. All diese Tücher auszubreiten und Steine und Felsbrocken anzuheben, um sie zu sichern, scheint eine unmögliche Aufgabe. Vielleicht sollten wir beide uns einfach gegenseitig Schutz geben. Ich schließe die Augen. Der Gedanke, in Joshuas Armen zu sterben, ist gar nicht so schlimm. Unsere Knochen ineinandergefaltet, von der Sonne gebleicht und bis in alle Ewigkeit im Sand vergraben.

Ich sinke schwer auf Joshua und gebe dem Sog des Schlafs nach. Sein Herzschlag ist schnell und schwach – oder ist das meiner? Egal. Solange wir nur zusammen sind. Ich will nicht allein sterben.

Eine Fliege summt an meinem Ohr, aber ich bin zu müde, um sie zu verscheuchen.

Eine weitere Fliege summt herbei, und Joshua bewegt sich. Er setzt sich auf und versucht zu reden. Ich ziehe ihn zurück in unsere schläfrige Umarmung.

»Fliegen«, röchelt er schließlich. Und als er sich schwankend aufrichtet und neue Hoffnung in seinen Augen flackert, begreife ich, was er damit meint. Die Fliegen sind das erste Anzeichen von Leben, das wir seit Tagen gesehen haben. Das bedeutet, dass in der Nähe irgendetwas ist – vielleicht sogar Wasser.

Er zieht mich hoch, und wir humpeln auf die riesige Sanddüne zu, die sich vor uns erhebt. Wir stolpern und fallen ungezählte Male, aber wir lassen uns dabei kein einziges Mal los. Irgendwie ziehen wir uns gegenseitig hoch und nach vorn. Beim Klettern stelle ich mir vor, was auf der anderen Seite der Düne liegt. Eine Oase, grüne Palmen, die einen großen blauen Tümpel säumen. Ich stelle mir vor, wie wir die Düne hinabrutschen und schnurstracks ins Wasser laufen.

Endlich stehen wir auf der Kuppe und scannen die Skyline.

Nichts. Nur ein marineblauer Horizont und der von Schatten durchzogene Wüstenboden.

Unsere Tücher klappern wie Knochen im Wind.

Joshua sinkt zu Boden, und ich will es ihm gerade nachtun, da rieche ich etwas, einen Hauch von Verwesung wie der Geruch in meinen Träumen. Ich durchsuche die Wüste noch einmal, und dann sehe ich es. In dem Spalt zwischen zwei Dünen, wo sich die Schatten sammeln, sehe ich einen hellen Fleck.

»Joshua«, sage ich.

Er sieht auf, als er die Aufregung in meiner Stimme hört, und rappelt sich mühsam hoch.

Unsere Knie geben nach, als wir darauf zustolpern, unsere Stiefel versinken tief im Sand. Als wir näher kommen, erkenne ich eine solide graue Masse. Als wir begreifen, was wir da gerade sehen, bleiben wir stehen.

Es ist ein Auto. Bellas Auto.

»Warte«, sage ich und halte Joshua fest. »Wenn sie uns sieht, dann fährt sie weg.«

Die Scheinwerfer sind ausgeschaltet. Im Innenraum ist es dunkel. Bella schläft anscheinend. Wir kriechen vorwärts. Ich bedeute Joshua, neben der Fahrertür stehen zu bleiben, und krieche in Richtung Motorhaube, so leise atmend wie möglich. Auf keinen Fall werde ich zulassen, dass Bella uns ein zweites Mal hier draußen zurücklässt. Da muss sie mich schon vorher überfahren.

Als ich meine Hand auf die Motorhaube lege, spüre ich, wie kühl sich das harte Metall unter meinen zitternden Fingern anfühlt. Ich hebe meine freie Hand, damit Joshua weiß, dass er noch warten soll. Durch die dunkel getönte Windschutzscheibe sehe ich Bellas Umrisse. Sie schläft auf dem Fahrersitz. Ich lasse den Arm sinken, und dann passiert alles auf einmal.

In dem Moment, in dem ich den Arm sinken lasse, fällt mir auf,

wie seltsam Bella den Kopf angewinkelt hat und dass die Luft nach Verwesung riecht.
Joshua zieht am Türgriff, und die Autotür schwingt auf.
Fliegen schwärmen heraus und umgeben ihn wie eine schwarze Wolke.
Er stolpert zurück und wehrt sie laut fluchend ab.
Die Autotür steht offen wie der Eingang zu einer Geisterbahn. Ich humple zu dem klaffenden Loch, aus dem immer noch Fliegen schwärmen.
Es ist immer noch nicht wirklich hell, denn es beginnt erst jetzt zu dämmern.
Aber es ist hell genug, um zu sehen, dass meine Patentante Bella tot ist.

KAPITEL 29

Bellas Kopf sieht aus wie ein verwester Kürbis, eine schwammige, verrottete Masse. Fliegen krabbeln über das, was früher ihr Gesicht war, ihre Augäpfel treten hervor wie zwei weiße Kugeln.

Mein leerer Magen dreht sich um, und ich spüre Joshuas Hand auf meinem Rücken, während ich hilflos würge. Als ich fertig bin, richte ich mich auf und sehe meinen einzigen Gedanken in seinen Augen gespiegelt.

Wasser.

Wir schauen zum Landrover zurück, auf die dunkle Fliegenwolke, die ihn umsummt. Die Hoffnung ist kaum zu ertragen. Falls in diesem Auto Wasser ist, dann werden wir überleben.

Falls.

Ich sehe zu, wie Joshua zu Bellas Auto zurückhumpelt. Ich wünschte, ich wäre so mutig, dass ich ihm anbieten könnte, um Bellas Leiche herum nach Wasser zu suchen, damit er es nicht tun muss. Aber ich kann nicht. Es kostet mich all meine Kraft, nicht von dem verwesten Klumpen Fleisch wegzurennen. Ich versuche, nicht daran zu denken, was er sehen wird, wenn er den Kopf ins Autoinnere steckt. Was er berühren muss, wenn er das Armaturenbrett, den Boden und ihren Sitz absucht. Stattdessen wende ich mein Gesicht zum Himmel und bete.

Das Knallen der Autotür hallt durch die leere Wüste, und Joshua

sackt gegen den Landrover. Er macht sich nicht die Mühe, die Fliegen zu verscheuchen, die sich auf ihm niederlassen.
Mein Magen rutscht mir in die Kniekehlen. Hier muss Wasser sein. Es muss einfach. Ich binde mein Kopftuch fester um Mund und Nase und gehe zum Kofferraum. Mit einem leisen Klicken öffnet sich die kühle Metallabdeckung. Mit zitternden Händen leuchte ich mit meinem Handy über das Durcheinander aus Schachteln, einem Ersatzreifen, einem Spazierstock, einem Kanister Benzin, Bellas brauner Aktentasche und einer großen Strandtasche aus Canvas, die mit Palmen dekoriert ist.
Ich greife nach der Strandtasche. Sie ist unerwartet schwer, und ich verliere beinahe das Gleichgewicht und lasse sie mit einem dumpfen Aufprall zu Boden sinken. Beinahe wahnsinnig vor Hoffnung, sinke ich auf die Knie und öffne die Tasche.
Zwei Literflaschen liegen darin. Voll mit Wasser.
Wasser.
Wasserwasserwasserwasser. Ich versuche, den Deckel abzudrehen, aber meine Hände sind zu schwach. Ich kann nicht richtig zugreifen. Oh Gott, Wasser. Ich habe Wasser und komme nicht dran.
Joshua legt seine Hand auf meine, und zu zweit drehen wir den Verschluss auf.
Er öffnet sich mit einem Klicken, einem verheißungsvollen Zischen.
Joshua hält mir die Flasche entgegen.
Ich schaue in seine eingesunkenen Augen, und der Anblick seines von der Sonne gemarterten Gesichts bricht mir das Herz. Oh, Joshua. Mein wunderschöner Joshua. Ich schließe meine zitternden Finger um die Flasche und halte sie ihm hin.
»Nein«, sagt er und schiebt sie zu mir. »Nimm kleine Schlucke, sonst wird dir schlecht.«

Wenn ich will, dass Joshua trinkt, dann muss ich den Anfang machen. Um seinetwillen hebe ich also die Flasche an den Mund. Mein Arm zittert unter ihrem Gewicht. Ich will die Flasche in einem Zug leer saugen, aber ich zwinge mich dazu, nur einen Schluck zu trinken, bevor ich sie wieder Joshua hinhalte.

Wir wechseln uns ab und warten qualvolle Momente vor jedem weiteren Schluck, damit unsere dehydrierten Körper die Chance haben, das kostbare Nass zu absorbieren. Unsere Blicke bohren sich ineinander. Wir trinken. Warten. Trinken wieder. Warten. Wieder und wieder, bis das Wasser in alle Ritzen und Spalten unserer spröden, ausgetrockneten Körper gesickert ist und unsere gedörrten Organe wieder zum Leben erweckt hat.

Jeder Schluck ist ein Wunder. Mein Körper hört auf zu zittern, mein Kopf wird klar, und mein Puls rast nicht mehr wegen des Wassermangels, sondern weil ich zusehe, wie Joshua wieder zum Leben erwacht. Das Feuer kehrt in seine Augen zurück, sein Gesicht bekommt wieder Farbe, und sein Atmen ist nicht mehr ein keuchendes Ringen nach Luft, sondern ein Sich-Heben und -senken seines Brustkorbs.

»Joshua«, sage ich, nur um den Klang seines Namens zu schmecken.

»Ja?«

Ich will ihm so vieles sagen, aber mir fehlen die Worte, also frage ich stattdessen: »Was, glaubst du, ist mit Bella passiert?«

»Sieht so aus, als habe sie den klassischen Anfängerfehler gemacht, im Auto zu bleiben«, sagt er. »Wahrscheinlich hat sie gedacht, es würde sie vor der Sonne schützen. Ihr war nicht klar, dass sie da drin bei lebendigem Leibe gekocht wird. Ich mache noch fünf Minuten Pause, dann ziehe ich sie raus. Wir können keine Energie darauf verschwenden, sie zu begraben, also würde ich vorschlagen, wir wickeln sie in die Tücher und fahren dann nach Kairo zurück. Einverstanden?«

»Ich schaue im Kofferraum nach, ob sie Handschuhe dabeihat oder so«, sage ich und drehe mich weg, damit er die Tränen der Dankbarkeit nicht sieht, die mir in die Augen schießen. Joshua weiß, dass ich auf keinen Fall in die Nähe meiner toten, von Maden zerfressenen Patentante gehen kann. Ich ertrage es nicht einmal, in Richtung Fahrersitz zu blicken.

Aus dem Kofferraum hole ich den Spazierstock. Vielleicht kann Joshua den benutzen, damit er sie nicht anfassen muss. Als ich gerade den Deckel schließen will, sehe ich Bellas braune Aktentasche und hole sie heraus. Ich bringe sie zur Beifahrerseite des Autos, setze mich und lehne mich gegen den Landrover. Gegen den Verwesungsgestank habe ich ein Tuch um Mund und Nase geschlungen.

Aus der Aktentasche hole ich einen Plastikordner. Und in dem sind Fotos der Silberrolle. Ich blättere mich hastig durch die Bilder des mit geheimnisvollen Linien, Schwüngen und Punkten übersäten Edelmetalls. Und da ist sie: die vollständige, getippte Übersetzung der Silberrolle und die von Hand geschriebene Decodierung der letzten Seite.

Joshua kauert sich neben mich. »Ist das etwa …« Er beugt sich über den Ordner und liest die neuen Zeilen. »Na, damit sind endlich alle Klarheiten beseitigt.«

Ich will ihm gerade erklären, was die Zeilen meiner Meinung nach bedeuten könnten, da bemerke ich, dass wir beide die Worte ohne das Licht meines Handydisplays gelesen haben. Ich schaue hoch und stoße beinahe mit Joshua zusammen.

Seine Augen haben die Farbe der Wüste im Licht der aufgehenden Sonne, und mein ganzer Körper wärmt sich in ihrem Feuer. »Ich

habe nicht geglaubt, dass wir noch einmal einen Sonnenaufgang erleben werden«, sagt er. »Ich habe wirklich geglaubt, wir müssten sterben.« Er schließt mich in die Arme, vergräbt sein Gesicht an meinem Hals und flüstert meinen Namen. Meine Arme wandern zu ihm, und ich ziehe ihn an mich und beende den Schmerz, den jegliche Distanz zu ihm in mir auslöst.
Er bewegt den Kopf, und seine Wange streicht über meine. Sie ist kratzig von Bartstoppeln und nass von …
Ich nehme den Kopf zurück und schaue in seine goldenen, vor Tränen glänzenden Augen. Ohne darüber nachzudenken, küsse ich seine Tränen fort, seine Wimpern flattern wie Schmetterlinge unter meinem Mund. Mir ist, als wüsste ich schon, wie seine Lippen sich an meinen anfühlen werden, wie wir beide zu einer Einheit verschmelzen.
Aber dazu kommt es nicht.
Joshua erstarrt.
»Sorry«, sage ich mit brennenden Wangen. »Ich dachte …«
»Keine Bewegung.«
»Was?«
»Keine. Bewegung«, wiederholt er und richtet sich ganz langsam auf den Knien auf.
Warum sieht er so verängstigt aus? Ich drehe mich um und sehe eine blitzschnelle Bewegung. Joshua schubst mich vom Auto weg, und ich falle auf den Sand. Als ich mich wieder aufrappele, sehe ich, wie sich die dunkle Gestalt einer Schlange vor dem Auto aufrichtet, zischend und spuckend wie ein Dämon aus der Hölle.
Joshua kniet bewegungslos im Sand und lässt die Kreatur vor ihm nicht aus den Augen. Die obere Hälfte der Schlange schwingt hin und her, ihre braun gefleckte Haut ist wie eine Haube gespreizt.

Das Tier biegt sich wie ein tödliches Fragezeichen, während es überlegt, ob es zustoßen soll oder nicht.
Ich starre auf den fleischigen, gerollten Körper, die hervorzuckende Zunge und den schrecklichen Kopf mit den Teufelshörnern. Oh Gott. Was mache ich jetzt bloß? Panisch sehe ich mich nach einer Waffe um. Neben dem Auto liegt der Spazierstock. Ich packe ihn mit beiden Händen und springe auf. Aufgeschreckt weicht die Schlange zurück, duckt sich und dreht ihren monströsen Kopf in meine Richtung. Ich starre in ihre gelben Augen, die von schwarzen, geschlitzten Pupillen geteilt werden. Wie eine Axt haue ich den Stock auf den Kopf der Schlange, und sie fällt mit einem ekelhaften, dumpfen Schlag zu Boden. Wieder und wieder schlage ich auf sie ein, als könne ich das furchtbare, spuckende Ding aus der Welt schaffen und sein Fleisch wie Sand zermahlen.
»Ich glaube, sie ist jetzt tot«, sagt Joshua und sinkt zu Boden. Bleischwer lehnt er sich gegen einen Reifen.
Ich kauere mich neben ihn, und obwohl ich zittere und schwitze, bitte ich ihn, aus dem Weg zu gehen. Wir waren so damit beschäftigt, das Auto nach Wasser zu durchsuchen, dass wir vergessen haben, nach Schlangen Ausschau zu halten. Ich stoße den Spazierstock unter das Auto. Diesen Fehler mache ich nicht noch einmal.
Aber dann sehe ich Joshuas Gesicht.
Er ist leichenblass, und seine Augen sind zusammengekniffen, als habe er Schmerzen oder müsse sich gleich übergeben. Hat er zu viel Wasser getrunken? Und warum hält er seine Hand so fest?
Wir schauen uns an.
Ich krieche zu ihm, fasse sanft nach seiner rechten Hand und gebe die linke frei. Dort, auf dem Handrücken, sehe ich zwei schwarzrote Einstichwunden.
Ein Schlangenbiss.

KAPITEL 30

Das Blut weicht mir aus dem Gesicht. Nein. Das darf nicht sein. Wir haben doch gerade Wasser gefunden. Es war doch alles fast wieder gut.

Panik steigt heiß in mir auf, aber der Anblick von Joshuas verängstigtem Gesicht bringt mich in die Realität zurück.

»Mach dir keine Sorgen«, sage ich so ruhig wie möglich. »Ich bin geprüfte Ersthelferin. Das kriege ich wieder hin.«

Ich versuche, Gelassenheit auszustrahlen, als ich im trüben Dämmerlicht den Schlangenbiss begutachte. Urgh. Es sieht so aus, als habe jemand zwei Nägel in seine Hand getrieben. Weißgelbes Gift umgibt die Wundränder.

Joshua beantwortet die Frage in meinen Augen. »Entweder war das eine Kobra oder eine Hornviper. Kobras sind giftig. Tödlich giftig.«

Ich weiche vor dem Wort zurück, hole die zweite Flasche Wasser aus der Strandtasche und das Desinfektionsgel aus meinem Rucksack. An seiner Seite kniend, gieße ich Wasser über seine Hand und versuche, ohne zu zittern so viel Gift als möglich aus der Wunde zu waschen. Joshua protestiert, als das Wasser – das kostbare, kostbare Wasser – über seine Hand läuft und im Sand versickert. Ich ignoriere ihn, benetze die Ecke meines Tuchs und tränke sie dann mit antibakteriellem Gel. Meine Bewegungen sind entschlossen und sicher – als wäre Desinfektionsmittel irgendeine Art Gegenmittel gegen giftige Schlangenbisse.

Als ich fertig bin, hält er seine verwundete Hand an seine Brust. Sanft ziehe ich sie zurück. »Wir müssen verhindern, dass das Gift sich in deinem Körper ausbreitet«, sage ich und versuche krampfhaft, mich an meine Erste-Hilfe-Kurse zu erinnern. »Das bedeutet, dass du deine Hand ganz ruhig und tiefer als dein Herz halten musst.«

Ich wage nicht, die Wunde zu bandagieren – ich habe irgendwo mal gelesen, dass ein zu enger Verband das Gift schneller in den Blutkreislauf drücken kann. Aber irgendetwas muss ich tun. Ich reibe meine Handflächen aneinander und spüre die Reibung und Hitze zwischen ihnen. Meine Großmutter hat sagt, dass ich eine Heilerin bin. Hatte sie womöglich recht? Mein Verstand sagt mir zwar, dass das Unsinn ist, aber trotzdem mache ich kreisende Bewegungen mit meinen Händen, als hielte ich eine Kugel aus heißer Energie zwischen ihnen.

Joshua stöhnt auf, und ohne nachzudenken, nehme ich seine Hand in meine und umgebe die Wunde mit gesenktem Kopf mit der Hitze meines Körpers. Mit geschlossenen Augen stelle ich mir vor, wie sich das Gift zurückzieht. Meine Handflächen werden heißer und heißer, bis es sich anfühlt, als fließe die Wüstensonne selbst durch meine Adern und in seine hinein. Als schiebe die Hitze das Gift zurück, fort von seinem Herzen.

Ich habe keine Ahnung, wie lange ich ihn so halte, aber als ich mich wieder aufrichte, sind mein Gesicht und mein Rücken schweißgebadet. Ich schenke Joshua ein, wie ich hoffe, überzeugendes Lächeln. »Das wird schon. Es gibt Gegengifte für Schlangenbisse.«

Joshua schüttelt den Kopf. »Die wirken nur, wenn man sie sofort verabreicht. Sie können verhindern, dass Schaden angerichtet wird, aber wenn das Gift erst die Muskeln und das Gewebe ange-

griffen hat …« Er legt den Kopf an die Seite des Autos. Seine Haut ist unter dem Sonnenbrand und den Bartstoppeln krankhaft grau.
»Dann fahre ich uns jetzt nach Kairo«, sage ich und stehe auf.
Joshuas Worte sind atemlos: »Nein. Selbst wenn du es schaffen würdest, Bella aus dem Auto zu ziehen, ist das viel zu riskant. Du hast nur noch eine halbe Flasche Wasser übrig, und die Sonne geht gerade auf. Wenn du einmal falsch abbiegst oder das Auto kaputtgeht, dann endest du wie Bella.« Er verzieht das Gesicht und keucht leise. »Es ist sicherer, wenn du hierbleibst und einen Reifen verbrennst. Irgendjemand wird den Rauch sehen und dich finden.«
»Aber dann ist es zu spät für dich. Ich fahre uns nach Kairo.«
»Wenn das eine Kobra war, dann bin ich in fünfzehn Minuten bewusstlos und kurz danach tot. Es ist also völlig sinnlos, zu fahren. Hör auf mich, Maria. Bitte«, fleht er. Sein Gesicht ist nass vor Schweiß. »Wenn du dir das Wasser einteilst und dich so wenig wie möglich bewegst, dann überlebst du, bis dich jemand findet. Bleib beim Auto, aber schlaf auf keinen Fall im Inneren ein. Und …«
Ich lege ihm meinen Finger auf die Lippen, die bereits vor Fieber glühen. »Vergiss es«, sage ich.
Seine Augen lodern wie Feuer. »Bitte, Maria. Für mich ist es zu spät, aber du hast noch eine Chance. Versprich mir, dass du beim Auto bleiben wirst.«
Ich umschließe seine verwundete Hand mit meiner. Die Hand, die mich in der Wüste gehalten hat. Die Hand, die mir den ersten Schluck Wasser anbot und den Schlangenbiss auf sich nahm, der eigentlich für mich bestimmt war. Der Gedanke daran, dass diese Finger bald steif und tot sein könnten, lässt mir beinahe das Herz stehen bleiben. Er darf nicht sterben. Nicht Joshua.
»Versprich es mir«, sagt er mit schmerzverzerrtem Gesicht. Ich

schüttele den Kopf. Es gibt nur ein Versprechen, das ich zu halten gedenke. Und zwar das, niemals wieder seine Hand loszulassen.

Mein Herz hämmert gegen meine Rippen, als ich zum Auto gehe, mein heftiger Atem ist so laut, dass es das Summen der Fliegen übertönt. Ich greife nach dem Türgriff und erspüre das sonnenwarme Metall unter meinen Fingern.

Dann reiße ich die Türe auf, und das Auto spuckt mir Hunderte von schwarzen, summenden Fliegen entgegen. Ihre Beinchen, Flügel und käferdicken Körper stürzen sich auf meine Nase, meine Augen und meinen Mund. Ich kneife die Augen zusammen und halte dem Ansturm stand, Joshuas Name wie ein Gebet auf meinen Lippen.

Als das Schlimmste vorbei ist, mache ich einen Schritt nach vorn und starre auf Bellas Leiche hinab.

Meine Knie geben nach, als ich die tausend und abertausend weißen, ekelhaften Maden sehe, die ihre pulsierenden Körper gierig in Bellas verwesendes Fleisch bohren. Es sieht aus, als habe die Totenstarre bereits eingesetzt. Bella sitzt so steif und gerade da wie ein Legomännchen in einem Spielzeugauto. Ihre Knie sind unter dem Lenkrad eingeklemmt, also kann ich sie nicht einfach aus dem Auto ziehen. Ich muss sie in meinen Armen hochheben.

Es ist nicht Schmutz, den du spürst, sondern Seine Dunkle Seele mit dem Tod und der Zerstörung, die Er mit sich bringen wird … Ein besonders feiner Geruchssinn gehört zu den Gaben, die uns Propheten gegeben sind, und das Übel, das wir wahrnehmen, kann leider nicht mit Seife beseitigt werden.

Ich balle die Hände zu Fäusten und widerstehe dem Drang, einfach wegzurennen. Genau dieser Gestank quält mich schon seit Monaten. Vielleicht ist es ja doch keine Krankheit, keine Charakterschwäche. Vielleicht war es dieser Ort, dieser Moment. Vielleicht war es eine Prophezeiung.

Ich schaue zu Joshua zurück und stelle mir dieselben Fliegen und Maden auf seinem schönen Gesicht vor.

»Nein. So endet es nicht!«, schreie ich, und bevor ich es mir anders überlegen kann, drehe ich mich um, werfe ein Tuch über Bella und binde mir zwei weitere um die Hände wie ein Paar Ofenhandschuhe. Als meine Haut vollständig bedeckt ist, schließe ich die Augen und schiebe meinen linken Arm unter ihre Knie. Unter dem dünnen Seidentuch drückt sich ihr kaltes Fleisch gegen meins: feucht und nachgiebig wie nasser Ton. Mein Körper zuckt zurück und will nur weg von hier, aber ich schiebe schnell meinen rechten Arm hinter ihrem Hals vorbei und schließe die Finger um ihre Schulter.

Mein Schweiß tropft auf das rotseidene Leichentuch, als ich den verwesten Leichnam hochhieve und zu mir ziehe. Ich versuche, die Maden und Fliegen zu ignorieren, die darunter zappeln, und kämpfe gegen den Drang, sie fallen zu lassen und loszurennen. Ich zerre die Leiche aus dem Sitz und aus dem Auto. Taumelnd unter dem Horror, den ich in den Armen halte, stolpere ich zurück.

Nach fünf oder sechs Schritten falle ich auf die Knie und lasse sie mit einem dumpfen Knall auf den Boden sinken. Bella liegt auf dem Rücken in der Wüste, die angewinkelten Knie verleihen ihrer Leiche die Form eines Z. Mit dem Fuß kippe ich sie zur Seite, reiße mir die Kopftücher vom Leib und bedecke sie damit. Dann stampfe ich mit den Füßen und schüttele meine Kleider, um alle Maden und Fliegen loswerden, die noch an mir haften könnten.

Keuchend und schwitzend stolpere ich zu Joshua, der im Sand zusammengesunken ist. Ich ignoriere seine Schmerzensschreie, ziehe ihn hoch und verfrachte ihn ins Auto. Der Fahrersitz klebt von Bellas verrottendem Fleisch, und es kriechen immer noch Fliegen über die Windschutzscheibe, das Lenkrad und die Fenster. Ihre schwarzen Beinchen verteilen Bakterien im ganzen Auto. Aber ich packe die Fahrertür, knalle sie zu und drehe den Zündschlüssel.

Gegen das Schmatzen der Maden anschreiend, die unter meiner Schuhsohle zerquetscht werden, trete ich das verseuchte Gaspedal durch und folge der aufgehenden Sonne nach Osten in Richtung Kairo.

TEIL VIER

DIE SPHINX

KAPITEL 31

Ich will die Augen öffnen, aber meine Lider sind so schwer … Also drifte ich wieder in meine Träume ab und ignoriere meine Erinnerungen und das Gefühl, dass ich etwas Dringendes zu erledigen habe, jemanden, den ich …

Ich reiße die Augen auf. »Joshua! Joshua!«

»Ganz ruhig«, sagt eine fremde Frauenstimme.

Ich blinzele in das blendend weiße Zimmer mit den glänzenden Metallarmaturen, rümpfe meine Nase, als ich den chemischen Krankenhausgeruch wahrnehme. »Joshua«, wiederhole ich. »Wo ist er?«

Ich hieve mich hoch und schwinge meine Beine über die Bettkante.

»Moment, Maria«, sagt die Schwester. »Der Arzt sagt, du bist nicht mehr dehydriert, also kann ich dir die Kanüle aus dem Arm ziehen, aber wenn du dich weiter so aufregst, dann müssen wir dich wieder ruhigstellen.«

Wieder? Ich versuche, die Erinnerungsfetzen in meinem Kopf einzufangen: wie ich Joshuas Namen schreie, während Ärzte ein Krankenbett durch einen langen, schmalen Flur schieben. Schwestern, die mich zurückhalten, riesige Gesichter über mir. Nadeln, die meine Haut durchstechen.

Ich will nicht noch einmal betäubt werden, also zwinge ich mich dazu, mich wieder hinzulegen und der Schwester meinen Arm hinzustrecken. »Können Sie mir wenigstens sagen, wie es ihm geht?«

»Diese Information darf ich nur den nächsten Angehörigen des Patienten mitteilen. Tut mir leid, aber das ist nun mal die Regel«, sagt sie.

Ich will unbedingt, dass sie mir die Kanüle zieht, deshalb schlucke ich die Wut, die in meiner Kehle hochgluckert, mühsam wieder herunter, als sie mir die Nadel aus der Hand zieht und die kleine Wunde mit einem Pflaster versorgt. Ohne ein weiteres Wort streift sie sich energisch die Handschuhe ab und verlässt das Zimmer.

Sobald sie weg ist, hole ich mein Handy aus der Nachttischschublade. Ich fluche. Drei Tage. Ich bin seit drei vollen Tagen und Nächten hier, und ich habe keine Ahnung, wie es Joshua geht. Vielleicht beantwortet niemand meine Fragen, weil sie mir nicht sagen wollen, dass er tot ist.

Mein Verstand weigert sich, diesen unmöglichen Gedanken ernst zu nehmen. Nein. Er kann nicht tot sein. Nicht Joshua. In der Wüste war es, als habe die Sonne uns miteinander verschmolzen: unser Fleisch, unsere Seelen. Wenn Joshua tot wäre, würde ich es spüren – so als hätte man mir die Beine abgehackt.

Aber was, wenn das Schlangengift seine inneren Organe und sein Gewebe angegriffen hat? Was, wenn er zwar noch am Leben, aber verstümmelt ist? Jesus. Der Gedanke an Joshua mit amputierten Gliedmaßen oder einem Gehirnschaden zerreißt mich innerlich fast in tausend Stücke. Ich schwinge die Beine über die Bettkante. Ich werde ihn finden, und wenn ich alle Zimmer in diesem Krankenhaus durchsuchen muss. Das Zimmer dreht sich, aber ich schaffe es, mich ins Badezimmer zu schleppen.

Während ich mich eilig anziehe, betrachte ich mich in dem kleinen Spiegel. Was Joshua wohl denkt, wenn er mich jetzt sieht? Ich habe ziemlich stark abgenommen, und meine Haut ist dunkler, was meine ägyptische Seite stärker betont. Ich streiche über die kurzen schwarzen Haare, die meinen Schädel bedecken, und staune über die ungewohnte Weichheit. Irgendwie sehen meine Augen so noch dunkler aus als sonst. Ich würde mir gerne wieder den Kopf rasieren, aber dafür habe ich jetzt keine Zeit.

Als ich die Badezimmertür öffne, führt Amun gerade meine Großmutter und Ptah ins Zimmer.

»Maria?«, fragt meine Großmutter, und ihre blinden Augen finden mich sofort.

So schnell ich mit den Blasen an meinen Füßen laufen kann, gehe ich zu ihr und drücke ihren zerbrechlichen Körper an mich. Dann atme ich tief ein: Pfefferminztee und Weihrauch. Der Duft meiner Großmutter. Der Duft von Sicherheit.

»Oh, Maria«, seufzt sie und drückt mich so fest an sich, dass ich die Knochen unter ihrer papierdünnen Haut spüren kann. »Gott sei Dank bist du in Sicherheit.«

»Und Joshua?«, frage ich und löse mich von ihr. »Wie geht es ihm?«

»Ihm geht es gut«, sagt Amun. »Vor allem, wenn man bedenkt, dass er von einer Wüsten-Hornviper gebissen wurde. Die Bisse sind nur selten tödlich, aber manchmal gibt es Komplikationen. Ich glaube, er hat mehrere Bluttransfusionen erhalten, aber zum Glück gibt es keine Anzeichen für bleibende Schäden.«

Ich lasse mich auf mein Bett sinken. »Oh, Gott sei Dank.« Dann begreife ich erst, was Amun gesagt hat. »Transfusionen? Wie viele? Und weshalb?«

»Bitte mach dir keine Sorgen«, sagt Amun, als ich wieder Anstalten mache, aufzustehen. »Ein Freund von mir ist hier Assistenzarzt, und er sagt, dass Joshua nur noch ein oder zwei Tage zur

Beobachtung hierbleiben muss und dann schon nach Hause darf. Er hat enormes Glück gehabt.«
»Glück hat nichts damit zu tun«, sagt meine Großmutter. »Joshua geht es nur deshalb gut, weil du die Gabe hast, zu heilen, mein Kind.«
Obwohl ich abwehrend den Kopf schüttele, erinnere ich mich, wie meine Hände gebrannt haben, als ich sie um Joshuas geschlungen und das Gift *beschworen* habe, nicht durch seinen Blutkreislauf zu wandern.
Bevor ich weitere Fragen stellen kann, streckt Ptah mir sein dünnes Beinchen entgegen. »Gefallen dir meine neuen Turnschuhe?«
»Wow. Die sind echt cool.« Gut, dass ich meiner Großmutter etwas Geld für die neuen Schuhe meines Cousins gegeben habe.
Er grinst und zeigt dabei den Spalt zwischen seinen weißen Schneidezähnen. »Gestern habe ich drei Tore mit ihnen geschossen. Das sind Zauberschuhe!«
»Wolltest du Maria nicht noch etwas zeigen?«, fragt meine Großmutter.
Ptah hält mir eine weiße Plastiktüte entgegen. »Oh ja. Bessere Besserung.«
»Gute«, korrigiert Amun.
Ptahs kleines Gesicht ist ganz rot vor Aufregung, als ich die Tüte aufmache und ein Twix und eine Flasche Cola heraushole. »Oh, Ptah, das ist aber toll. Vielen Dank«, sage ich und drücke seinen kleinen Körper an mich.
Seine riesigen Augen folgen der Schokolade auf ihrem Weg zu meinem Nachttisch.
»Ein ganzes Twix schaffe ich aber nicht«, sage ich. »Könntest du mir vielleicht dabei helfen, es aufzuessen?«
Ihm fallen fast die Augen aus dem Kopf. »Darf ich?«

»Hier, trink einen Schluck Cola dazu.« Ich gieße Limonade in einen Plastikbecher, und Ptah schaut mit offenem Mund, wie die braune Flüssigkeit bis zum Rand hinaufschäumt. Meine Großmutter setzt sich auf einen Stuhl und bittet Ptah, sich auf den Boden zu setzen und ganz still zu sein, während ich ihnen erzähle, wie ich in der Wüste gestrandet bin.

Eigentlich will ich gerade nur Joshua finden, ihn in meine Arme schließen und mich davon überzeugen, dass es ihm wirklich gut geht. Aber ich zwinge mich, auf dem Bett sitzen zu bleiben und eilig zu erzählen, was passiert ist. Es dauert nicht lange. Zwei Tage und zwei Nächte. Länger waren wir nicht dort. Wie soll ich erklären, dass sich jede Minute wie eine Stunde und jeder Schritt wie eine Meile angefühlt hat? Es ist unmöglich. Nur Joshua und ich wissen, was wir gemeinsam dort durchgemacht haben. Als ich fertig bin, frage ich, wie sie mich im Krankenhaus gefunden haben.

Amun schaut zu meiner Großmutter.

»Sag es ihr«, ermuntert sie ihn.

Amun schaut mich an, seine blauen Augen sind ernst und wach.

»Ich hatte einen Traum.«

»Wovon?«, frage ich. Mein Körper spannt sich bereits an.

»Von dir.«

Die Art, wie er mich ansieht, lässt meinen Nacken kribbeln.

»An dem Abend, an dem ihr eigentlich bei O'Brien eingeladen wart, habe ich geträumt, du seiest irgendwo tief unter der Erde gefangen, ohne Wärme und Licht.« Amun holt tief Luft. »Und dann war es, als ob sich die Dunkelheit selbst bewegt hat, sich wie eine Schlange aufrollte. Ich wusste, dass ich gleich etwas Schreckliches erblicken würde, und wollte wegschauen. Aber ich konnte es nicht, denn du warst mit dem Schrecklichen allein gefangen. Ich zwang mich dazu, hinzusehen, als die Dunkelheit sich zu einer

Form verdichtete. Und diese Form war eine Hand, die sich nach dir ausstreckte.« Amuns Gesicht verzerrt sich, die Worte sprudeln aus ihm heraus. »Ich wollte dich warnen, Maria. Ich habe gerufen, so laut gerufen. Aber du hast sie trotzdem genommen.«

»Was genommen?«, frage ich. Die Angst in seinen Augen beunruhigt mich.

Amun wirft einen Blick auf Ptah, bevor er sich zu mir beugt und flüstert: »Du hast die Hand des *Dajjal* genommen. Des Dunklen Messias. Die Hand des Antichristen.«

Er hält meinen Blick fest, und es scheint, als fülle die Angst vor unserem gemeinsamen Traum die Luft zwischen uns. »Mein Traum war so lebendig, dass ich am Morgen in dein Hotel gegangen bin. Als man mir dort sagte, dass ihr nicht zurückgekehrt seid, habe ich deine Großmutter und die Polizei alarmiert. Ich kann dir gar nicht sagen, wie erleichtert ich war, als man dich gefunden hat.« Amun streckt die Hand aus, als wolle er mich berühren, überlegt es sich dann aber anders. Er verschränkt die Hände hinter dem Rücken und macht eine kleine Verbeugung.

Ich reibe mir meine zitternden Hände mit Desinfektionsmittel aus dem Spender an der Wand ein. Das vertraute Ritual hilft mir dabei, meinen Atem wieder zu beruhigen. »Ich habe immer wieder denselben Traum«, sage ich schließlich. »Und meine Mum hatte ihn auch.«

»Ich weiß. Das hat mir deine Großmutter gesagt, als ich ihr von meinem Traum erzählte.«

Ich starre ihn an, wie er ruhig und gelassen in seiner weißen Dschallabija vor mir sitzt. »Aber … wie kann es sein, dass wir denselben Traum haben? Was hat das zu bedeuten?«

»Es bedeutet, dass Amun ebenfalls die Gabe des Gesichts hat«,

sagt meine Großmutter von ihrem Stuhl aus. »Und dass er dazu bestimmt ist, dir zu helfen.«
Ich schaue Amun weiter an. »Glaubst du wirklich an den Teufel?«
»Im Hadith steht, dass der Dajjal – der Antichrist – in der Letzten Zeit kommen wird, um die Völker zu täuschen. *Er bringt mit sich etwas wie das Paradies und die Hölle. Er wird sagen: Dies ist das Paradies. Es ist aber die Hölle. Ich warne euch davor genauso, wie Noah vorher seine Gemeinschaft davor gewarnt hatte.*«

Seine Worte hallen durch das kleine Krankenzimmer, und ich sehe eine verblasste Vision vom brennenden Himmel, dem bitteren Gestank von Rauch und den gebrochenen Schreien der Frauen.
Als ich blinzele, ist alles wieder wie vorher. Kalter Schweiß läuft mir über den Rücken.
»Er kommt mit dem *Chamsin*, dem heißen Wind, der den Staub der Wüste über unsere Stadt bringt«, sagt meine Großmutter. »Und falls du es nicht schaffst, es zu verhindern, dann wird Seine Dunkle Seele in zwei Tagen mit dem Sirius aufsteigen.«
»Das sagst du immer wieder«, murmele ich mit zusammengebissenen Zähnen. »Aber selbst wenn das wahr ist, was soll ich tun?«
Meine Großmutter sieht mich an. »Nur die Silberrolle weiß die Antwort darauf.«
Ich starre in ihre milchweißen Augen und das Nest aus silberblauen Narben, in dem sie liegen. Irgendwoher weiß sie, was ich in Bellas Aktentasche gefunden habe, bevor die Schlange Joshua gebissen hat.
Ich lehne mich zur Seite, öffne meinen Nachttisch und hole die vollständige Kopie der Botschaft der Silberrolle heraus.

KAPITEL 32

Vor dem fernen Summen des Kairoer Verkehrs, das durch das offene Fenster dringt, lese ich die zweite Hälfte der Silberrolle vor:

»Unter dem Herz des Löwen bewacht ein König
den Pfad zu deiner Geburt.
Wo der Schlüssel im Kreis den Knoten löst,
lass sie voller Weisheit die vier ewigen Maße erkennen
und die Tränen der Isis zum Fließen bringen.«

»Weißt du, was das bedeutet?«, fragt Amun.
»Zum Teil«, sage ich. »Ich glaube, mit dem Löwen ist die Sphinx gemeint, also muss wohl etwas unter ihr versteckt sein.«
Amun runzelt die Stirn. »Es haben schon viele vergeblich nach geheimen Kammern unter der Sphinx gesucht.«
»Du kennst doch sicher die Traumstele, oder?«, frage ich. »Ich spreche von dem riesigen antiken Stein, der zwischen den Vorderbeinen der Sphinx steht.«
»Natürlich. Warum?«
»Die Traumstele liegt vor dem Herzen der Sphinx, also glaube ich, dass sie den Ort markiert, an dem wir graben müssen.«
Amun legt den Kopf schief. »Mag sein. Aber wir müssen ganz sicher sein. Der Grundwasserspiegel befindet sich nur fünf Meter

unter der Sphinx, wir müssen also am richtigen Platz graben und dürfen nicht zu weit in die Tiefe gehen, sonst könnte das Fundament überflutet werden und zusammenbrechen. Was, glaubst du, bedeutet *Ein König bewacht den Pfad zu deiner Geburt*?«

»Keine Ahnung.«

»Vielleicht bezieht sich das auf die Tatsache, dass du einem uralten Geschlecht entstammst«, wirft meine Großmutter ein.

Ich schüttele den Kopf. »Nein, dieser Hinweis bezieht sich nicht auf eine Person, sondern auf den Ort, an dem wir graben müssen. Deshalb heißt es auch *Pfad zu deiner Geburt*. Ich glaube, damit ist eine reale Linie gemeint. Wie ein Winkel oder so.«

»Ein Winkel …«, wiederholt Amun. »Die Winkel und Schächte der Pyramiden sollen angeblich auf besondere Orte zeigen.« Er richtet seine hellen blauen Augen auf mich. »Wo bist du geboren, Maria?«

»In Glastonbury. Wieso?« Ich halte inne und greife nach dem Isisknoten an meinem Hals. »Moment. Ein Hinweis auf dem Knoten hatte mit den Koordinaten von Glastonbury zu tun. 51 Grad und acht Minuten.«

»Wirklich?« Amuns Augen glänzen vor Aufregung. »Hast du gewusst, dass die Neigung der Großen Pyramide ebenfalls genau 51 Grad beträgt?« Er beginnt, im Zimmer auf und ab zu gehen. »Ich wusste, dass dieser Winkel den Koordinaten von Stonehenge entspricht, aber mir war nicht klar, dass Glastonbury auf demselben Breitengrad liegt – dem *Pfad zu deiner Geburt*. England liegt nordwestlich von Kairo. Vielleicht bedeutet es, dass wir in einem Winkel von 51 Grad in Richtung Nordwesten unter der Traumstele graben müssen?«

Ich wende mich von dem ehrfürchtigen Staunen in Amuns Augen ab. Ich weiß, was Joshua jetzt sagen würde, und ich ertappe mich dabei, wie ich seine Zweifel äußere. »Aber wie kann damit mein Geburtsort gemeint sein? Das würde bedeuten, dass es vor Tausenden von Jahren Menschen gegeben hat, die wussten, wann und wo ich geboren werde. Wie soll das gehen? Das ist unmöglich.«

»Unser Geschlecht besteht aus mächtigen Propheten«, sagt meine Großmutter. »Unsere Vorfahren haben deine Rückkehr vorausgesehen, genauso wie sie auch den Aufstieg Belials weissagten. Wir dürfen keine Zeit mehr verschwenden. Die letzte Zeile spricht von den *Tränen der Isis*. So nannte man im Altertum die Nilüberschwemmung, die eintritt, wenn Sirius wieder über den Horizont steigt. Ich bringe dich jetzt nach Hause, damit du dich ausruhen kannst, aber morgen musst du zur Sphinx gehen und den Weg in ihr Inneres finden.« Sie steht auf.

»Warte. Zuerst muss ich zu Joshua.«

Meine Großmutter legt mir ihre Hände auf die Schultern. »Amun hat dir doch gesagt, dass es deinem Freund wieder gut geht. Jetzt musst du ihn den Ärzten überlassen.«

»Aber ich muss trotzdem …«

»Maria«, sagt sie. »Sirius wird in zwei Tagen aufgehen. Du hast mir gesagt, dass Professor O'Brien ein Sohn der Finsternis ist. Du musst das geheime Wissen finden, zu dem dich die Silberrolle führt, und zwar bevor er es tut. Das ist deine heilige Pflicht, die seit zweitausend Jahren von der Mutter an die Tochter weitergegeben wird. Erinnere dich an das Versprechen, das du deinem Vater gegeben hast.«

Ihre knorrigen Hände liegen schwer auf meinen Schultern, und ich widerstehe dem Drang, mich loszureißen. »Aber ich habe auch Joshua ein Versprechen gegeben«, sage ich leise, aber bestimmt. »Ich lasse ihn hier nicht allein zurück.«

Meine Großmutter lässt mit einem Seufzer der Enttäuschung die Hände sinken.
»Ich kann mehr als ein Versprechen halten.«
Der Kummer, der ihr Gesicht verdüstert, löst Panik in mir aus.
»Was ist? Ist was mit Joshua? Was habt ihr mir verschwiegen?«
»Bevor du deinen Freund besuchst, muss ich dir etwas sagen.«

KAPITEL 33

Ich drücke den Knopf des Desinfektionsmittelspenders vor Joshuas Zimmer herunter und sauge den scharfen Chemiegeruch tief ein, als ich meine Hände einreibe. Nach meinem Erlebnis mit Bella müsste ich eigentlich von diesem Zwang befreit sein, aber meine Haut sehnt sich immer noch nach der tröstlichen Umarmung von Seife und Desinfektionsmittel, vor allem in Augenblicken wie diesem.

Amun greift nach der Türklinke, aber ich lege ihm die Hand auf den drahtigen, von der Dschallabija bedeckten Arm.

»Ich brauche nicht lange«, sage ich so lässig wie möglich.

Amun wird rot. »Natürlich. Ich habe deiner Großmutter versprochen, dich nicht allein zu lassen, also warte ich hier draußen auf dich.«

»Das musst du wirklich nicht. Wenn ich Joshua gesehen habe, treffen wir uns bei meiner Großmutter. Versprochen.« Ich ignoriere die Enttäuschung in seinem Gesicht und drücke die Tür auf, bevor mich der Mut verlässt.

Und dort, in einem Bett in der Mitte des Raumes, liegt Joshua. Er hat die Augen geschlossen, und sein Haar leuchtet im Sonnenlicht wie Feuer auf dem weißen Kissen.

Meine Seele drängt zu ihm, aber ich widerstehe dem Drang, loszurennen. Auf Zehenspitzen schleiche ich mich näher und verziehe das Gesicht, als ich den Monitor und den Tropf neben seinem Bett bemerke. Seine Haut ist dunkler als vor ein paar Tagen, aber um seine Augen ist sie nicht mehr eingefallen, medizinische Salbe verleiht ihr und seinen Lippen einen leichten Glanz. Ich drücke meine brennenden Hände aneinander. Wie gerne würde ich seine Stirn streicheln und die kurzen, von der Sonne weiß gebleichten Haarsträhnen zurückschieben.

Sein Puls schlägt stark und regelmäßig unter dem frisch rasierten Kiefer, meine Augen folgen dem Pfad der Adern an seinem Arm. Eine Bandage verdeckt die Kanüle an seiner Hand, aber ich sehe, dass sie nicht mehr so schrecklich geschwollen ist, und …

Ein Schluchzer schüttelt mich, als ich mich an die Abdrücke der Giftzähne in seiner Haut erinnere, an Joshuas geschockte, verängstigte Augen. Sein aschfahles Gesicht. Ich halte mir den Mund zu. Das seltsame, intensive Gefühl, das mich durchströmt, erschüttert mich bis ins Mark. Fühlt sich so die Liebe an? Wie Angst vor Verlust, wie vorsichtige Freude?

»Maria?«

Joshua öffnet die Augen, und ich versinke beinahe in ihren Flammen. Ich drehe mich um, hole mir einen Plastikstuhl und schließe mein Herz ein. Schließlich ist er zu Stein erstarrt, als ich ihn in der Wüste geküsst habe. Vielleicht lag es daran, dass er in dem Moment die Schlange gesehen hat, aber mich quält der Gedanke, dass es eine Reaktion auf mich gewesen sein könnte. Ich hoffe, dass er sich nicht daran erinnern kann und nicht das Blut durch meine Adern rauschen hört. Ich setze mich, lege ein normales Lächeln auf und frage, wie es ihm geht.

Er lächelt. »Besser, jetzt, wo du da bist.«

Seine Schönheit, sein Leben und sein Licht erfüllen mein Herz bis zum Zerspringen.

»Geht es dir denn gut?« Er setzt sich auf. »Ich habe dich drei Tage lang nicht gesehen und habe mir Sorgen um dich gemacht.« Sein Gesicht legt sich besorgt in Falten, aber ich bin nicht ganz sicher, ob er mich nicht auf den Arm nimmt.

»Mir geht es gut. Ich war nur dehydriert, aber sie haben mich nicht zu dir gelassen.«

»Und du hast gehorcht? Das ist ja ganz was Neues.«

»Sie haben mich betäubt, ich hatte keine Wahl.«

»Ah. Das ist also das Geheimnis. Ich hätte dich in der Wüste also betäuben müssen. Weißt du noch, dass ich dich darum gebeten habe, nicht nach Kairo zu fahren?« Sein neckendes Lächeln verschwindet, und die volle Intensität seiner Augen richtet sich auf mich. »Aber ich bin froh, dass du nicht auf mich gehört hast. Ich schulde dir mein Leben, Maria. Das ist mein Ernst.«

»Du hättest dasselbe getan.«

»Aber ich habe keine Mysophobie.« Er richtet sich auf, nimmt meine Hände in seine und zwingt mich, ihn anzusehen. »Was du getan hast, ist einfach unglaublich.«

Ich spüre, wie ich mich zu ihm neige, als könne mein Körper nicht anders, als sich zu ihm hingezogen zu fühlen.

»Maria«, sagt er und schluckt. »Ich muss dir etwas sagen.«

Ich weiche von ihm zurück. Oh Gott. Wie konnte ich mich nur so ablenken lassen? »Ich dir auch.«

»Ich will anfangen.«

»Nein, ich muss es dir zuerst sagen«, widerspreche ich und löse meine Hand aus seiner Wärme. »Wirklich.«

Er seufzt. »Wann hörst du endlich auf, dich mit mir zu streiten?«

»Wenn du aufhörst, anderer Meinung zu sein als ich.«

Er lacht und legt sich mit einer Geste der Ergebenheit auf sein Kissen zurück. Der Anblick seines entspannten, lächelnden Gesichts lässt mich zögern. Ich befeuchte meine Lippen und versuche, mich an die Worte zu erinnern, die ich auf dem Weg hierher geübt habe. Aber ich kann nur daran denken, welchen Schmerz ich ihm zufügen werde, sobald ich den Mund aufmache.

»Also«, sagt er, »lass mich raten. Geht es um die Silberrolle? Hast du herausgefunden, was der Rest der Botschaft bedeutet?«

»Äh …« Ich zögere. Dann hole ich die komplette Übersetzung aus meiner Tasche, die auf dem Boden steht, und erkläre ihm, dass Amun glaubt, wir müssten in einem bestimmten Winkel unter der Sphinx graben.

»Amun«, sagt er, auf einmal angespannt. »Was hat denn der auf einmal damit zu tun?«

»Er hat sich um meine Großmutter gekümmert, während wir in der Wüste waren. Und er hat sie auch hierher ins Krankenhaus gebracht.«

»Glaub mir, er ist nicht an deiner Großmutter interessiert«, murmelt er. Er nimmt die Übersetzung in die Hand und schnieft. »Du und Amun habt also schon alles entschlüsselt, was?«

»Nein, eigentlich nur die ersten anderthalb Zeilen. Aber ich muss dir etwas anderes sagen, Joshua.«

Joshua liest die zweite Zeile vor. »*Ein König bewacht den Pfad zu deiner Geburt.* Das ist wahrscheinlich eine Maßeinheit, oder?«

»Möglich. Aber können wir das später besprechen? Ich muss dir wirklich …«

»Ich wette, das ist dasselbe Maß wie auf dem Isisknoten.«

»Wie bitte?«

»Die Größe eines ägyptischen Königs. Ein Meter dreiundneunzig.«

Ich setze mich neben ihn aufs Bett und lese über seine Schulter mit.

»Natürlich. Warum bin ich da nicht draufgekommen?«

Er grinst. »Weil du letztes Mal nicht gegraben hast. Vereinfacht ausgedrückt müssen wir also vom Herzen der Sphinx aus knapp zwei Meter tief graben, und dann werden wir entweder einen Tunnel finden, der in einem Winkel von 51 Grad nach Nordwesten verläuft, oder wir müssen selbst einen graben.«

Ich hebe den Kopf und stoße beinahe mit seinem zusammen. Sein Gesicht ist so nah an meinem, dass ich die Aloe-Vera-Salbe auf seiner Haut und einen Hauch von antibakteriellem Gel riechen kann.

»Dein Haar ist nachgewachsen«, sagt er. Er hebt die Hand und streicht mir sanft über den Kopf. »Du siehst wunderschön aus.«

Mein ganzer Körper erschauert, prickelt und kribbelt wie vor einem Gewitter.

»Déjà vu«, sagt Joshua.

»Wie bitte?«

»Genau so saßen wir, als die Schlange aufgetaucht ist, weißt du noch?« Er runzelt die Stirn. »Nein, nicht so. Mehr so …« Er legt mir die Arme um die Taille. »Ja, genau so.«

Seine Hände fühlen sich an wie die erste Welle des Meeres. Seine Augen sind ganz nah bei meinen, und das Verlangen, das in ihnen brennt, macht mich mutig. »Ich glaube, es war eher so«, murmele ich und lege ihm die Arme um den Hals.

Joshua atmet hörbar ein. »Und dann hast du mein rechtes Auge geküsst.«

»Es war das linke.«

»Zeig's mir noch mal«, flüstert er.

Ich vergrabe meine Finger in seinen Locken und ziehe sein Gesicht zu mir. Er schließt die Augen, und ich küsse seine Wimpern, die weich und fedrig unter meinen Lippen liegen.

Joshuas Griff um meine Taille verstärkt sich, und er seufzt leise auf. Ich lasse meinen Mund über seine Wangenknochen gleiten und liebkose seine weiche, seidenglatte Haut, bevor ich mich in Richtung seiner Lippen vorwage.

Als die Tür zu seinem Zimmer plötzlich aufgeht, fahren wir auseinander.

Ich springe errötend auf und erwarte, eine Schwester oder einen Arzt zu sehen. Aber stattdessen blicke ich in die kalten grauen Augen von Professor O'Brien.

KAPITEL 34

»Was zum …?« Bei meinem Anblick bleibt O'Brien wie angewurzelt stehen. »Ich habe streng verboten, dass du hier reinkommst.«

»Ich entscheide, wer mich besucht«, sagt Joshua und klettert aus seinem Bett. Er schwankt einen Augenblick, als wäre ihm von der plötzlichen Bewegung schwindlig, bevor er sich kerzengerade aufrichtet. »Und dazu gehören Sie ganz bestimmt nicht.«

O'Brien wirkt völlig unbeeindruckt. Er lächelt nur, als wären er und Joshua die besten Freunde, dann schließt er die Tür mit einem Klicken hinter sich. »Wie ich sehe, bist du wieder ganz gesund, Joshua. Ganz erstaunlich.« Er schaut aus dem Fenster, als bewundere er die Aussicht. »Ich habe deine Patientenakte gelesen, und es ist wirklich außergewöhnlich, dass das Gift der Wüsten-Hornviper – einer der gefährlichsten Schlangen Ägyptens und übrigens auch die Schlange, deren Gift angeblich Kleopatra umgebracht hat – weder deinen Organen noch deinem Gewebe ernsthaften Schaden zugefügt hat.« Er wendet sich wieder Joshua zu. »Nein, ich würde sogar noch weiter gehen: Es ist ein Wunder.«

»Wie können Sie es wagen, in meiner Akte zu schnüffeln? Patienteninformationen sind vertraulich.«

»Nicht, solange ich für dieses hübsche Privatzimmer bezahle.«

»Dann trifft es sich ja gut, dass ich gerade gehen wollte«, sagt Joshua.

O'Brien beobachtet, wie Joshua seine eigene Kanüle zieht. In seinem hellen Leinenanzug wirkt er kühl und gelassen. Aus seiner Brusttasche lugt ein rotes Taschentuch hervor, und ich denke an das mit Schweiß getränkte Tuch, das die Leiche meiner Patentante bedeckt.

»Wir wollten gerade zur Polizei«, sage ich, um ihm das arrogante Grinsen vom Gesicht zu wischen.

»Ah, ja. Die Polizei.« Professor O'Brien holt sich einen Plastikbecher aus dem Nachttisch und begutachtet ihn, als sei er ein archäologisch wertvolles Artefakt. »Ich bin nur hier, um Joshua vor seiner Aussage ein paar wertvolle Tipps zu geben.«

»Ich brauche Ihre Tipps nicht«, blafft Joshua und drückt einen Wattebausch auf die Wunde in seiner Hand. »Ich weiß genau, was ich sagen werde. Wir beide wissen das. Wir werden ihnen erzählen, wie Sie Bella angewiesen haben, uns in die Wüste zu bringen, dort auszusetzen und sterben zu lassen. Nur, weil Sie die Silberrolle für sich behalten wollten.«

O'Briens Blicke huschen zwischen uns hin und her, das Weiß seiner Augäpfel ist unter seinen grauen Iriden als breiter Streifen zu sehen. »Hat sie euch diesen Unsinn erzählt?« Er schüttelt den Kopf. »Arme Bella. Sie hatte schon immer zu viel … Phantasie. An eurer Stelle würde ich mich setzen und sehr genau dem zuhören, was ich euch jetzt sagen werde. Und zwar bevor ihr irgendwelche wirren Anschuldigungen von euch gebt.«

Joshua setzt sich trotzig zurück aufs Bett.

Was macht er denn da? Wir sollten diesem Ekel keine Sekunde unserer Zeit schenken. Ich will ihn gerade hochziehen und mit ihm abhauen, aber als meine Hand seine Schulter berührt, bedeckt er sie mit seiner und drückt sie. Fest. Dann begreife ich. Er sitzt auf der Übersetzung der Silberrolle.

Ich drücke ihm ebenfalls die Hand, um zu signalisieren, dass ich ihn verstanden habe. Dann lege ich ihm so lässig wie möglich den Arm um die Schulter. Danach schaue ich verstohlen O'Brien an, aber der scheint nichts gemerkt zu haben. Er hat sich auf den Plastikstuhl am Fußende des Bettes gesetzt und ist zu sehr damit beschäftigt, seine cremefarbene Leinenhose zurechtzuzupfen.

»So ist es besser«, sagt O'Brien. »Ihr habt die Wahl. Ihr könnt euch die Sache ganz einfach oder aber sehr, sehr kompliziert machen.« Er seufzt. »Ich bezweifle, dass die Polizei den Worten zweier Teenager aus dem Westen mehr Glauben schenken wird als denen eines angesehenen Regierungsbeamten. Aber falls ihr weiterhin vorhabt, mich hysterisch irgendwelcher Verbrechen anzuklagen, dann wird ihnen keine andere Wahl bleiben, als sich den ganzen Schlamassel ein bisschen genauer anzusehen, fürchte ich. Dann werden sie sicher wissen wollen, warum Maria ihre Patentante so spät in der Nacht in die Wüste gelockt hat.«

»Wie bitte?«

»Und sicher wollen sie dann auch wissen, warum um alles in der Welt du so dringend mit unserem gut aussehenden jungen Freund Joshua in der Wüste allein sein wolltest, dass du aus dem Auto ausgestiegen bist und Bella ihrem Schicksal überlassen hast.«

»Aber …«

»Aber vor allem«, fährt er fort, »vor allem werden sie wissen wollen, wie sie sich ihre Verletzungen zugezogen hat. Falls Bella wirklich an Hitzschlag gestorben ist, warum hatte sie dann laut Autopsie vier gebrochene Rippen und zwei ausgeschlagene Schneidezähne?«

Ich schließe die Augen und höre wieder den dumpfen Schlag, mit dem Bellas Leiche auf den Sand geprallt ist.

»Bella war lange tot, bevor Maria sie berührt hat«, sagt Joshua.

»Oh, da bin ich ganz sicher«, sagt Professor O'Brien mit süßlicher Stimme. »Und vielleicht glauben die Polizisten euch ja auch. Da ist nur, na ja …« Er verzieht sein Gesicht zu einer grotesken Parodie von Mitgefühl. »Da ist deine langjährige Geisteskrankheit …«

»Maria ist nicht geisteskrank!«

»Wirklich?« O'Brien dreht sich mit hochgezogenen Augenbrauen zu Joshua um. »Wie würdest du dann eine Mysophobie in Verbindung mit einer Angststörung bezeichnen?« Er dreht sich wieder zu mir um. »Ich persönlich glaube natürlich keineswegs, dass du geistig krank bist. Ich weise nur darauf hin, dass man euch solche Fragen stellen wird. Und während ihr versucht, sie zu beantworten, müsst ihr natürlich in Untersuchungshaft bleiben.«

Professor O'Brien hebt abwehrend die Hände gegen unsere Proteste. »Ich lebe schon seit vielen Jahren in Ägypten und habe eine Menge Verbindungen. Ich habe keinerlei Zweifel daran, wie diese Geschichte ausgehen wird. Aber es ist noch nicht zu spät. Ihr könnt die Sache ganz einfach halten und den Beamten bestätigen, was sie ohnehin bereits vermuten: dass eine spätabendliche Sternbeobachtungstour entsetzlich schiefging, als ihr drei getrennt wurdet. Und dass das in einem tragischen Unfalltod resultierte.«

Er steht auf und streckt sich. Seine Knie knacken laut in dem kleinen Zimmer.

Ich starre ihn wütend an, diesen blassen Mann im blassen Anzug, dem die Bosheit aus den Poren sickert wie Schneckenschleim. Aber ich schlucke meinen Ekel hinunter und nicke. Machen wir es nicht zu kompliziert.

»Maria!«, schreit Joshua und springt mit rotem Gesicht vom Bett auf.

»Bella hatte recht. Du bist ein cleveres Mädchen«, grinst Professor

O'Brien. Sein Blick fällt auf die Stelle, auf der Joshua gesessen hat, und er stutzt, als er die kopierte Übersetzung der Silberrolle sieht. Ich stürze mich darauf, aber O'Brien ist schneller.

Er weicht einen Schritt zurück, die Papiere in der Hand. Amüsiert schaut er zwischen uns hin und her.

»Du liebe Güte. Diebstahl würde die Sache definitiv verkomplizieren. Wenn die Polizei herausfindet, dass ihr dieses unbezahlbar wertvolle Dokument aus Bellas Aktentasche entwendet habt, dann hätte sie damit einen wirklich vernichtenden Beweis gegen euch in der Hand: ein Tatmotiv.«

Er geht rückwärts in Richtung Tür und schiebt das Blatt in seine Jackeninnentasche. Dann wendet er sich noch einmal Joshua zu. »Ich bin nicht dein Feind, Joshua. Dein Vater und Maria haben deinen Kopf mit paranoider Propaganda gefüllt, aber falls du jemals die Wahrheit erfahren willst, dann steht dir meine Tür jederzeit offen.« Dann ist er verschwunden.

Joshua stöhnt. »Sorry. Ich hätte nicht aufspringen dürfen. Aber warum hast du ihm so schnell nachgegeben?«

»Das war gelogen. Ich dachte, wenn er denkt, wir haben aufgegeben, lässt er uns in Ruhe, und wir können uns darauf konzentrieren, irgendwie unter die Sphinx zu kommen. Es hat überhaupt keinen Zweck, hier zur Polizei zu gehen. Du hast ihn doch gehört, er hat hier viel zu viel Einfluss. Es ist besser, wir warten, bis wir wieder zu Hause sind, und melden dann den britischen Behörden, was wirklich vorgefallen ist.«

»Sorry, das habe ich nicht kapiert. Ich bin immer noch ein bisschen durch den Wind.«

Ich hole mein iPhone aus der Tasche und zeige ihm die Fotos, die ich von der Übersetzung gemacht habe. »Kein Problem. Wir haben noch eine Kopie der Silberrolle.«

Ein breites Grinsen legt sich auf Joshuas Gesicht. »Hört sich an, als sei gerade alles wieder kompliziert geworden.« Er schaut auf seine Uhr. »Es ist beinahe Mittag. Kann ich selbst auschecken, oder muss ich warten, bis mein Dad kommt?« Er runzelt die Stirn. »Ich muss wirklich ganz schön fertig gewesen sein. Ich kann mich gar nicht daran erinnern, dass er mich hier besucht hat.«

Ich schlucke.

Er wird blass. »Ist er okay? Hast du ihn gesehen?«

Oh Gott. Wie sage ich es ihm bloß?

»Was, Maria? Was ist?«

Ich nehme seine Hand und führe ihn zurück zum Bett. Er starrt mich unverwandt mit völlig verängstigten Augen an, während ich die schrecklichen Worte aus meinem Mund stoße und ihm sage, was ich gerade von meiner Großmutter erfahren habe. Als Amun in unser Hotel kam, war Michael ebenfalls verschwunden. Alle nahmen an, wir seien zusammen verschollen, aber nur Joshua und ich sind aus der Wüste zurückgekehrt.

»Aber wo ist er dann?«, fragt Joshua und schaut sich voller Panik um.

»Das ist es ja. Niemand weiß es. Er hat das Hotel an dem Abend verlassen und gesagt, er würde uns bei O'Brien zu Hause treffen und …«

»Und?«

Ich befeuchte meine Lippen. »Seitdem hat ihn niemand mehr gesehen.«

Joshua vergräbt den Kopf in seinen Händen. »Ich wusste doch, dass er wieder manisch wird. Wenn er immer noch high ist, kann es sein, dass er völlig durchgedreht durch Kairo irrt. Und wenn er depressiv ist, dann …« Er springt auf, zieht sich das Schlafanzugoberteil aus und wirft es zu Boden.

»Was machst du denn?«
»Ich muss ihn finden. Aber nach fünf Tagen könnte er überall sein. Nicht zu fassen. Ich war die ganze Zeit hier, und niemand hat auch nur ein Wort gesagt. Nicht einmal du. Du bist zu mir gekommen, hast über Amun und die Silberrolle geredet und bist nicht auf die Idee gekommen, mir zu sagen, dass mein Vater *vermisst* wird?«
»Ich hab's ja versucht«, sage ich und stehe auf. »Ich wollte es dir ja sagen, aber …« Ich verstumme. Wie beschämend, dass ich mich von ihm mit einem Kuss habe ablenken lassen.
Er dreht mir den Rücken zu, und ich sehe, wie seine Schultern beben, als er versucht, tief durchzuatmen.
»Amun glaubt, dass O'Brien etwas damit zu tun haben könnte«, sage ich. »Ich weiß, dass er Bella angewiesen hat, uns in der Wüste auszusetzen, damit wir niemandem von der Silberrolle erzählen können. Auch wenn er das Gegenteil behauptet. Vielleicht hat er jemanden engagiert, um auch deinen Vater aus dem Weg zu räumen.«
Joshua dreht sich zu mir um. »Wenn er meinem Dad etwas angetan hat, dann schwöre ich …« Er verstummt und schluckt mühsam, bevor er sich ein T-Shirt aus dem Nachttisch holt und es sich über den Kopf zieht.
»Wo gehst du denn hin?«
»Zu O'Brien.«
»Warte! Sei doch vernünftig. Er hat doch gesagt, wenn wir einen Aufstand machen, werden wir verhaftet, und dann schaffen wir es nicht, unter die Sphinx zu gelangen. Amun meint, es wäre besser, wir …«
Joshua marschiert auf mich zu und bleibt so dicht vor mir stehen, dass ich seinen heißen Atem im Gesicht spüre. »Hast du mir des-

halb nichts davon erzählt? Damit du mit Amun unter der Sphinx auf Schatzsuche gehen kannst?«
Ich zucke zurück, als ob er mich geohrfeigt hätte. »Natürlich nicht!«
Joshua legt den Kopf in den Nacken, als versuche er, nicht in Tränen auszubrechen. »Und ich habe wirklich geglaubt, du und ich …« Er atmet zitternd aus, und seine Augen finden meine. Sein Blick ist so schwer wie Blei. »Aber ich habe mich getäuscht. Dir ist nichts und niemand wichtig. Nur diese verdammte Silberrolle.«
»Das ist nicht wahr!«
Er streckt den Arm aus und reißt die Tür auf.
Amun springt zurück, und die beiden starren sich an.
»Hast du uns nachspioniert?«, fragt Joshua wütend.
»Natürlich nicht!« Amun reckt empört das Kinn. »Maria hat mich gebeten, hier zu warten, damit wir …«
Bei dem Wort »wir« zuckt Joshua zusammen und schiebt sich an ihm vorbei.
»Warte! Ich begleite dich zu O'Brien«, rufe ich verzweifelt.
Aber Joshua rennt den Flur entlang, ohne sich noch einmal umzublicken.

KAPITEL 35

Als wir endlich einen Arzt aufgetrieben hatten, der bereit war, mich zu entlassen, war Joshua bereits über alle Berge. Ich eilte zurück ins Hotel, weil ich hoffte, dass ich ihn dort finden würde, aber unser Zimmer war leer. Danach wollte ich eigentlich zu O'Briens Büro fahren und dort nach ihm suchen, aber inzwischen hatte der Chamsin begonnen, und das Hotelpersonal erlaubte mir nicht, in die Stadt zu gehen. Es herrsche Ausgangssperre, erklärten sie mir, und alle Gäste seien angewiesen, in ihren Zimmern zu bleiben, zusammengerollte Handtücher vor die geschlossenen Türen und Fenster zu legen und zu warten, bis der Sandsturm vorbei sei.

Das war gestern Abend. Inzwischen ist es beinahe fünf Uhr nachmittags, und Joshua ist immer noch nicht wieder zurück. Ich ziehe meine Knie an die Brust. Wahrscheinlich hat er sich nur irgendwo einen Unterschlupf gesucht. Die Straßen sind alle gesperrt. Er kommt zurück, sobald der Chamsin vorbei ist.

Aber warum ist mir dann ganz schlecht vor Sorge? Warum erzittert meine Seele mit jedem Klirren der vom Wind gepeitschten Fensterscheiben? Warum habe ich das Gefühl, dass etwas ganz und gar nicht in Ordnung ist?

Ich checke erneut mein Handy, das auf meinem Nachttisch liegt, aber ich habe immer noch keine neuen Nachrichten oder verpassten Anrufe. Ich sage mir noch mal, dass Joshua sicherlich nur vergessen hat, sein Ladegerät mitzunehmen. Ich blase die feine Schicht Sand auf der Tischplatte weg. Es ist, als wolle die Wüste die Stadt erobern. Sie schleicht sich durch die unsichtbaren Ritzen zwischen Fenstern und Türen, klettert die Rohre hinauf und die Kamine hinab, verunreinigt alles, was sie berührt.

Ich gehe zum Balkon und schaue auf die schmutzig gelbe Luft, die wie eine Smoghaube über der Stadt liegt. Sirius wird morgen früh aufgehen, aber der heiße Wind, der durch die Stadt rauscht, ist voller Sand. Es ist unmöglich, darin umherzulaufen, man sieht die Hand vor Augen kaum. Es ist, als habe der Teufel selbst den Sandsturm herbeigezaubert, um mich in meinem Zimmer einzusperren und von der Sphinx fernzuhalten. Der Wind ächzt durch die Gassen und lässt die Balken knarren, und ich denke an die Warnung meiner Großmutter: *Er kommt mit dem Chamsin.*

Ich fahre zusammen, als mein Handy auf dem Tisch vibriert, und stoße es vor lauter Hektik erst mal zu Boden.

Hi, sorry wegen gestern. War nicht so gemeint. Sturm wird bald vorbei sein. Treffen bei der Sphinx um 10? Dein Joshua xxx.

Ich sinke erleichtert zu Boden. Er ist in Sicherheit. Gott sei Dank. Ein strahlendes Lächeln breitet sich auf meinem Gesicht aus, und ich labe mich an seinen Worten: *Dein Joshua. Drei Küsse.*

Natürlich, schreibe ich zurück. *Bis dann. Deine Maria xxx.*

»Entschuldigung, Sir, aber heute Abend gibt es wegen des Chamsin keine Show«, sagt der alte Mann, der Karten für die Besichtigung der Sphinx verkauft.

Erleichtert darüber, dass meine Größe, meine kurzen Haare und die schwarze Dschallabija, die ich trage, mich offenbar wie einen jungen Mann aussehen lassen, winke ich ihm mit dem Handy zu, um ihm zu zeigen, dass ich nur schnell ein paar Fotos machen

will. Achselzuckend streckt er die Hand aus, und ich reiche ihm das Eintrittsgeld mit einem großzügigen Bonus.
Obwohl der Sturm sich inzwischen gelegt hat, weht immer noch ein starker, warmer Wind durch Kairo und wirbelt den Staub auf den Straßen auf. Heute Abend wirkt die Stadt ruhelos und überdreht, die Luft ist so trocken, dass sie zu brennen scheint. Auch die wenigen Touristen, die mir auf der Pyramidenstraße entgegenkommen, scheinen das zu spüren und eilen zu den Taxis, die sie zurück in die Sicherheit ihrer Hotelzimmer bringen.
Ich versuche, die grellen Lichter der Großstadt zu meiner Linken auszublenden und den Geruch nach Burgern und Pommes zu ignorieren, während ich zu den Pyramiden gehe. Normalerweise finden hier abends um diese Zeit Lasershows mit Musik für die Touristen statt. Ich habe sie von unserem Hotel aus gesehen: die Stroboskoplichter, die über den Horizont flackern, das gedämpfte Dröhnen der Musik wie auf einem fernen Jahrmarkt. Aber heute ist alles still, als ich von der asphaltierten Straße auf den Wüstenboden des Gizeh-Plateaus trete. Ich suche die von Lampen erleuchtete Landschaft nach Joshua ab. Hat er es sich etwa anders überlegt? Ist er doch noch sauer auf mich?
Dann sehe ich ihn, eine schmale Silhouette vor den riesigen Pfoten der Sphinx. Sein Haar leuchtet wie ein goldener Heiligenschein in dem Licht der Scheinwerfer, die den Koloss beleuchten. Hinter ihm glühen die drei Pyramiden von Gizeh wie gigantische Nachtlichter vor dem dunklen Himmel.
Ich spüre seinen Blick auf mir, aber er winkt mir nicht zu und bleibt stumm. Meine Beine fühlen sich schwer und unbeholfen an, als ich versuche, durch den Sand möglichst direkt auf ihn zuzugehen. Ungefähr einen Meter vor ihm bleibe ich stehen. Das Blut rauscht in meinen Ohren.

Joshua tritt ins Licht, und bei seinem Anblick durchzuckt mich eine schreckliche Sehnsucht.

»Danke, dass du gekommen bist«, sagt er. »Tut mir leid, dass ich mich gestern so unmöglich benommen habe. Es lag nicht an dir, ich war nur total durcheinander.«

»Nein, ich muss mich entschuldigen. Hast du deinen Dad gefunden?«

Er senkt den Kopf, und sein Haar fällt ihm ins Gesicht. »Nein. Ich habe ihn bei der Polizei als vermisst gemeldet. Aber die sagen, er sei ein erwachsener Tourist und amüsiere sich wahrscheinlich irgendwo. Ich habe versucht, zu erklären, dass er krank ist, aber das hat niemanden interessiert.«

»Oh, Joshua.« Ich will ihn gerade in die Arme schließen, da höre ich, wie ein Streichholz angerissen wird, und zucke zurück.

Neben uns steht ein Mann mit Zigarette, der uns beobachtet.

»Keine Angst, das ist nur Mohammed«, sagt Joshua. »Ich kenne ihn.« Er nickt dem Mann und drei weiteren Männern zu, die auf einmal neben ihm stehen. »Die sind okay«, sagt Joshua wieder, als ich stirnrunzelnd auf ihre Uniformen und Pistolen blicke. Er holt Geld aus seinem Portemonnaie – eine Menge Geld – und reicht es einem von ihnen.

Während die vier Männer die Scheine zählen und unter sich aufteilen, breite ich fragend die Hände aus. »Was zum …?«

Joshua führt mich am Ellbogen ein paar Schritte von der Sphinx weg, und wir blicken auf die Lichter Kairos, die vor uns liegen.

»Als ich gestern aus dem Krankenhaus gerannt bin, stieg O'Brien gerade in sein Auto«, sagt er. »Ich bin ihm in einem Taxi gefolgt, weil ich dachte, er geht nach Hause und ich könnte ihn mir dort vorknöpfen. Aber stattdessen kam er hierher. Er hat mich in der Touristenmenge nicht entdeckt, aber ich habe gesehen, wie er mit diesen Wachmännern geredet und ihnen Geld gegeben hat.« Er zeigt auf die vier Männer, die zwischen den Pfoten der Sphinx kauern. Nur die roten Spitzen ihrer Zigaretten sind im Schatten zu erkennen.

»Ich habe gewartet, bis O'Brien gegangen ist, und dann habe ich ihnen das Doppelte von dem geboten, was er ihnen bezahlt, wenn sie mir sagen, was hier vor sich geht. Wie sich herausstellt, hat O'Brien sie für ihr Schweigen darüber bezahlt, dass er gestern Abend mit ein paar Männern unter der Stele einen Ausgrabungsschacht angelegt hat.«

Ich drehe mich zur Sphinx um. »Er hat schon hier gegraben? Wo? Sind wir zu spät gekommen?«

»Nein. Die Wachmänner sagen, dass O'Brien einen geheimen Eingang zu einer Art Kammer entdeckt hat. Aber er hat es offenbar nicht geschafft, sich Zutritt zu dem Raum zu verschaffen. Er war eine Stunde lang unten, dann kam er wieder hoch und ist gegangen. Heute um Mitternacht kommt er zurück, aber ich habe den Männern Geld gegeben, damit sie uns in den Schacht lassen. Wir können versuchen, zuerst in die Kammer zu kommen.«

Mein Herz hebt sich, aber ich zwinge mich dazu, tief einzuatmen. »Bist du dir sicher, dass du mich begleiten willst, Joshua? Gestern wolltest du nichts mehr von der Silberrolle wissen.«

Joshua wendet sich ab und schaut zu den Pyramiden hinter uns, wie flüssiges Gold leuchten sie vor dem ägyptischen Nachthimmel. »Das wollte ich wirklich nicht. Aber jetzt, wo mein Vater verschwunden ist, will ich ein für alle Mal beweisen, was für ein Unsinn diese ganze Geschichte ist.« Seine Stimme wird leiser, als er weiterspricht: »Ich *muss* ihm einfach beweisen, dass da unten nichts ist.«

Ich hole tief Luft. Der wüstentrockene Geruch des Chamsin liegt immer noch in der Luft. Es riecht nach verbrannten Streichhölzern. Ein Geruch wie eine Warnung.

»Okay. Jetzt ist es gleich halb elf«, sage ich. »Und Sirius geht im Morgengrauen auf. Wir sollten uns beeilen.«

KAPITEL 36

Wir gehen zusammen zwischen den Vorderbeinen der Sphinx zu dem monumentalen Körper. Wie eine riesige Tür aus Granit steht vor uns die Traumstele, der rechteckige Stein, den Thutmosis IV. vor mehr als 3400 Jahren vor das Zentrum der Sphinx stellen ließ. Es wird sogar vermutet, dass die Stele nur der Ersatz für einen sehr viel älteren Stein war.
Zwei der Wachmänner, die Joshua bestochen hat, stehen auf beiden Seiten der Stele, und ich verziehe das Gesicht, als sie Brecheisen in die Hände nehmen und beginnen, den riesigen Stein zur Seite wegzustemmen. Das Kratzen von Metall an Stein erfüllt die Nacht. Ein Wachmann grunzt vor Anstrengung, als er das Eisen nach unten drückt, mit einem leisen Ächzen löst sich der Stein vom Körper der Sphinx. Joshua leuchtet mit seiner Taschenlampe auf den Steinquader im Boden, neben dem die beiden Wachmänner jetzt kauern. Mit einiger Mühe stemmen sie den massiven Steinwürfel hoch und schieben ihn zur Seite in den Sand.
Ein feuchter, modriger Geruch erfüllt die warme Nachtluft, und ich rümpfe die Nase und versuche, nicht zu würgen. Aber als ich nach meinem Desinfektionsgel greifen will, fällt mir wieder ein, dass ich es nicht mehr habe. Ich fluche.
»Was ist?«, fragt Joshua.
»Riechst du das nicht?«
»Die Sphinx ist ziemlich nah am Grundwasserspiegel. Wahr-

scheinlich riecht es deshalb ein bisschen feucht«, sagt er. »Die Männer haben gesagt, dass O'Brien den Stein beiseiteschieben ließ und seinen Männern dann befohlen hat, in den Sand ein einen Meter dreiundneunzig tiefes Loch zu graben.«

»So lang wie ein ägyptischer König. Er hat die Botschaft also auch entschlüsselt«, sage ich.

Joshua nickt. »Am Boden dieses Lochs hat er einen weiteren Stein gefunden, den Eingang zu einer Art quadratischem Brunnen. Der ist ziemlich tief, also müssen wir uns an einem Seil hinunterhangeln, um den Boden zu erreichen.«

Er nickt dem Wachmann zu, der gerade ein dickes weißes Tau aufrollt und ein Ende unter dem riesigen Steinquader sichert.

Ich starre hinunter in die Dunkelheit. Hier sieht es genauso aus wie in meinem Albtraum. Gott, es stinkt sogar genauso.

Joshua reicht mir eine Stirnlampe, wie sie Höhlenforscher benutzen. Er setzt sich auf den Boden und lässt die Beine über den Rand des klaffenden Lochs baumeln, dann ergreift er das Tau und lässt sich vorsichtig daran ins Dunkel hinab.

Schweiß tropft zwischen meinen Schultern hinunter. Ich hole mein Handy aus der Tasche. Der Akku ist zwar fast leer, aber es reicht noch, um Amun eine Nachricht zu schicken und ihn zu informieren, dass ich jetzt unter die Sphinx klettere und er die Polizei informieren soll, wenn ich in ein paar Stunden nicht wieder zurück bin. Nur für den Fall.

Dann setze ich mir die Stirnlampe auf und folge Joshua in die Finsternis.

Die plötzliche Kälte trifft mich wie ein Schock. Das Seil dreht sich unter unserem gemeinsamen Gewicht und schwingt zwischen den Wänden hin und her, als wir uns daran hinunterhangeln.

Der Lichtfleck, den meine Stirnlampe auf die Wände wirft, lässt die Textur der hellgrauen, vom Alter gezeichneten und verwitterten Kalksteinmauern überdeutlich hervortreten. Etwas Schwarzes, Fleischiges huscht schnell über die Mauer, und ich zucke zurück.

»Vorsicht«, sagt Joshua unter mir, denn meine Bewegungen zerren am Seil. Ich höre, wie seine Füße auf dem Boden aufkommen, und eine Minute später spüre ich seine warmen Hände um meine Taille, als er mich an sich zieht.

»Hier ist nicht viel Platz«, sagt er. »Und es wird gleich noch schlimmer. Ich hatte recht damit, dass von hier ein Schacht in einem Winkel von 51 Grad in Richtung Nordwesten abgeht. Der Eingang war mit Ton zugepfropft, aber O'Briens Männer haben ihn gefunden und geöffnet.«

Hier ist gerade genug Platz, um in die Hocke zu gehen, während Joshua stehen bleibt. Ich leuchte mit meiner Taschenlampe über die westliche Wand und sehe ein zweites, schmales, rechteckiges Loch, etwa einen halben Meter breit. Es sieht aus wie eine in die Erde gebaute Schütte oder Rutsche, wie die Schächte, in die man seine Müllsäcke werfen kann.

»Es wird ziemlich eng«, sage ich. »Aber wenn wir nacheinander reinkriechen und uns auf dem Rücken liegend mit den Beinen vorwärtsrobben, müssten wir es eigentlich nach unten schaffen.«

Ich beuge mich vor, schaue in den dunklen Tunnel und frage mich, wo er wohl hinführt. Ist dies womöglich der Abgrund, in dem Belial gefangen ist? Ich weiß, dass das Blödsinn ist, denn die Silberrolle soll uns schließlich dabei helfen, die Befreiung Seiner Seele zu verhindern. Aber in dieser Dunkelheit, in der mich der feuchte Modergeruch umgibt, der von den uralten Mauern aufsteigt, erscheint mir die Vorstellung, dass es einen Teufel gibt, so realistisch wie noch nie zuvor.

Ich zucke zusammen, als Joshua mir die Hand auf die Schulter legt.
»O'Brien war gestern schon da unten«, sagt er. »Also kann es nicht gefährlich sein. Ich kann als Erster gehen, wenn du willst.« Er setzt sich hin und streckt seine Füße in den Schacht. Dann rutscht er so lange hin und her, bis er auf dem Rücken liegt und nur noch sein Kopf zu sehen ist. Er liegt in der steinernen Röhre wie in einem Computertomografen.
»Komm erst nach, wenn ich ungefähr einen Meter weit gekommen bin, okay?«, bittet er. »Und bring mir mit deinen Schuhen bloß nicht die Frisur durcheinander.« Er zwinkert mir zu und schiebt sich in den Schacht.
Und dann ist er weg, und ich bleibe allein auf dem Grund eines dunklen Brunnens zurück.
»Okay!«, schreit Joshua. »Jetzt du.«
Ich denke nicht darüber nach, wie eng der Tunnel ist und was wir an seinem Ende wohl finden werden. Ich zwänge mich so schnell ich kann in den engen Schacht. Weg von der entsetzlichen Einsamkeit und hin zu Joshuas Stimme, die in der Dunkelheit widerhallt.

KAPITEL 37

Zwischen meiner Nase und dem Tunneldach liegen gerade mal zehn Zentimeter – links und rechts von meinen Ohren vielleicht knappe fünfzehn. Ich komme nur vorwärts, wenn ich mit den Schultern und dem Po wackle und mich so den Schacht hinunterschlängele. Der kalte, harte Stein fühlt sich an Rückgrat und Ellbogen sehr unangenehm an.
Wir bohren uns wie Würmer durch den Schacht, und irgendwann fängt Joshua an, »Die klitzekleine Spinne kroch in die Regenrinne« zu singen. Ich schnaube ein nervöses Lachen hinaus, das von der Tunneldecke hallt. Nur Joshua schafft es, mich in einer solchen Situation zum Lachen zu bringen.
Beim fünften Vers ist mir nicht mehr nach Lachen zumute. Erde rieselt mir ins Gesicht, und ich reiße angstvoll die Augen auf. Bricht jetzt etwa der Tunnel zusammen? Ich stelle mir vor, wie Staub meinen Mund füllt, während mir die Luft aus den Lungen gepresst wird; die Dunkelheit, die Schwärze, die absolute, endlose Einsamkeit, in der ich meinen letzten Atemzug tun werde, gefangen tief unter der Erde.
Panisch versuche ich, mich irgendwo festzuhalten. Meine Füße rutschen ab. Mein Kopf knallt gegen die Tunneldecke, als ich versuche, wieder nach oben zu kriechen. Als ich begreife, dass ich rückwärts nicht wieder nach oben komme, fange ich an zu hyperventilieren.

Ich sitze in der Falle. Lieber Gott, ich sitze in der Falle in diesem Tunnel. Nur ich und die Dunkelheit und … oh Gott, das ist mein Albtraum. Allein im Dunkeln und …

Mein Verstand löst sich in schwammiger Panik auf.

»Maria!«, schreit Joshua. »Es ist alles gut, ich bin da. Ich habe das Ende erreicht, es ist nicht mehr weit. Nur noch einen Meter. Komm schon, du schaffst das!«

Füße landen auf Stein. Tiefes Atmen.

Irgendwie schafft es mein Körper, sich in Richtung der Geräusche zu bewegen. Ich rutsche und robbe und schlängele mich zu Joshua, bis auf einmal meine Fersen in der Luft hängen.

Joshua packt meine Knöchel. »Alles ist gut, ich hab dich.«

Ich rutsche aus dem Schacht in einen Hohlraum, der hoch und breit genug ist, um aufrecht zu stehen. Keuchend ringe ich nach Luft und drücke Joshua fest an mich. Sein Rücken ist feucht von Schweiß.

Endlich lösen wir uns voneinander und schauen uns um. Die Stirnlampen beleuchten die Mauern, die uns umgeben. Wir befinden uns in einer Art Steinkammer, die ungefähr so hoch und breit ist wie eine Fahrstuhlkabine. Drei der Mauern sind kahl, aber in die vierte ist eine riesige ägyptische Gestalt gemeißelt, die mir sehr vertraut ist.

»O'Brien glaubt, dies sei der Eingang zur Geheimkammer«, sagt Joshua und leuchtet die gravierte Mauer an. »Aber er hat es nicht geschafft, ihn ohne Sprengstoff zu öffnen.«

»Das Bild stellt die Göttin Isis dar«, sage ich und streiche mit dem Finger über die kniende Frauengestalt.

»Mit diesen Flügeln beschützt sie das Volk der Ägypter und verbreitet einen himmlischen Duft über das Land. Ihr Kopfschmuck

weist sie als Königin auf dem Thron aus. Siehst du?« Isis' Kopfschmuck hat mich schon immer fasziniert. Einerseits wirkte sie stark, weil sie einen Stuhl auf dem Kopf trug, aber die Tatsache, dass er leer war, gab mir immer das Gefühl, sie sei einsam oder vermisse etwas. Genau wie ich.
Das Bild ist eine recht populäre Darstellungsweise der Isis, aber an diesem hier ist etwas anders. Ich beuge mich vor und schaue mir an, was Isis in den Händen hält. In der einen trägt sie ein Anch, aber in der anderen hält sie nicht das traditionelle Segel, sondern einen Isisknoten. Moment. Nicht den Knoten selbst, sondern nur den Abdruck eines Knotens.
Ich denke an meine Übersetzung der Silberrolle: *Wo der Schlüssel im Kreis den Knoten löst.*

»Ich glaube, das ist der Schlüssel«, sage ich und halte meinen Isisknoten hoch. »Der Isisknoten.«
Ich greife nach oben und lege mein Amulett in die Mulde in der Wand. Es fügt sich mit einem befriedigenden Klicken in das Bild ein, als bestünde es aus demselben Stein. Sogar die Farbe scheint zu passen.
Aber es geschieht nichts.
»Vielleicht musst du es drehen?«, schlägt Joshua vor.
Natürlich. Schlüssel im Kreis. Ich drehe das Amulett im Uhrzeigersinn, als würde ich einen Safe öffnen.

Wir beide springen zurück, als plötzlich ein klickendes Surren durch die Kammer hallt, gefolgt vom tiefen Ächzen von Stein auf Stein, als die Mauer aus rotem Granit von einem unsichtbaren Mechanismus nach links gezogen wird.
Ich starre in die Dunkelheit. Wir werden gleich etwas sehen, was seit vielen Tausend Jahren unter der Erde verborgen war.
Joshua und ich schauen uns voller Aufregung an und überschreiten gemeinsam die Schwelle.

KAPITEL 38

Gold.

Im Licht meiner Stirnlampe sehe ich zuerst nur Gold.

Joshua pfeift ehrfürchtig durch die Zähne, der Ton hallt durch die riesige Steinkammer, in der wir jetzt stehen.

»Wow«, flüstere ich. Denn in der Kammer steht eine goldene Pyramide, die so hoch und breit ist wie ein zweistöckiges Haus. Ihre Seiten reichen bis an die Wände der Kammer, die Spitze bis unter die gewölbte Decke, und sie glüht wie Feuer im Licht unserer Taschenlampen. Ich lasse meinen Lichtstrahl bis zur Spitze und der Decke dicht darüber wandern. Es ist, als stünden wir in der Kuppel der St. Paul's Cathedral, nur dass dieser Raum tief ins Innere der Erde gegraben wurde und mit einem gigantischen Prisma aus Gold gefüllt ist.

Joshua schaut mich völlig verdattert an. »Warum um alles in der Welt vergräbt jemand eine Pyramide unter der Erde?«

»Das ist keine Pyramide.«

»Na, ich bin zwar kein Experte«, sagt er. »Aber das ist definitiv eine Pyramide.«

»Nein. Ich glaube, es ist der Schlussstein, der eigentlich auf die Spitze der Großen Pyramide gehört«, sage ich. »Die Größe stimmt, und ich habe irgendwo mal gelesen, dass der Stein ursprünglich vergoldet war.« Ich runzele die Stirn und denke angestrengt nach. »Dieser Edgar Cayce hat doch vorausgesagt, dass der Schlussstein unter der Sphinx gefunden wird, und zwar mit der Halle der Aufzeichnungen, richtig? Vielleicht ist es in dem Ding versteckt? Oder darunter?«

»Okay, dann lass uns mal einen Weg ins Innere suchen«, sagt Joshua, läuft gegen den Uhrzeigersinn los und durchsucht den Schlussstein mit dem Strahl seiner Taschenlampe. Ich gehe in die entgegengesetzte Richtung und suche ebenfalls nach irgendeiner Öffnung.

Am Ausgangspunkt treffen wir uns wieder.

»Nichts«, sagt er.

Da sehe ich im Schein meiner Lampe etwas. »Warte.« Ich gehe in die Hocke und schaue auf die Basis des Schlusssteins nahe der rechten Ecke.

Joshua kniet sich neben mir auf den Boden. »Was ist das?«, fragt er und zeigt auf eine Reihe von Symbolen. »Hieroglyphen?«

»Ja. Sie repräsentieren ägyptische Zahlen.«

»Kannst du sie lesen? Steht da, wann das Ding gebaut wurde?«

Dad hat mir mithilfe der Kühlschrankmagneten aus dem Britischen Museum beigebracht, auf Ägyptisch zu zählen, und als ich älter war, verbrachte ich eine Menge Zeit auf Websites mit ägyptischen Zahlenrätseln.

»Dies sind die Zeichen für 1, 10, 100, 1000, 10 000, 100 000 und 1 000 000, siehst du?« Ich zeige nacheinander auf alle Symbole und frage mich, warum zwei gleiche Reihen übereinanderstehen.

Joshua geht an der Seite der Pyramide entlang bis zur nächsten Ecke. »Hier stehen auch Zahlen!«, ruft er.

Ich folge ihm und sehe sofort, dass es genau dieselben zwei Zahlenreihen sind: 1, 10, 100, 1000, 10 000, 100 000, 1 000 000. Aus der Nähe sehe ich, dass die Zahlen auf leicht erhabenen Quadraten stehen, die ungefähr so groß sind wie meine Handteller. Sie sehen fast aus wie gigantische …

»Tasten«, sage ich.

»Was?«

»Das sind Tasten. Wie auf einer Tastatur. Ich glaube, dieser Schlussstein ist eine Art riesiger Safe, und um ihn zu öffnen, müssen wir einen Code eingeben.«

Ich stehe auf, nehme die Übersetzung der Silberrolle zur Hand und lese die letzten zwei Zeilen.

»Lass sie voller Weisheit die vier ewigen Maße erkennen
und die Tränen der Isis zum Fließen bringen.«

Joshua leuchtet neben mir auf das Papier. »Um etwas zum Fließen zu bringen, muss man eine Öffnung schaffen«, sagt er. »Und *Maße* klingt nach Zahlen. Aber wenn du recht hast, dann brauchen wir den Code.«

»Vier Codes, um genau zu sein. Wahrscheinlich benötigen wir für jede der vier Seiten des Steins einen eigenen Code.« Ich reibe mir überwältigt die Stirn. Was für eine Aufgabe. Wenn nur mein Dad hier wäre. Er hätte das sofort gelöst.

Dann reiße ich mich zusammen. Nein. Diese Hinweise sind für mich bestimmt, nicht für meinen Dad. Obwohl der Code vor Tausenden von Jahren verfasst worden ist, muss es eine Möglichkeit geben, ihn zu knacken.

Ich schaue mir noch einmal die Botschaft an. »Hier steht Maße. Nicht Zahlen, sondern Maßeinheiten. Ewig gültige. Also denk nach. Welche Maßeinheiten könnte man als ewig bezeichnen? Was ist heute noch genauso gültig wie vor Tausenden von Jahren?«

»Zentimeter? Zoll? Elle?«, fragt Joshua achselzuckend.

»Nein. Die haben sich im Laufe der Zeit viel zu stark verändert.«
Frustriert schaue ich den Schlussstein an und verfluche innerlich die Erbauer. Wenn nicht einmal die Architekten der Pyramiden ihre Maßeinheiten aufgeschrieben haben, woher soll ich dann wissen, um welche es hier geht?
Es sei denn … Mein Gehirn arbeitet auf Hochtouren, als ich an all die Maßeinheiten denke, die benutzt wurden, um die Pyramiden zu bauen. Vielleicht wurden sie ja doch aufgeschrieben, aber nicht hier unten tief in der Erde. Und auch nicht in einer geheimen Schriftrolle oder der Botschaft auf einem Amulett.
»Lass sie voller Weisheit die vier ewigen Maße erkennen«, flüstere ich.
»Was? Was ist?«, fragt Joshua, als ich zu ihm herumwirbele.
»Die ewigen Maße«, sage ich. »Oh Gott, es ist so offensichtlich!«
»Was denn?«
Ich werfe den Kopf in den Nacken und lache laut darüber, wie dreist die alten Ägypter waren.

KAPITEL 39

»Was denn?«, zischt Joshua. »Sag schon!«

»Die alten Ägypter waren unglaublich. Sie haben die Zahlen nicht verborgen. Sie haben sie für die ganze Welt sichtbar gemacht.«

»Und wo?«, fragt Joshua und lässt den Blick wieder durch den Raum schweifen.

»Nicht hier unten«, sage ich. »Draußen auf dem Gizeh-Plateau. *Die Codes sind in der Architektur der Großen Pyramide selbst verborgen.* Die Erbauer haben sich die allergrößte Mühe gegeben, alle inneren und äußeren Maße der Pyramide als Verkörperung der Prinzipien von Pi und Phi darzustellen. Verstehst du denn nicht? Das war kein Zufall. Sie haben nicht nur angegeben. Sie haben die Codes in eine Struktur eingebaut, die Tausende von Jahren Bestand haben würde.«

Ich drehe mich um und zeige auf den Schlussstein. »Deshalb haben sie den hier nicht benutzt. Sie haben nicht vergessen, ihn auf die Spitze der Großen Pyramide zu setzen, und verloren haben sie ihn schon gar nicht. Das war Absicht. Sie haben versucht, uns zum Nachdenken zu bringen, dazu, Fragen zu stellen und nach dem Schlussstein zu suchen. Nach der Wahrheit zu suchen.«

»Wow«, sagt Joshua und starrt die Zahlen beeindruckt an. »Warte mal. Sogar ich weiß, dass Pi unendlich ist. Wenn einer der Codes Pi sein soll, wie viele Stellen sollen wir dann hier eingeben?«

Ich denke nach. »Die einzige Zahl, die in der Botschaft erwähnt wird, ist die Vier, also sind es vielleicht nur die ersten vier Stellen? Dann wäre Pi 3,141, Phi wäre 1,618 und …«
»Was?«
»Nein, das kann nicht funktionieren. Die Ägypter hatten kein Dezimalsystem. Sie hätten Pi als eine Bruchzahl ausgedrückt, deshalb stehen hier wahrscheinlich zwei Zahlenreihen übereinander. Wir müssen oben und unten eine Zahl eingeben.«
Joshua sieht aus, als wolle er noch weitere Fragen stellen, aber ich bedeute ihm mit einer Geste, zu schweigen, während ich rechne.
»Die Ägypter hätten Pi als 22 / 7 errechnet. Das ist nicht perfekt, aber zumindest weniger als ein Prozent Abweichung vom wahren Wert.«
»Dann versuch das.«
»Aber die Ägypter haben nur Stammbrüche verwendet, also wäre 22/7 bei ihnen als 3 Einheiten und 1/7 dargestellt worden. Glaube ich.«
Ich schaue zur Kuppeldecke der Kammer hinauf, die die Spitze des Schlusssteins beinahe berührt. Aus dieser Perspektive sieht es so aus, als stütze der Stein die ganze Decke. In der Steinkammer ist es so kühl wie in einer Höhle, aber trotzdem spüre ich, wie ich anfange zu schwitzen.
»Joshua«, sage ich langsam, »du weißt doch, dass in den alten Mythen immer steht, dass die Sphinx einem Rätsel aufgibt. Und wenn man es nicht lösen kann, ist man tot. Stimmt's? Wir stehen jetzt genau unter dem Körper der Sphinx.«
Joshua folgt meinem Blick. »Und?«
»Was ist, wenn der Schlussstein eine Art Passwortschutz hat und ich die falsche Zahl eingebe? Wenn sich das Ding bewegt oder in sich zusammenstürzt, kracht wahrscheinlich die ganze Kammer ein, und die Sphinx landet direkt auf uns.«

»Bis jetzt lagst du meistens richtig.« Er lächelt, aber seine Augen sind dunkel und ernst, als er sagt: »Und falls du dieses Mal falschliegst, sterben wir wenigstens zusammen.«

Natürlich ist das nur ein Scherz, aber die Art, wie er mich ansieht, gibt mir trotzdem Kraft. Mit neuem Mut drehe ich mich wieder zu den Zahlen um und streiche über die ägyptischen Symbole, die sich unter meinen Fingern kühl und grobkörnig anfühlen – nicht wie Stein, sondern wie Kristalle. Als Erfinderin des Codes hätte ich Pi so einfach wie möglich dargestellt.

Ich hole tief Luft, und ohne groß nachzudenken, drücke ich dreimal auf die Taste mit der Zahl Eins. Sie gibt ungefähr einen Zoll nach und rastet mit einem leisen Klicken ein. Nach einer kurzen Pause drücke ich sie noch einmal, und sie gibt ein weiteres Stück nach.

Dann drücke ich in der unteren Reihe sieben Mal die Einsertaste. Mit angehaltenem Atem schauen wir zur Decke hinauf. Aber nichts passiert.

»Ich glaube, das bedeutet, es war richtig«, sagt Joshua.

»Da waren's nur noch drei«, seufze ich, und wir gehen zu der nächsten Seite der Pyramide, wo wir dieselben Zahlenreihen vorfinden.

»Phi war ein so wichtiger Bestandteil bei der Errichtung der Großen Pyramide, dass ich eigentlich dachte, es muss auch eine ewige Maßeinheit sein«, denke ich laut. »Aber es ist unmöglich, Phi als Bruch auszudrücken.«

»Okay. Was für Maßeinheiten haben die dann noch verwendet?«

Ich reibe mir die Hände so heftig, dass winzige Hautschüppchen auf den Kammerboden schweben, während ich versuche, mich an alles zu erinnern, was mir mein Dad über die Pyramiden beigebracht hat.

»In einer halben Stunde kommt O'Brien«, sagt Joshua nach fünf Minuten.

»Psst«, mache ich. »Ich versuche, mich zu konzentrieren.« Ich schließe die Augen. Mein Dad hat sehr oft von der Mathematik und der Geometrie der Pyramiden gesprochen, also durchforste ich meine Erinnerungen und versuche, alle besonders relevanten Zahlen durchzugehen. Aber mein Verstand verrät mich, und ich kann nur an sein vor Aufregung leuchtendes Gesicht denken. Daran, wie lebhaft er gestikulierte, wenn er sprach. Er hätte all das hier geliebt, vor allem diesen Schlussstein, dieses perfekte Modell der Großen Pyramide. Ich wette, es ist sogar maßstabsgetreu …

Ich reiße die Augen auf. »Maßstab.«

»Was?«

»Maßstab. Amun sagte doch, die Große Pyramide sei ein perfektes Modell der nördlichen Erdhalbkugel im Maßstab 1 : 43 200. Das ist unser nächster Code, und er ist sogar schon als Stammbruch ausgedrückt.«

Joshua klopft mir beeindruckt auf den Rücken, als ich in die Hocke gehe und vorsichtig die richtigen Tasten eindrücke. Wieder geschieht nichts, und wir gehen mit unsicheren Schritten zur dritten Seite des Schlusssteins.

Aber diesmal stehen dort keine Zahlenreihen, sondern nur Tasten mit Bildern:

»Wo sind die Zahlen?«, frage ich mit panischer Stimme. »Wie sollen wir ohne Zahlen einen Code eingeben?«
»Ewige Maße«, murmelt Joshua. »Vielleicht geht es nicht nur darum, den Raum zu vermessen. Man kann auch Zeit messen. Ich schätze mal, das hier ist ein Stern?« Er zeigt auf die dritte Taste.
»Ja. Der Kreis mit dem Punkt in der Mitte ist die Sonne und daneben die Mondsichel.« Ich streiche vorsichtig über die vertrauten Formen. Sie gehörten zu den ersten Symbolen, die mein Dad mir beigebracht hat.
»Na ja, Zeit kann man messen, indem man den Lauf der Sonne, des Mondes und der Sterne beobachtet, also gelten die auch als ewige Maße.«
»Na gut, aber das letzte Bild ist das Symbol für Wasser. Was hat das denn mit Zeit zu tun? Wobei man natürlich sagen kann, dass die Ägypter ihr gesamtes Leben nach der Nilüberschwemmung ausgerichtet haben. Der ganze landwirtschaftliche Kalender und sogar ihr Neujahrsfest basierten darauf.«
»Okay. Das sind also alles Bilder von Dingen, mit denen man Zeit messen kann«, sagt Joshua. »Aber welches Maß wurde für die Pyramiden eingesetzt? Vielleicht der Stern? Weil die Pyramiden dem Oriongürtel entsprechen?«
»Aber die Sterne sind nicht auf dieselbe Art Teil der Pyramiden wie zum Beispiel Pi oder Phi«, sage ich skeptisch.
»Warte mal! Hat Amun nicht gesagt, dass auch das ägyptische Sonnenjahr als Maßeinheit eingesetzt wurde?«
»Ja, du hast recht! Er sagte, die Länge jeder Seite des Basisquadrates der Pyramide sei genauso lang wie die Anzahl der Tage in einem tropischen Sonnenjahr.«
»Das ist es. Dieser Code muss das Symbol für die Sonne sein«, grinst Joshua.

Ich strecke die Hand aus und fahre mit dem Finger über den Kreis mit dem Punkt in der Mitte, bevor ich entschlossen die Taste drücke.

Wieder passiert nichts, und ich tausche einen nervösen Blick mit Joshua.

»Wenigstens ist das Dach noch nicht eingestürzt«, sagt er.

Wir gehen weiter, bis wir die vierte Seite der Pyramide erreicht haben. Auch hier sind keine Zahlen zu sehen, sondern nur vier ägyptische Hieroglyphen:

»Wir haben übrigens nur noch fünfzehn Minuten«, sagt Joshua nach einem Blick auf sein Handy. »Haben diese Symbole irgendetwas mit Maßeinheiten zu tun?«

Ich schüttele den Kopf. »Ich glaube nicht. Das erste stellt einen Falken auf Gold dar, was die Ewigkeit symbolisiert oder vielleicht auch Horus' Triumph über den bösen Seth. Das zweite ist ein Skarabäus, der mit der Sonne assoziiert wird und Wachstum und Widergeburt repräsentiert.«

»Und was ist das daneben? Ein Pokémon?«

»Haha. Das ist eine Biene. Ich weiß nicht genau, was sie symbolisiert, aber Bienen waren wegen ihres Honigs sehr wichtig für die alten Ägypter. Das letzte Symbol ist ein Anch, es steht für die Ewigkeit und das Leben im Jenseits.« Ich verziehe das Gesicht. »Keine dieser Hieroglyphen hat irgendetwas mit Maßeinheiten zu tun.«

Joshua schaut auf die Uhr und verzieht ebenfalls das Gesicht. »Okay. Denk mal andersrum«, sagt er. »Vergiss mal die Bilder. Welche ewigen Maße wurden beim Bau der Pyramiden noch verwendet? Wenn du sie durchgehst, merken wir vielleicht, was uns noch fehlt.«

»Das einzige ewige Maß, das wir bisher noch nicht als Code eingesetzt haben, ist Phi.«

»Was genau ist dieses Phi eigentlich?«

»Ganz einfach ausgedrückt, beschreibt es das Verhältnis des Ganzen zu seinen Teilen und mathematisch einen Maßstab von 1 : 1,618. Manchmal nennt man Phi auch den Goldenen Schnitt oder die göttliche Proportion, weil man sie im menschlichen Körper, den Mustern eines Kiefernzapfen, der Blätterzahl bestimmter Blüten und …«

Ich verstumme und schaue zur Spitze des Schlusssteins.

»Bienen.«

»Wie bitte?«

»Hast du schon mal von der Fibonacci-Folge gehört? Du weißt schon, die Sequenz, in der jede Zahl die Summe der beiden ihr vorausgehenden Zahlen ist? 1, 1, 2, 3, 5, 8, 13 und so weiter?«

Joshua nickt.

»Na ja, eine männliche Honigbiene hat ein Elternteil, zwei Großeltern, drei Urgroßeltern und fünf Ururgroßeltern – die Genealogie einer Biene entspricht also der Fibonacci-Folge.«

»Und weiter?«

»Und das Verhältnis der aufeinanderfolgenden Fibonacci-Zahlen führt irgendwann schließlich zu Phi oder dem Goldenen Schnitt. 1,618.«

»Echt jetzt?« Er schüttelt den Kopf. »Ich habe keine Ahnung, woher du das alles weißt, aber mach es.«

Ich zögere noch einen Moment und drücke dann entschlossen die Bienentaste. Dann lehne ich mich zurück. Ich bin schweißgebadet. Das war's. Die vierte und letzte ewige Maßeinheit.
Ein leises Summen erfüllt die Kammer.
Mein Herz schlägt einen Salto, und ich sehe, dass Joshua zur Basis des Schlusssteins zeigt. Sie beginnt, sich zu drehen, und zwar in einer in den Boden eingegrabenen kreisförmigen Rinne.
Wir weichen so weit wie möglich zurück und drücken uns gegen die steinerne Wand, während sich die quadratische Basis der Pyramide um genau neunzig Grad im Uhrzeigersinn dreht.
Als sie stehen bleibt, halten wir noch ein paar Sekunden lang den Atem an und gehen dann ein paar Schritte nach vorn. Wir schauen auf den Boden oder vielmehr dorthin, wo vorher die Basis stand. In dem Teil des Kreises, der jetzt freigelegt ist, klafft eine pechschwarze Öffnung.
»Wir haben es geschafft, Joshua«, flüstere ich. »Wir haben den Eingang zur Halle der Aufzeichnungen gefunden.«

TEIL FÜNF

GENESIS

KAPITEL 40

Im Schein meiner Stirnlampe blicke ich durch die enge Öffnung hinab. »Da ist eine Art Leiter«, sage ich, drehe der Pyramide den Rücken zu und gleite in die Öffnung. Ich zähle sieben Sprossen, dann berühren meine Füße den Boden.

Während Joshua es mir nachmacht, drehe ich mich in dem kleinen runden Raum um die eigene Achse. Ich habe das Gefühl, in einem aus Stein herausgemeißelten Zylinder zu stehen. Die perfekt gerundeten Mauern sind mit Malereien bedeckt, und in dem reflektierten goldenen Schein des Schlusssteins über uns sehe ich zuerst nur eine überwältigende Farbenpracht. Als sich meine Augen an das Licht gewöhnt haben, erkenne ich die fein gearbeiteten Details der abgebildeten Männer, Frauen und Landschaften. Es ist, als stünde ich vor einem steinernen Wandteppich.

»Wow! Ist das ägyptische Höhlenmalerei?«, fragt Joshua.

Ich trete näher zur Wand. Die Farben ähneln denen, die auch die alten Ägypter benutzt haben. Viel Blau, Rot, Gold und Grün, und auch der Stil ist derselbe, Menschen sind im Profil dargestellt. Aber im Gegensatz zu den meisten ägyptischen Bildern haben diese Darstellungen Tiefe und Perspektive, und ich sehe kaum Hieroglyphen im Hintergrund. »Ich weiß es nicht. Aber es sind zwölf Bilder«, sage ich. »Wie die Zahlen auf einem Ziffernblatt. Ich glaube, man muss sie in der richtigen Reihenfolge betrachten.«

Ich richte meine Stirnlampe auf die Stelle hinter dem Eingang, wo sich eine schlichte Skizze des Mondes befindet. Daneben sehe ich ein Sternenmuster, das mir inzwischen vertraut ist.
»Orion«, sagen wir beide gleichzeitig.
Joshua zeigt auf die diagonale Linie des Oriongürtels und dann auf den Streifen Land, der daruntergemalt ist. »Schau, wie tief er über dem Horizont steht.«
»Amun sagte, Orion stand in der Ersten Zeit am tiefsten über dem Horizont. Das war ungefähr 10 500 v. Chr. Vielleicht soll uns das sagen, wo die Geschichte beginnt.« Ich strecke die Hand aus und berühre den glatten, kühlen Stein. »Vor dreizehntausend Jahren.«
Wir wenden uns dem zweiten Bild zu. Es sieht aus wie eine Landkarte und zeigt einen Kreis aus grünem Land, der von vier Brücken geviertelt wird, die sich über drei Flüsse spannen. Als ich näher herangehe, sehe ich, dass das ganze Bild voller Details steckt. An einer schnurgeraden weißen Straße steht ein goldener Tempel in einem Obstgarten. Die Bäume hängen voller reifer Früchte, und unter ihnen sitzen dunkelhäutige Männer und Frauen, die Kindern beim Spielen zusehen. Andere sitzen lesend, schreibend oder musizierend unter den Strahlen einer goldenen Sonne.
Ich reiße mich von dem Anblick los und betrachte das nächste Bild.
»Das ist genau dasselbe, nur bei Nacht«, sagt Joshua.
Aber das stimmt nicht. Aus der Sonne ist nun ein Mond geworden. Stirnrunzelnd frage ich mich, warum sich die Frauen jetzt hinter den Bäumen verstecken, aber dann sehe ich Männer in schmutzigen roten Gewändern. Ihre Gesichter sind wutverzerrt, und sie halten halb volle Kelche in den Händen. Vernachlässigte Kinder streiten und prügeln sich, und die Musiker und Studenten schlafen in den Überresten eines Festgelages.

»Muss eine Wahnsinnsparty gewesen sein«, sagt Joshua.

Ich ignoriere ihn und betrachte das nächste Bild, ein langes, dünnes Panorama, das zwei Armeen zeigt, die sich im Kampf gegenüberstehen. Die Soldaten auf der linken Seite tragen rote Gewänder und folgen einem hünenhaften Mann, der einen langen Stab in der Hand hält. Ihre Gegner auf der rechten Seite sind hauptsächlich weiß gekleidet und werden von einer riesigen Frauengestalt angeführt, die ein goldenes Anch in den Händen trägt.

»Für die Ägypter repräsentierte Größe den Status«, sage ich. »Am größten stellten sie Götter dar.« Ich schaue genauer hin und streiche über die Waffen der Soldaten und die Funken, die zwischen den Armeen fliegen. »Sag mal, sind das Gewehre?«

»Red keinen Unsinn«, sagt Joshua. »Das müssen Speere oder Stöcke sein. Wie sollen die alten Ägypter denn Gewehre benutzt haben?«

Er hat natürlich recht. Aber irgendetwas an dem Bild kommt mir merkwürdig vor. Es fehlen die in den meisten ägyptischen Schlachtszenen dargestellten Pferde, Streitwagen und Bogenschützen.

Im nächsten Bild treffen die Armeen aufeinander, und die Flüsse färben sich rot vom Blut der Gefallenen.

»Es hat einen Krieg gegeben«, sage ich leise und streiche mit dem Finger über die am Boden liegenden, leblosen Kinderkörper und ihre weinenden, verwundeten Mütter. »Ein schrecklicher, schrecklicher Krieg.«

»Und dann kam eine Flutwelle«, sagt Joshua, der vor dem nächsten Bild steht. Es zeigt wieder dieselbe Landschaft, nur dass diesmal die beiden Armeen einem gemeinsamen Feind gegenüberstehen: einem riesigen Tsunami, der die schreienden Männer, Frauen und Kinder überwältigt. Voller Entsetzen starre ich in die Gesich-

ter der Ertrinkenden, auf ihre winzigen Hände, die sich uns über die Jahrtausende hinweg entgegenzustrecken und um Hilfe zu flehen scheinen.
»Das ist furchtbar«, sage ich, aber Worte sind nicht genug, um meinen Schrecken auszudrücken.
»Es ist nur eine Geschichte«, sagt Joshua und streichelt mir den Rücken. »Es gibt keinerlei Beweise dafür, dass das wirklich passiert ist.«
»Joshua, der ewige Skeptiker.«
Wir zucken zusammen, drehen uns um und sehen Professor O'Brien am Fuß der Leiter stehen.
»Was machen Sie hier?«, fahre ich ihn an. »Was wollen Sie?«
»Oh, dank dir habe ich schon, was ich will«, sagt er und geht auf uns zu. Er zeigt auf den Schlussstein über uns. »Als ich gestern Abend endlich den Eingang gefunden hatte, habe ich es nicht geschafft, ihn zu öffnen. Aber zu meinem Glück ist es euch gelungen.« Er lächelt und enthüllt die unnatürlich weißen Zähne in seinem grauen Gesicht.
Bevor ich ihn aufhalten kann, beugt er sich vor und fährt mit seinen langen, knochigen Fingern den Umriss des schrecklichen Tsunamis nach. »Dies ist nicht nur einfach eine Geschichte, Joshua. Was wir hier vor uns sehen, ist das fehlende Kapitel der Menschheitsgeschichte, der Aufstieg und Fall von Atlantis.«
»Woraus schließen Sie, dass es um Atlantis geht?«, frage ich. Ich bin extrem wütend darüber, dass er uns hierher gefolgt ist, aber meine Neugier ist größer.
O'Brien geht zum zweiten Bild zurück. »Diese grünen Hügel, die von vier Brücken durchquert und von drei Wassergräben umgeben werden, sind genau so, wie Plato sie beschrieben hat. Und seht ihr dieses Symbol hier im Zentrum?« Er zeigt auf etwas, was ich

zuerst für den Umriss eines kahlen Baums gehalten habe. Jetzt sehe ich, dass es sich um eine Art Gabel mit drei Zinken handelt. »Dies ist der Dreizack, das Symbol Poseidons. Atlantis war sein Herrschaftsgebiet.«

Joshua schnaubt. »Das ist ein griechischer Mythos. Sie bringen ihre Geschichten durcheinander.«

»Hast du dich noch nie gefragt, warum alle Zivilisationen die Geschichte einer Sintflut kennen? Warum es in allen Weltreligionen ein verlorenes Paradies gibt oder die ägyptischen, griechischen und römischen Götter sich so ähnlich sind? Diese Geschichten sind alles Zweige desselben Baums. Und das hier …«, er streckt die Arme aus, »sind ihre Wurzeln.«

O'Brien geht zum sechsten Bild, das im Gegensatz zu den farbenprächtigen anderen ganz in Schwarz gehalten ist und eine einfache Waage zeigt. In der rechten Waagschale sehe ich den Umriss eines weißen Kreises. Die Schale ist weit oben, als wiege er nicht mehr als eine Feder. Die andere Seite wird von einem massiven roten Quadrat beschwert. O'Brien legt den Kopf schief. »Ich glaube, dies repräsentiert das göttliche Urteil, dem sich unsere Vorväter stellen mussten.«

Er zeigt auf das nächste Bild, das eine Handvoll Überlebender in einem Boot zeigt, das an einer von einem Fluss durchschnittenen Wüstenlandschaft anlegt. »Dafür, dass sie Gottes Schöpfung zerstört haben, wurden die Überlebenden aus dem Paradies vertrieben und ins Exil nach Ägypten geschickt, wo sie die Erde beackern mussten, aus der sie stammten.« Er nickt und murmelt halblaut zu sich selbst: »Deshalb kamen Ackerbau, Schrift und Architektur so plötzlich auf.« Er streicht über das Bild eines Vogels mit Menschenkopf. »Offenbar stammen einige der ältesten Symbole Ägyptens ursprünglich aus Atlantis.«

»Und was bedeutet das hier?«, fragt Joshua und zeigt auf das nächste Bild. Es stellt zwei Vögel dar, einen mit roten Federn und dem Kopf eines Mannes und einen weißen mit dem Kopf einer Frau.
»Das müssten Bas sein«, sagt O'Brien.
»Wie bitte?«
»Das ist das ägyptische Symbol für die Seele«, erkläre ich. »Das Ba ist die Persönlichkeit eines Menschen, die nach dem Tod weiterlebt. Die hier sehen ähnlich aus, aber ...« Ich schaue genauer hin. »Beide Vögel sind in Ketten gelegt.«
Mit gefurchter Stirn überlege ich, was der Künstler uns damit sagen wollte. »Es ist, als seien ihre Seelen eingesperrt.«
O'Brien schüttelt den Kopf. »Ihrem rachsüchtigen Gott genügte es nicht, ihre Körper zu bestrafen, also ließ er auch ihre unsterblichen Seelen in Ketten legen. In der Johannesoffenbarung steht zwar, dass nur Belial im Abgrund gefangen gehalten wurde. Aber dieses Bild deutet darauf hin, dass Edgar Cayce recht hatte und beide Heerführer eingesperrt wurden.«
Er zeigt auf das nächste Bild. Hier ist wieder das Sternbild des Orion zu sehen, aber viel weiter vom Horizont entfernt. Rote und weiße Bas mit ausgestreckten Schwingen bevölkern den Himmel. O'Brien berührt ehrfürchtig den größten roten Vogel mit Menschenkopf. »Edgar Cayce hat auch prophezeit, dass die Seelen der Bewohner von Atlantis zur Erde zurückkehren werden, sobald die Endzeit naht.«
»Wollen Sie damit sagen, dass diese Seelen seit dreizehntausend Jahren im Abgrund gefangen sind?«
Joshua schaut mich an. »Du redest, als sei das alles wirklich passiert. Es sind nur Bilder, Maria.«
»Schau«, sage ich und zeige auf den einzelnen Stern neben dem

Orion. »Genau wie auf der Silberrolle. Es bedeutet, dass Belial und seine Anhänger zurückkehren werden, sobald sich der Sirius über dem Horizont zeigt.«

»Genau wie die Mutter der Söhne des Lichts«, sagt O'Brien und zeigt auf den Ba mit den weißen Federn. »Für die siebte und letzte Schlacht.«

Ich starre den Vogel mit Frauenkopf an und begreife, wie ähnlich er der geflügelten Gestalt der ägyptischen Göttin Isis sieht. Unter ihr stehen drei kleinere Gestalten in weißen Roben: Der erste graviert etwas in ein Anch, der zweite in eine Schriftrolle und der dritte in einen Isisknoten. Obwohl sie alle von unterschiedlicher Größe sind und nicht dieselbe Kleidung tragen, berühren sich ihre Hände, wie um eine Verbindung durch alle Zeitalter darzustellen.

»Was sind diese Dinger da?«, fragt Joshua. »Waffen?«

Zuerst glaube ich, vor einem weiteren Bild zu stehen, aber dann merke ich, dass ich zwei dreidimensionale Gegenstände betrachte, die mit Haken an der uralten Wand befestigt sind. Ich greife nach dem Anch – dem ägyptischen Symbol für das ewige Leben. Seine Schönheit und sein Gewicht rauben mir den Atem. Es besteht aus purem Gold, ist mit Hieroglyphen bedeckt, und der Kopf ist kein leerer Kreis, sondern mit einem Spiegel gefüllt.

Daneben liegt ein goldenes, stabähnliches Objekt mit vier Querstäben, ungefähr so lang wie mein Unterarm. »Ich glaube, es ist ein Djed-Pfeiler«, sage ich zu Joshua. »In Hieroglyphen repräsentiert der Djed-Pfeiler Stabilität.«

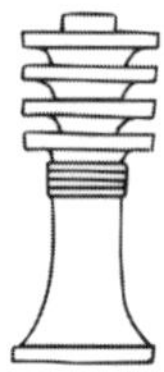

O'Brien greift hastig nach dem langen Stab, bevor ich es kann. Andächtig streichelt er das Edelmetall und mustert dann forschend das Anch in meiner Hand. »Das sind keine Waffen«, sagt er. »Es sind Hinweise.«

»Hinweise worauf?«

O'Brien zeigt mit dem Stab auf das nächste Bild, das eine goldene Truhe zeigt. An beiden Seiten sehe ich einen runden Griff, auf der Kiste selbst sind zwei geflügelte Kreaturen mit vier Menschenköpfen dargestellt. Die ganze Truhe scheint mit einer Art Energie oder Kraft gefüllt zu sein, denn sie ist von Lichtblitzen umgeben.

»Auf das Versteck der Bundeslade«, sagt O'Brien beinahe flüsternd.

»Die aus der Bibel?«, fragt Joshua verwirrt.

»Und der Tora und dem Koran. Wie ich dir gesagt habe, gehört all das zu unserer gemeinsamen Geschichte. Und vor uns liegt der Tag des Jüngsten Gerichts.« O'Brien zeigt auf das nächste Bild, das wieder eine schlichte schwarze Waage darstellt.

Die kahle Nüchternheit des Bildes jagt mir kalte Schauer über den Rücken, und ich wende mich ab, um das letzte Gemälde zu studieren, ein kreisrundes, in zwei Hälften geteiltes Bild. Die erste Hälfte

zeigt eine Szenerie, die mir aus dem ersten Bild bekannt vorkommt: eine üppig grüne Landschaft, in der Menschen unter den Strahlen einer goldenen Sonne arbeiten und entspannen.
Aber in der zweiten Bildhälfte hat der Nachthimmel die Farbe geronnenen Blutes, und das Land ist von Feuersbrünsten durchzogen. Sogar die Flüsse brennen. Die schwarzen Umrisse in Flammen stehender Körper sind dem Inferno hilflos ausgeliefert.
Wie ein Horrorfilm spielt sich die Vision, die ich im Haus meiner Großmutter erlebt habe, in meinem Kopf ab. Ich höre die Schreie der Verwundeten und das Klagen der Trauernden. Mein Mund füllt sich mit der Asche der Toten.
»Und wenn jemand gefunden wurde, dessen Namen nicht im Buch des Lebens stand, so wurde er in den Feuersee geworfen«, zitiert O'Brien aus der Offenbarung. »Dies ist der Tag des Jüngsten Gerichts. Das Ende aller Zeiten.«
»Nein!«, schreie ich. »Seht ihr denn nicht? Dies repräsentiert eine Entscheidung. Eine Art Test. Deshalb gibt es eine Waage und zwei Versionen desselben Bildes. Das Ende der Welt tritt nur ein, wenn Belial die Lade findet. Wir müssen sie zuerst finden«, sage ich und hole mein iPhone heraus.
O'Brien hält die Kamera zu. »Keine Fotos.«
Ich schiebe seine Hand weg. »Sie haben mir gar nichts zu befehlen.«
»Oh doch, meine Liebe. Die Sphinx und alles, was sich unter ihr befindet, sind meiner Behörde unterstellt. Meine Aufgabe ist es, sicherzustellen, dass alle archäologischen Funde das Christentum stärken und nicht beschädigen.«
»Dies beschädigt gar nichts. Sie haben doch selbst gesagt, dass das beweist, dass alle Religionen einer gemeinsamen Wahrheit entspringen.«

»Das ist wahr. Aber leider ist der menschliche Glaube zerbrechlich und muss gespalten werden, um zu überleben. Christen gegen Muslime, Sunniten gegen Schiiten, Protestanten gegen Katholiken. Spaltung ist die Grundlage aller Zivilisation, denn nur durch sie können wir Konsens und Kontrollinstanzen etablieren.«
Ich starre ihn entsetzt an. »Haben Sie meinen Dad deshalb nicht hier graben lassen? Aus Machtgier? Weil Sie Ihre Version der Geschichte beschützen wollten?«
»Pst! Hört ihr das auch?«, fragt Joshua.
Ich halte den Atem an und lausche. Ein leises Knarren, als schabe Stein auf Stein oder …
Wir schauen nach oben, wo die Basis des Schlusssteins gerade anfängt, sich zu drehen.
»Die Öffnung geht zu!«, schreie ich. »Der Mechanismus muss zeitgesteuert sein!«
O'Brien rennt zu der Leiter.
Ich schaue mich hastig in der Kammer um. Der Gedanke, hier unten im Dunkeln gefangen zu werden, lässt mein Herz einen Schlag aussetzen, aber ich muss die Lade finden, also darf ich diese Bilder nicht vergessen. Ich richte mein Handy auf die Wand, aber der Akku ist leer. Mist!
Joshua schiebt mich zur Leiter. »Geh!«, ruft er. »Ich mache das.«
Der Schlussstein hat bereits ein Viertel des Ausgangs verschlossen.
»Beeil dich«, dränge ich, bevor ich die Leiter halb nach oben steige.
Die Kammer füllt sich mit Blitzlicht, als er zu fotografieren beginnt.
»Komm schon!«, schreie ich. »Der Eingang ist schon halb geschlossen.«
Joshua macht noch ein letztes Foto und rennt dann zu mir. Als seine Füße die Leiter berühren, schiebe ich mich eilig durch das

enge Loch. Stein schabt über meine Haut, als ich mich durch die Öffnung zwänge. Ich drehe mich um und sehe Joshuas grinsendes Gesicht hinter mir.

Sein Lächeln erstirbt, als er mit den Schultern stecken bleibt.

Der Schlussstein dreht sich weiter.

»Dreh dich!«, schreie ich und packe ihn unter den Achseln. Ich ziehe, er dreht sich, und so plötzlich, dass ich zurückfalle, schießt Joshua aus der Öffnung und landet mit einem lauten Platschen neben mir, als sich der Schlussstein in seine alte Position zurückdreht.

Platschen?

Ich drehe mich zur Seite und starre auf das braune Wasser, das den Boden bedeckt. Was zum …? Als ich hochschaue, sehe ich Wasser über die Wände laufen und wie Schlangen auf uns zu kriechen.

»Und die Tränen der Isis zum Fließen bringen«, zitiere ich die letzte Zeile der Silberrolle. »Die alten Ägypter nannten die Nilüberschwemmung die Tränen der Isis. Es war eine Warnung.«

Joshua starrt mich mit leichenblassem Gesicht an. »Wir sind hier unter dem Grundwasserspiegel, Maria. Wir werden ertrinken.«

KAPITEL 41

Komm schon!«, schreie ich und packe Joshuas Hand. Aber er starrt nur stumm auf das schlammbraune Wasser. Gelb gefärbt vom Lichtkegel seiner Taschenlampe.

Ich zerre an ihm. »Joshua, was soll das?«

Er schaut mich mit weit aufgerissenen Augen an, ohne zu blinzeln.

Oh Gott, ich habe völlig vergessen, dass er panische Angst vor Wasser hat. Ich ziehe ihn hoch, sehe das blanke Entsetzen in seinem Gesicht.

»Schau mich an«, befehle ich. »Wir kommen hier wieder raus. Okay?«

Als seine Augen meine finden, werden sie wieder klar. Er nickt.

»Gut, dann los«, sage ich. Ich beeile mich, bevor die Angst ihn wieder einholt. Ich darf nicht in Panik geraten, diesmal muss ich die Starke sein. Wir rennen zur Tür und stehen wieder in der Fahrstuhlkabine aus Stein. Ich fluche laut, als mir klar wird, dass wir wieder durch den Albtraum-Schacht müssen, um an die Oberfläche zu gelangen.

Mein Mund füllt sich mit Speichel, als ich an die knappe Luft und das steigende Wasser hinter uns denke. Verzweifelt sehe ich mich nach einer anderen Möglichkeit um. O'Brien ist verschwunden, also muss er mit dem goldenen Stab in den Schacht gekrochen sein. »Los geht's«, sage ich und hake das goldene Anch an meiner Halskette fest.

»Ich kann da nicht reingehen.« Joshuas Stimme ist nur ein heiseres Flüstern. »Ich kann nicht.«

»Du musst aber. O'Brien ist schon fast oben, und er hat den Stab.«

»Aber das Wasser …«

Ich zeige nach unten auf das Wasser, das uns inzwischen fast bis an die Knie reicht. »Der Schacht verläuft schräg nach oben. Er ist unsere beste Überlebenschance. Unsere einzige.«

Er reibt sich die Hände übers Gesicht. »Scheiße«, flucht er. »Scheiße, Scheiße, Scheiße.«

»Du zuerst«, sage ich und schiebe ihn in Richtung Öffnung.

»Nein. *Du.*«

Ich höre an seinem hastigen, flachen Atem, dass er vor Angst erstarren wird, wenn er als Letzter in den Tunnel kriecht. Aber wenn er vor mir ist, dann wird er nicht wagen aufzugeben, weil er damit auch mich umbringen würde.

Ich schubse ihn vorwärts, bevor er sich wehren kann, und höre seine Stirnlampe über die Tunnelwand schaben, als er in den Schacht klettert. Als seine Turnschuhe nicht mehr zu sehen sind, hole ich tief Luft und krieche ihm nach.

Wir kriechen so schnell wir können und stoßen uns Ellbogen, Hüftknochen und Knie am felsigen Untergrund an, während wir uns rutschend und schlängelnd nach oben kämpfen. Man hört nur unsere keuchenden Atemzüge und das Rauschen des näher kommenden Wassers. Ich fixiere Joshuas Turnschuhe. Das helle Gummi seiner Sohlen ist mein Hoffnungsschimmer. Als meine Füße auf nassem Untergrund abrutschen, durchzuckt mich nackte Angst. Das Wasser ist bereits in den Schacht gedrungen.

Fluchend krabbelt Joshua aufwärts.

Ich ramme meine Ellbogen in die seitlichen Wände, um mich daran vorwärtszuziehen. Obwohl ich so schnell krieche, wie ich kann, steigt das Wasser noch schneller, bis es schließlich unsere Schultern erreicht. Meine Stirnlampe stößt immer wieder an die Decke, weil ich versuchen muss, mein Gesicht aus dem Wasser zu heben. Joshua spritzt mir unabsichtlich dauernd mit den Füßen Wasser in die Augen, und das reflektierte Lampenlicht blendet mich. Keuchend nach Luft ringend, kämpfen wir erbittert um jeden Zentimeter. Das Wasser bedeckt meinen Mund und kitzelt an meiner Nase. Bei dem Gedanken, dass ich bald nicht mehr atmen kann, muss ich paradoxerweise hyperventilieren, und vor lauter Panik-Luftblasen sehe ich gar nichts mehr.

Joshua erstarrt.

Ich rüttele an seinem Bein. Reden kann ich nicht mehr, weil mein Mund unter Wasser ist.

Er bewegt sich nicht.

Ich kämpfe gegen den Drang, ihn einfach weiterzuschieben. Das würde ihn – und mich auch – nur noch mehr in Panik versetzen. Stattdessen drücke ich seinen Wadenmuskel dreimal kurz, dreimal lang und dann noch mal dreimal kurz. Joshua hat so viel Survivaltraining hinter sich, dass er hoffentlich erkennt, was ich ihm da gerade gemorst habe: *SOS*.

Ich schließe die Augen und versuche, nicht daran zu denken, dass wir hier unten wie hilflose Käfer ertrinken werden.

Joshua holt zitternd Atem. Es platscht, und dann löst sich sein Bein aus meiner Hand, und er kriecht weiter. Gott sei Dank.

Ich krabbele ihm hinterher, die Tunneldecke kratzt über meine Kopfhaut, und bei jedem Atemzug dringt Wasser in meine Nase. Ich bin jetzt so schwach, dass ich mich kaum noch bewegen kann und es nur noch schaffe, den Kopf oben zu halten. Aber gerade als ich denke, dass wir es wirklich nicht schaffen werden, erreiche ich das Ende des Tunnels und stürze kopfüber in den Brunnenschacht.

KAPITEL 42

Joshua fängt mich auf, und ich schlinge die Arme um seinen breiten Rücken. Unsere durchnässten Körper zittern, gierig saugen wir Luft ein.

»Himmel«, sagt Joshua. »Ich habe dich da drin fast umgebracht. Es tut mir so leid, Maria. Ich war wie erstarrt, ich konnte nicht …«

»Ist schon okay«, unterbreche ich ihn.

Aber das stimmt nicht. Das modrige Wasser strömt aus dem Tunnel. Es sieht aus und riecht, als käme es direkt aus der Kanalisation. Und es reicht uns bereits bis zu den Knien. Ich schaue auf das schäumende Wasser und dann nach oben zu dem kleinen Quadrat Himmel hoch über uns, das mit silbernen Sternen gesprenkelt ist. Wir müssen hier raus, aber wo ist das Seil?

Wir versuchen, es zu finden, aber das Wasser muss unsere Lampen beschädigt haben, denn beide geben nur noch trübes Licht von sich, das bald ganz erlischt. Um uns herum ist es fast völlig dunkel.

Joshua legt den Kopf in den Nacken. »Hilfe, Mohammed! Wo ist das Seil?«

Ein Schatten verdeckt den Nachthimmel, und ich blinzele in das grelle Licht einer Taschenlampe. »Joshua?«

Es ist O'Brien.

»Hier!«, ruft er, und klatschend landet etwas Weißes neben uns im Wasser.

Ein Seil. Warum hilft O'Brien uns jetzt? In der Wüste wollte er uns noch töten.
»Die Wachen halten das andere Ende!«, ruft O'Brien. Seine Stimme hallt durch den steinernen Schacht. »Ihr müsst einzeln hinaufklettern.«
Joshua schiebt das Seil zu mir.
»Nein«, sage ich und zeige auf das Wasser, das uns jetzt bis zur Taille reicht. »Du kannst nicht schwimmen. Ich schon.«
Er packt meine Schultern und erhebt die Stimme, damit ich ihn trotz des Rauschens des Wassers höre. »Ich lasse dich hier unten nicht allein.«
»Du musst aber.«
»Ich kann nicht.«
Wir starren uns an, und ich zittere, als Joshuas Hand über meinen Arm gleitet.
Er verschränkt seine vom Wasser des Nil nassen Finger mit meinen. »Wir haben uns versprochen, uns nie wieder loszulassen, weißt du noch?« Ich weiß nicht, ob er mich an sich zieht oder ich mich zu ihm beuge, aber auf einmal sind unsere Lippen nur noch Zentimeter voneinander entfernt.

Ein Schwall Wasser schwappt gegen unsere Brustkörbe, und wir schießen auseinander.
»Bitte, Joshua«, flehe ich und schiebe ihn von mir. »Du kannst nicht schwimmen. Wenn wir zusammen hochklettern, wirst du in Panik geraten und uns beide umbringen. Du musst als Erster gehen.«
Er schüttelt den Kopf und beteuert weiter, dass er mich nicht allein lassen will. Aber ich sehe in seinen Augen, dass er weiß, dass ich recht habe.

Ich packe das Seil und verknote es grob unter seinen Achseln. Dann ziehe ich einmal kurz daran. »Geh«, flüstere ich.
Joshua greift nach mir, aber das Seil zieht ihn aus dem Wasser. »Ich tue das nur, weil du mich darum gebeten hast!«, schreit er mir zu. »Ich lasse das Seil für dich runter, sobald ich oben bin. Das verspreche ich dir!«
Wasser tropft wie Tränen von ihm auf meine ausgestreckte Hand herab, und ich starre auf meine nassen Finger und frage mich, warum mir dieser Ort so schrecklich vertraut ist. Den Kopf in den Nacken gelegt, schaue ich zu, wie Joshua höher und höher steigt. Ich starre auf den hellen Schein seiner Schuhsohlen, bis er endlich oben ankommt und hinter dem Rand verschwindet.
Er ist in Sicherheit. Ich schlinge zähneklappernd die Arme um mich selbst, als mir das eisige Wasser in den Nacken läuft. Wenn es so weitergeht, muss ich bald anfangen zu schwimmen. Als ich schon auf den Zehenspitzen stehe, landet klatschend das Seil neben mir im Wasser. Ich packe es und wundere mich darüber, wie schlaff es ist. Ich ziehe und ziehe, aber es spannt sich nicht an. Als ich schließlich zwei Tauenden in den Händen halte, begreife ich gar nichts mehr. Was zum …
»Es tut mir leid, Maria. Außerordentlich leid sogar«, sagt O'Brien von oben. Sein Seufzer weht wie der Wind durch den Brunnen. »Ich bewundere deinen Intellekt, aber leider wird dein Urteilsvermögen durch dieselbe naive Leidenschaft getrübt, die schon deinen Vater ausgezeichnet hat. Er war ebenfalls entschlossen, die Wahrheit in die Welt zu tragen. Verzeih mir, aber es ist wirklich besser, wenn du da unten bleibst.«
Er verschwindet aus meinem Sichtfeld, und hinter dem Rauschen des Wassers höre ich Stein über Stein schaben.
Nein. Das wagt er nicht.

Aber das Loch wird bereits kleiner. Der Nachthimmel schrumpft, als der Steinquader wieder an seinen Platz geschoben wird.
»Nein!«, schreie ich. »Lasst mich nicht hier!«
Mit einem grässlichen, dumpfen Aufschlag fällt der Stein über das Loch.

KAPITEL 43

Ganz ruhig.
Ganzruhigganzruhigganzruhigganzruhig.
O'Brien muss den Wachen befohlen haben, das Loch zuzudecken, aber Joshua ist immer noch da oben. Er wird ihn damit niemals durchkommen lassen. Ich muss mich nur bewegen, weiter atmen und mich vom Wasser bis nach oben tragen lassen. Vielleicht kann ich dann den Stein beiseiteschieben oder so lange dagegenhämmern, bis Joshua mir helfen kann. Bleib ruhig. Denk nicht an die Dunkelheit, den Gestank, die Kälte.
Oder daran, wie mutterseelenallein ich bin.
Hör auf. Denk an etwas anderes. Ich gehe noch einmal O'Briens Worte durch. Warum hat er von meinem Dad geredet? *Er war ebenfalls entschlossen, die Wahrheit in die Welt zu tragen.*
Hat O'Brien versucht, ihn aufzuhalten? Gab es deshalb keinen Beweis dafür, dass die Airline meinen Dad an jenem schrecklichen Abend angerufen hat? Hat man deshalb den Fahrer des Unglücksautos nie gefunden?
»Mörder!«, schreie ich in die Dunkelheit. Meine Stimme hallt von den feuchten Brunnenwänden wider, und ich setze meine Wut als Motor ein, mit dem ich Wasser trete, mit den Armen fuchtele und versuche, nicht um meinen Dad zu weinen. Ich stelle mir vor, wie O'Brien oben darauf wartet, dass mein ertrunkener Leichnam angeschwemmt wird, damit er mir das Anch vom Hals

nehmen kann. Das darf nicht passieren. Ich werde ihn nicht gewinnen lassen.
Aber schon bald schwinden meine Kräfte, und es ist, als würde ich mit bleiernen Beinen versuchen, Fahrrad zu fahren.
Ich kämpfe gegen das Wasser. Wenn ich es noch schaffe, fünf Minuten durchzuhalten, dann bin ich bald mit Joshua in Sicherheit.
Ich versuche, mir vorzustellen, wie wir beide warm und sicher in unserem Hotelzimmer liegen. Meine Füße sind so taub vor Kälte, dass ich sie nicht mehr spüre. Und dieser Gestank. Jesus, dieser grässliche Gestank! Das Wasser riecht wie ein Laster voller verfaultem Obst, offenen Mülltonnen und Gott weiß was noch. Wie lange es wohl schon unter der Sphinx gefangen war? In seinen Tiefen müssen unzählige Bakterien und Keime lauern.
Ich setze meinen Ekel ein, um meine Arme und Beine in Bewegung zu halten, aber sie scheinen nicht mehr mit meinem Gehirn verbunden zu sein. Ich kneife die Augen zusammen und bete darum, dass dies nur ein weiterer Albtraum ist, in dem ich im Dunkel gefangen bin. Ich werde gleich aufwachen. Ganz bestimmt.
Mein Gesicht sinkt kurz unter den Wasserspiegel, und mir kommt ein sehr erschreckender Gedanke. Waren meine Träume vielleicht Warnungen? Die Prophezeiung meines eigenen Todes?
Vielleicht lauert Belial, der Teufel, ja bereits hier bei mir im Dunkeln und wartet nur darauf, nach mir zu greifen und von mir Besitz zu ergreifen? Ich drehe panisch den Kopf, starre in die Dunkelheit und wimmere leise. Mein Atem geht schnell und flach. Wasser dringt in meinen Mund: modriges, verwestes Wasser, das wie der Tod selbst schmeckt.
Draußen explodiert etwas. War das etwa ein Schuss? Joshua. Oh mein Gott, bitte tut Joshua nichts an. Wasser spritzt durch den

Brunnenschacht, als meine Beine plötzlich wieder zum Leben erwachen. Strampelnd versuche ich, »Joshua!« zu schreien, aber ich habe nicht mehr genug Atem dafür.
Stein schabt über Stein, und über mir erscheint ein kleiner Lichtfleck.
»Maria? Maria!«, schreit Joshua und streckt die Hand nach mir aus.
Gott sei Dank. Das Wasser muss mich bis dicht unter den Rand getragen haben, denn Joshua ist nicht weit über mir. Aber als ich die Hand ausstrecke, versinkt mein Gesicht im Wasser. Ich bin zu schwach, und er ist zu weit weg.
»Maria!«, brüllt er, als das Wasser über meinem Kopf zusammenschlägt.
Mit zitternden Sehnen strecke ich den Arm nach seiner Hand aus. Seine Locken fallen ihm ins Gesicht, dunkel und vom Wasser verklebt. Und als sein Kopf den Nachthimmel verdunkelt, begreife ich endlich.
Ich war schon einmal hier. Dies ist mein Traum. Der Traum, der mich schon seit Monaten quält. Der Traum, den auch meine Großmutter und Amun gesehen haben: ich, allein im Dunkeln gefangen. Unter mir der Gestank von Verwesung, über mir ein Quadrat Himmel und eine dunkle Hand, die sich nach mir ausstreckt.
»Tu es nicht«, sagt O'Brien, der hinter Joshua auftaucht. »Wenn du sie leben lässt, wird sie dich vernichten. So eine Chance bekommst du nie wieder. Lass sie gehen, Joshua. Lass sie gehen.«
Nein.
Traum und Realität verschwimmen. Die Bedeutung von O'Briens Worten sickert in mein erstarrtes Gehirn, und unter ihrem Gewicht sinke ich tiefer. Verloren in der wässrigen Dunkelheit.
Eine Hand greift nach meiner und zieht mich hinaus.

Modriges, eiskaltes Wasser füllt meinen Mund, als ich in seine Augen blicke. In Seine Augen.
Mit einem Aufschrei zieht er mich durch den engen Spalt, Kopf und Schultern zuerst. Meine Haut kratzt über den rauen Stein.
Ich wehre mich, kämpfe gegen die Gewissheit, die sich wie eine Blutlache in meinem Geist ausbreitet. Aber er ist zu stark, und ich gleite auf den Sand.
Sein Name – Joshuas wahrer Name – brennt in meinen Gedärmen, steigt in meine Kehle und ergießt sich schließlich wie Erbrochenes aus meinem Mund.
»Belial!«

KAPITEL 44

Keuchend rolle ich mich auf den Rücken. Über mir ragt die gigantische Sphinx auf, die in den Nachthimmel starrt, als sei alles noch genau wie vorher.

Ich hätte sterben sollen. Ich hätte mich vom Wasser überspülen lassen und auf den Boden des Brunnens sinken lassen müssen, wo es sicher und ruhig war. Wenn ich könnte, würde ich wieder hineinkriechen, aber ich kann mich nicht bewegen. Mein Herz ist durchbohrt.

»Maria, bist du okay?«

Joshua kauert sich neben mich und …

Nein. Nicht Joshua.

Ich drehe mich weg. Der Geschmack seines Namens brennt immer noch in meinem Mund.

O'Brien tritt aus dem Schatten der Sphinx heraus und stellt sich zwischen uns.

»Sag mir, dass das nicht wahr ist!«, schreie ich ihn an. »Sag es mir!«

O'Brien schaut mit einer Mischung aus Mitleid und Hohn auf mich herab.

Ich vergrabe das Gesicht in den Händen, aber meine Haut stinkt nach dem Wasser. Es ist derselbe Verwesungsgestank, der mich schon seit Jahren verfolgt. Hysterisches Gelächter steigt in mir hoch, weil ich allen Ernstes geglaubt habe, Seife und ein kahl rasierter Schädel würden gegen diesen Geruch helfen. Gegen diesen Moment.

Es ist nicht Schmutz, den du spürst, hat meine Großmutter mich gewarnt. *Sondern Seine Dunkle Seele.*

»Maria, schau mich bitte an«, sagt Joshua und zieht mir die Hände vom Gesicht. »Wie könnte ich Belial sein? Ich bin's doch nur. Joshua.«

Er drückt meine Hand, und ich denke, wie einfach es doch wäre, zu vergessen, was ich gesehen habe. Wie einfach es wäre, mich von ihm umarmen zu lassen, sein Herz an meinem zu spüren. Ich halte mich an dem Gedanken fest, mein Körper beugt sich zu seinem.

Der Schatten des Professors fällt über uns. »Ich habe es dir doch erklärt, Joshua. Du bist die wiedergeborene Seele Belials.«

Joshua fährt herum. »Und Sie sind ein verrückter, besessener alter Mann. Reinkarnation, den Teufel und die Apokalypse gibt es nicht. Ich weigere mich, diesen Blödsinn zu glauben.«

»Aber du glaubst es, Maria. Stimmt's?«, fragt O'Brien. Seine Stimme klingt leise und eindringlich durch die Wüstennacht. »Ich sehe es dir an. Du weißt, wer er ist, und vielleicht erinnerst du dich auch bald daran, wer du bist.«

Ich schaue zu ihm hoch. »Was meinen Sie damit?«

»Du hast die Bilder gesehen. Nicht nur Belial wird am Ende der Zeit zurückkehren, sondern auch die Mutter der Söhne des Lichts.«

»Aber ich bin nicht ...«

»Warum, glaubst du, ist der Isisknoten durch Generationen von Frauen von der Mutter an die Tochter übergegangen, um jetzt in deine Hände zu gelangen? Warum, glaubst du, konntest nur du – allein du – den Code der Silberrolle entschlüsseln und die Rätsel unter der Sphinx lösen? Reiner Zufall? Oder bist du vielleicht Hinweisen gefolgt, die du selbst vor dreizehntausend Jahren für deine wiedergeborene Seele hinterlassen hast?«

Ich schüttele den Kopf über seine unmöglichen Worte, aber ich kann den Blick nicht von ihm abwenden, als ich an die Worte meiner Großmutter denke: *Das Geschlecht, dem du entstammst, ist ein sehr, sehr altes. Generationen von Frauen, die ihren Ursprung in der Göttin selbst haben. Und genau wie Isis unser Volk durch die Erste Zeit geführt hat, so musst du uns durch die Letzte führen.*

»Isis wurde als Heilerin, als Zauberin und als Prophetin verehrt. Sie war die große Beschützerin ihres Volkes, eine kompetente und starke Königin«, sagt O'Brien. »Vielleicht ist das Licht der Isis ja wirklich zurückgekehrt, wie es die Silberrolle geweissagt hat.«

Joshuas nervöses Lachen durchbricht die Stille, die nach seinen Worten herrscht. »Siehst du? Seiner Meinung nach sind wir alle Reinkarnationen.«

»Vielleicht sind wir das wirklich«, sage ich, und denke an das Bild von den roten und weißen Bas am Himmel über der Wüste.

»Glaubst du das wirklich?«

»Ich weiß nicht, was ich glauben soll«, stöhne ich. »Nicht mehr.«

»Viele östliche Religionen glauben an die Wiedergeburt«, sagt O'Brien. »Es ist ein sehr westliches Konzept, dies einfach als Humbug abzutun und …«

»Halten Sie den Mund«, schreie ich. »Von einem Mörder brauche ich keine Vorlesung! Sie haben versucht, mich da drin umzubringen. Sie haben meinen Dad ermorden lassen!«

O'Brien schüttelt den Kopf. »Du hast gerade ein sehr traumatisches Erlebnis gehabt, also verstehe ich, dass du emotional ein wenig aufgewühlt bist.«

Ich will mich auf ihn stürzen, aber Joshua stellt sich zwischen uns. Er schaut mich unverwandt an.

»Lass ihn. Er ist unwichtig. Ich muss mit dir reden, und zwar allein.«

O'Brien dreht sich lächelnd um.

»Warte! Er hat den Stab.«

Joshua geht ihm nach und streckt die Hand aus.

»Von mir aus. Aber vergiss nicht, wer dein wahrer Feind ist, Joshua.«

O'Brien wirft mir noch einen kalten Blick zu, reicht Joshua dann den ägyptischen Stab und verschwindet in den Schatten. Wir beide bleiben unter dem wachsamen Blick der Sphinx allein zurück.

KAPITEL 45

Joshua starrt auf die Lichter von Kairo hinaus, die wie eine zerbrochene Halskette vor uns liegen. Ich beobachte, wie die Knöchel seiner Hand weiß hervortreten, als er den goldenen Stab fester packt.

»Ich bin genauso durcheinander wie du, das kannst du mir glauben«, sagt er. »Es ist alles sehr … kompliziert. Aber selbst wenn du recht hast – selbst wenn ich wirklich Belial sein sollte –, dann kannst du doch nicht wirklich glauben, dass ich dir etwas antun würde. Nicht nach all dem, was wir zusammen durchgemacht haben.«

Ich verschränke die Arme gegen die Sehnsucht nach ihm. Meine kalten, nassen Kleider sind immer noch voller Sand und stinken nach dem Fluss. »Aber du hast doch das Bild in der Halle der Aufzeichnungen gesehen. All diese armen Menschen, die durch Feuer und Flut vernichtet wurden.«

»Ich habe ein paar Gemälde gesehen. Das beweist gar nichts.«

»Wie viele Beweise brauchst du denn noch? Der Isisknoten, die Silberrolle, die Prophezeiung, die Gemälde – sie alle warnen vor derselben Sache – vor Belials Rückkehr.«

»Das sind nur Geschichten.«

Ich breite die Arme aus, als wolle ich das gesamte Gizeh-Plateau umfassen. »Glaubst du wirklich, eine uralte Zivilisation hat unzählige Generationen lang dieses Plateau mit Hinweisen versehen, die dreizehntausend Jahre überdauern würden, nur um uns eine Geschichte zu erzählen? Warum sollten sie das tun?«

»Weil sie das Volk durch Angst lähmen und so besser beherrschen wollten.«

»Nein. Menschen wie O'Brien kontrollieren andere dadurch, dass sie die Wahrheit verbergen. Er wollte nicht, dass mein Dad hier gräbt. Er hat uns in der Wüste ausgesetzt, um uns daran zu hindern, die Halle der Aufzeichnungen zu finden, und er hat versucht, mich in diesem Brunnen zu ertränken. Glaubst du, das hat er nur wegen einer *Geschichte* getan?«

»Warum hat er es denn deiner Meinung nach getan?«

»Weil er ein Sohn Belials ist und glaubt, du seiest die Reinkarnation seines Herrn und Meisters.«

»Und glaubst du das auch?«

Ich weiche seinem Blick aus. Was ich in dem Brunnen gesehen und gespürt habe, kann ich nicht leugnen, auch wenn ich es mir von ganzem Herzen wünsche.

»Wenn du das wirklich glaubst, was wirst du dann unternehmen? Mich vernichten?« Er reißt sein Hemd auf und entblößt seine nackte, gebräunte Brust. »Na, dann los. Was braucht man, um einen Teufel zu töten? Einen Holzpflock? Eine Silberkugel?«

»Hör auf«, sage ich und wende mich ab.

Joshua hält mich am Arm fest und zwingt mich, ihn anzusehen. »Warum? Ist das nicht deine Bestimmung? Dein Schicksal?«

Wir starren uns wütend an, aber nach und nach verschwindet der Sarkasmus aus seinem Gesicht. »Die Vorstellung, dass unsere Zukunft bereits von langer Hand geplant wurde, nur damit eine Prophezeiung oder Vorhersage in Erfüllung gehen kann, ist einfach falsch. Ich glaube an die Willensfreiheit, Maria. Ich habe keine Ahnung, was die Zukunft bringen wird, aber selbst wenn sich herausstellen sollte, dass ich wirklich Belial bin, dann schwöre ich dir, dass ich unter keinen Umständen die Welt zerstören werde. Bitte sei nicht wie mein Dad«, schließt er flehend und beugt sich zu mir. »Du musst mir glauben, nicht den leeren Worten falscher Propheten.«

»Was meinst du damit?«, frage ich, aufgeschreckt durch seine brechende Stimme.

Er schluckt. »Deine Großmutter hat meinem Dad gesagt, dass auch sie mich für Belial hält. Und er hat nicht an seinen eigenen Sohn geglaubt, sondern den Worten einer völlig fremden Frau.«

»Wann war das?«

»Deine Großmutter wollte allein mit ihm reden, weißt du noch? Sie hat ihm gesagt, dass sie seit dem Moment, in dem ich ihre Türschwelle überschritten habe, Belial in mir gespürt hat.«

Ich erschauere. Meine Großmutter würde niemals lügen. Ich reibe meine Hände aneinander und denke daran, wie seltsam sich Michael nach dem Gespräch mit ihr im Hotel benommen hat. Wie blass und traurig er ausgesehen hat. »Das hat dir dein Dad gesagt?«

»Nein. Dad wusste nicht, was er tun sollte. Weil O'Brien so viel über die Söhne Belials zu wissen schien, ging er zu ihm und bat ihn um Rat. Deshalb ging er voraus und ist nicht mit uns im Auto gefahren. O'Brien meinte, mein Dad sei völlig verzweifelt gewesen und habe gesagt …« Er unterbricht sich und schluckt mühsam. »Er sagte, ich sei nicht länger sein Sohn. Er wird nicht vermisst, Maria. Er hat mich verlassen.«

»Oh, Joshua.« Ohne nachzudenken, schließe ich ihn in meine Arme, weil ich den Schmerz in seiner Stimme nicht mehr ertragen kann. Er vergräbt sein Gesicht an meinem Hals, und ich spüre seine Bartstoppeln an meiner Haut.

Auf einmal erstarre ich. »Moment mal. Wann hat O'Brien dir das alles erzählt?«

»Gestern Abend. Ich bin ihm vom Krankenhaus nach Hause gefolgt.«

Ich denke an all die panisch besorgten Nachrichten und Anrufe. Das quälende Schweigen. »Also war die Nachricht, in der du mich gebeten hast, dich hier zu treffen, eine Lüge«, sage ich beinahe zu mir selbst.

Die Stille streckt sich zwischen uns aus wie das Seil eines Henkers, bis ich schließlich begreife, was das bedeutet. Joshua war gestern Abend und heute den ganzen Tag mit O'Brien unterwegs. Wahrscheinlich hatten sie die gesamte Aktion gemeinsam geplant. Joshua hat mich mit einem Trick dazu gebracht, hierherzukommen und ihm und O'Brien dabei zu helfen, den Code zu knacken und die Botschaft unter dem Schlussstein zu enthüllen.

Ich stoße Joshua mit aller Kraft von mir und schreie ihn aus voller Kehle an. »Du hast mich benutzt! Wie konntest du nur?«

»Maria, bitte lass mich erklären. O'Brien und mein Dad hielten mich für Belial. Ich musste einfach unter die Sphinx gehen. Um ihnen zu beweisen, dass sie unrecht haben.«

»Du hast *gelogen*. Du hat gesagt … Ich dachte, wir sind …« Meine Worte überschlagen sich, als nacheinander alle meine Träume sterben. Ich schlinge die Arme um mich, um mein Herz am Zerspringen zu hindern.

»Bitte schau mich nicht so an, Maria.«

»Wie denn?«

»Als sei ich der Teufel höchstpersönlich.«

Ich weiß nicht, ob ich lachen oder weinen soll. »Du hast versucht, mich umzubringen. Du wolltest mich in diesem Brunnen ertrinken lassen. Was erwartest du denn von mir?«

»Das war O'Brien, das schwöre ich. Ich hatte keine Ahnung, was er vorhatte. Als ich es gemerkt habe, bin ich sofort zu dem Stein gerannt und habe dich herausgezogen. Das musst du mir glauben.« Er streckt die Hand nach mir aus.

Ich weiche zurück.

»Ich werde es dir beweisen. Ich habe den Pfeiler und du das Anch. Wir könnten zusammen die Bundeslade finden, und dann wirst du sehen, dass nichts Schlimmes passieren wird. Dass das alles nur eine verrückte Geschichte ist.«

Verrückt. So haben sie meine Mum genannt, als sie sagte, der Teufel sei hinter ihrer Tochter her. So haben sie meinen Dad genannt, als er behauptete, die Pyramiden und die Sphinx seien viel älter, als die meisten Ägyptologen behaupten.

So nennen die Ärzte auch mich wegen meiner Überempfindlichkeit gegen Schmutz und meinen angstvollen, prophetischen Träumen.

»Verrückt?« Ich schüttele den Kopf. »Ich habe dir dabei geholfen, die Silberrolle zu finden. Ich habe dich zu der Halle der Aufzeichnungen geführt. Glaubst du wirklich, ich bin so verrückt, dass ich auch ein drittes Mal auf denselben Trick hereinfalle?«

»Das war kein Trick, es war …«

»Gib mir das«, befehle ich und strecke die Hand aus.

Joshua schüttelt den Kopf.

»Gib ihr den Pfeiler.«

Wie ein Gespenst im weißen Hemd taucht Amun auf einmal neben ihm auf.

Joshua mustert ihn abschätzig. »Das hat nichts mit dir zu tun«, sagt er mit tiefer, gefährlicher Stimme.

Amun greift nach dem Stab, aber Joshua zieht ihn weg. Ein Kampf, ein Schrei, und Amun fällt zu Boden.

Ich knie mich neben ihn und sehe geschockt die vier roten Striemen, die auf seiner Wange glühen.
»Das war ein Unfall«, sagt Joshua. »Das wollte ich nicht …« Seine Stimme erstirbt, als ich zu ihm aufblicke.
Ein Windstoß fegt über das Gizeh-Plateau und bringt den Geruch von Asche und Feuer mit sich. Hinter Joshua sehe ich am Horizont einen schmalen Streifen Licht, und dort, wo am dunkelblauen Himmel gleich die Sonne aufgehen wird, steht ein einzelner, kleiner Stern.
»Sirius«, sage ich. »Sirius ist aufgegangen.«
Die Worte hängen schwer zwischen uns in der Nachtluft.
»Ich hätte dich aufhalten müssen«, sage ich mit leiser Stimme. »Generationen von Menschen haben ihr Leben riskiert – auch meine eigenen Eltern –, damit ich die Halle der Aufzeichnungen finden und den Jüngsten Tag verhindern kann. Aber stattdessen habe ich dich direkt dorthin geführt.«
»Maria, du verstehst das alles ganz falsch. Ich werde nicht den Weltuntergang herbeiführen, das schwöre ich. Sobald ich die Lade gefunden habe, beweise ich es dir.«
»Nein, das wirst du nicht tun«, sage ich, stehe auf und ziehe Amun mit mir hoch.
»Denn ich werde sie zuerst finden.«
»Bitte nicht, Maria.« Er wirft Amun einen Blick zu, seine Stimme ist nur noch ein verzweifeltes Flüstern. »Tu uns das nicht an.«
Ich blicke in sein gequältes Gesicht, und Erinnerungen überfluten mich: Joshua auf dem Glastonbury Tor, sein Haar wie Feuer im Licht der Sonne; seine Hand in meiner, als wir uns gegenseitig durch die Wüste geholfen haben; wie er mich ansah, als er mir den ersten Tropfen Wasser gab. Sein Herzschlag an meinem, als wir in dem überfluteten Brunnen standen.

Joshua streckt die Hand aus, und ich starre sie an. Ich habe versprochen, diese Hand niemals loszulassen.
Aber im Licht des Mondes sehe ich auch den langen, dunklen Schatten, den sie über den Wüstenboden wirft.
Die Worte meiner Großmutter steigen in mir auf, als ich die Augen schließe. *Dir steht eine schreckliche Entscheidung bevor, Maria. Du musst dein Schicksal akzeptieren und uns führen. Und dann musst du Ihn zerstören, bevor Er uns alle vernichtet.*
»Du hast recht«, sage ich, öffne die Augen und begegne endlich seinem Blick. »Unser Schicksal ist nicht vorherbestimmt. Wir haben eine Wahl.«
Die Hoffnung, die über sein Gesicht huscht, ist unerträglich.
Ich wende mich von seiner ausgestreckten Hand ab und zwinge mich, einen Fuß vor den anderen zu setzen.
»Maria!«
Sein verzweifelter Aufschrei hallt von den Pyramiden wider und gellt über das ganze Gizeh-Plateau.
Mein Herz zerreißt. Meine Augen sind blind vor Tränen.
Und doch gehe ich weiter, bis mich der Schatten Seiner Hand nicht länger erreicht und die Nacht sich endlich der Morgendämmerung von Kairo ergibt.

Nachwort der Autorin

Es gibt keine Geschichte, nur unterschiedlich plausible Fiktionen.
Voltaire

Infernus ist kein Sachbuch, sondern ein Roman, der sich jedoch auf eine Reihe realer Thesen, Theorien, Legenden und Prophezeiungen bezieht, die viele Jahre lang in meinem Verstand vor sich hin gärten, bis sie sich schließlich miteinander verbanden und so zum Rückgrat dieser Geschichte wurden.

Atlantis, die »Stadt der Mythen und Legenden«, wurde in jüngster Zeit durch Science-Fiction-Autoren und Filmemacher populär gemacht, aber der Erste, der jemals darüber schrieb, war der Philosoph Platon.

In *Timaios und Kritias* behauptete Platon, ägyptische Priester hätten ihm von einer technologisch und kulturell hoch entwickelten Zivilisation berichtet, die ungefähr 10 000 v. Chr. von einer Flutkatastrophe zerstört worden sei. Die Überlebenden seien nach Ägypten geflohen.

Bisher sind alle Versuche gescheitert, die Ruinen dieser sagenumwobenen verlorenen Stadt zu finden, und heutzutage gehen die meisten Wissenschaftler davon aus, dass Platon nur eine alte Mär wiedergegeben hat.

Dieser Roman stellt die Frage, was passieren würde, wenn Platon tatsächlich von einem vergessenen Kapitel der Menschheitsgeschichte gesprochen hätte. Leser, die gerne mehr über Atlantis erfahren möchten, können dies in dem Schlüsselwerk *Atlantis: The Antediluvian World* von Ignatius Donnelly oder *Atlantis: Where Plato began the search for our origins* von Geoffrey Ashe, einem aktuellen Überblick über Mythen und Legenden, tun.

Timaios und Kritias endet abrupt an dem Punkt, an dem Gott über die atlantischen Überlebenden zu Gericht sitzt und gerade sein Urteil fällen will.

Infernus nimmt die Geschichte da auf, wo Platon verstummt ist, und erzählt – basierend auf den Prophezeiungen von Edgar Cayce –, wie diese göttliche Strafe ausgesehen haben könnte.

Edgar Cayce war ein amerikanisches Medium des frühen 20. Jahrhunderts. Er verkündete unter Hypnose Prophezeiungen, obwohl er einige Jahre zuvor unter mysteriösen Umständen seine Stimme verloren hatte und stumm geworden war. Er sprach oft von der verlorenen Stadt Atlantis, die – wie er behauptete – nach einer Schlacht zwischen den Söhnen Belials und den »Kindern des Gesetzes des Einen« von einer gewaltigen Flut verschlungen worden sei. In seinen Séancen behauptete er außerdem, Überlebende aus Atlantis seien ungefähr 10 500 v. Chr. nach Ägypten geflüchtet und die Seelen der Atlanter würden in der Endzeit wieder in die irdische Welt zurückkehren. Er prophezeite die Entdeckung der Qumran-Schriftrollen zwei Jahre vor ihrem Fund (darunter auch die Kriegsrolle, die von der Schlacht zwischen den Söhnen Belials und den Söhnen des Lichts berichtet). Cayce sagte voraus, das verlorene Wissen von Atlantis – die »Halle der Aufzeichnungen« –

würde zur Jahrtausendwende unter der Sphinx gefunden werden. Seine Prophezeiungen waren eine wichtige Inspiration für die Ideen in diesem Roman, und wer sich für sein Leben interessiert, kann in *The Sleeping Prophet* von Jess Stearn mehr über ihn erfahren. Über Atlantis berichtet er in *Edgar Cayce on Atlantis* von Edgar Evans Cayce, und Informationen über seine Stiftung sind unter www.edgarcayce.com erhältlich.

Die Orion-Korrelationstheorie, der Gedanke, dass die drei Pyramiden von Gizeh gebaut wurden, um das Muster des Oriongürtels im Jahr 10 500 v. Chr. widerzuspiegeln, wurde als Erstes von Robert Bauval und Adrian Gilbert in *The Orion Mystery* populär gemacht. Diese Theorie ist zwar stark umstritten, aber sie enthüllt, wie wenig wir wirklich darüber wissen, wie, wann und warum die Pyramiden tatsächlich erbaut wurden.

In *The Fingerprints of the Gods* – das zu den wichtigsten Inspirationen und Einflüssen für dieses Buch zählt – bezieht sich Graham Hancock auf die Arbeiten von John Anthony West, der argumentiert, die Wasserschäden an der Sphinx widersprächen der allgemein anerkannten Chronologie altägyptischer Geschichte. Viele Elemente dieser Theorie gelten zwar als umstritten und werden oft als »Pseudoarchäologie« abgetan, und es gibt viele – durchaus angebrachte – Einwände dagegen, historischen Fakten religiöse, politische oder imperialistische Ideologien überzustülpen.

Aber ich glaube, Peter Lemesurier liegt in *The Pyramid Decoded* richtig, wenn er betont, wie wichtig es ist, auch weiterhin Fragen zu stellen:

»… kein Geschichtswissenschaftler hat es bisher geschafft, eine überzeugende Erklärung für die Entstehung der Pyramiden abzuliefern … die Maße der Großen Pyramide reflektieren keine Reihe

glücklicher Zufälle, sondern einen außergewöhnlichen Wissensstand … Im Lichte dessen haben wir keine andere Wahl, als die weithin akzeptierten Fakten ganz neu zu überprüfen. Die als richtig angenommenen Antworten reichen schlichtweg nicht mehr aus.«

Die Essener waren eine jüdische Sekte der Antike, die in der Wüste beim Toten Meer lebten und eine der größten Sammlungen heiliger Schriften und – wie manche annehmen – geheimen Wissens hüteten.

In der Mainstream-Wissenschaft werden sie als Erstes im 2. Jahrhundert v. Chr. erwähnt, aber Plinius der Ältere behauptete, sie hätten bereits »seit Anbeginn der Zeiten« existiert. Auf diese historischen Berichte und einige weitere spekulativere Theorien über die Verbindungen zwischen den Essenern und einer altägyptischen Priesterkaste habe ich mich gestützt, als ich die Idee von einer Geheimgesellschaft entwickelte, die seit der Ersten Zeit oder *Zepi Tepi* (10 500 v. Chr.) die Wahrheit über unsere Ursprünge schützt.

Die Silberrolle ist frei erfunden, aber die Kupferrolle gibt es wirklich. Eine uralte Rolle aufgewickeltes Kupferblech, die bei den Qumran-Schriftrollen gefunden wurde, enthält eine auf Althebräisch eingravierte Aufzählung von Schätzen, die an einem geheimen Ort versteckt sein sollen. Bisher hat niemand die Schätze entdeckt, die auf der Kupferrolle erwähnt werden, und es gibt Spekulationen darüber (wie zum Beispiel von James Becker in seinem Roman *The Moses Stone*), dass man gleichzeitig eine weitere Schriftrolle – möglicherweise aus Silber – lesen muss, damit die Anweisungen Sinn ergeben.

Die Kriegsrolle und die darauf beschriebenen Prophezeiungen

über Belial und die sieben Schlachten zwischen den Söhnen des Lichts und den Söhnen Belials sind real, und wer mehr darüber – und über die Essener, die sie für die Nachwelt aufbewahrt haben – erfahren will, kann dies in *The Dead Sea Scrolls: A Very Short Introduction* von Timothy Lim tun oder selbst die englische Übersetzung der Schriftrollen unter www.deadseascrollsfoundation.com lesen.

In den Evangelien wird Josef von Arimathäa als Großonkel Jesu Christi bezeichnet, der den Leichnam seines Neffen in seinem eigenen Grab bestatten ließ. In Legenden, die im Mittelalter populär wurden, reiste Josef von Arimathäa mit dem Heiligen Gral (dem Becher, den Jesus beim Letzten Abendmahl benutzt hatte) nach Britannien, genauer gesagt nach Glastonbury, und vergrub ihn dort an einem geheimen Ort unter dem Tor.

Angeblich soll er auch mit dem jungen Jesus bereits nach Britannien gereist sein (diese Reise inspirierte William Blake zu seinem berühmten Gedicht *Jerusalem*, das inzwischen ein bekanntes und beliebtes Kirchenlied ist). Für die Handlung dieser Geschichte habe ich mich auf Theorien gestützt, die behaupten, Josef von Arimathäa habe die Bibliothek der Essener mit seinem Neffen Jesus besucht und dort die Silberrolle erhalten, um sie in Britannien zu verstecken.

Die Offenbarung – auch Johannesevangelium genannt – ist ein prophetisches Buch des Neuen Testaments, in dem davor gewarnt wird, dass Satan aus dem Abgrund befreit werden und vor dem Tag des Jüngsten Gerichts einen Kampf gegen den wiederkehrenden Messias führen wird. Diese Prophezeiung gibt es auch in anderen Religionen. Im Islam wird zum Beispiel vor dem *Dajjal* gewarnt, einer Art Antichrist, der in der Endzeit erscheinen wird.

Dies sind nur einige der wichtigsten Prophezeiungen, Legenden und Spekulationen, die ich miteinander verwoben habe, um *Infernus – The Tears of the Goddess* zu schaffen, und sie dienen auch als Inspiration für den zweiten und letzten Band *Infernus – The Day of Judgement*.

Jo Hogan

Danksagung

Ich erzähle oft, dass ich fünf Jahre für die Recherche und das Schreiben von *Infernus* gebraucht habe, aber in Wirklichkeit hat es ein Leben lang gedauert. Ich hatte das große Glück, in einer inspirierenden Umgebung aufzuwachsen. Meine Eltern haben mich immer darin bestärkt, mir meine eigenen Gedanken zu machen, stets nach dem Warum zu fragen und die Antwort, wenn ich sie nicht kannte, nachzugucken. Dank meines Vaters habe ich aber auch gelernt, dass es manchmal keine richtige Antwort gibt. Viele unserer Bücher waren voll von alten Mythen und Legenden, prähistorischen Zivilisationen und modernen Mysterien und trugen die verführerische Aufschrift ›Das Unerklärliche‹. Um zu verstehen, was mich zu *Infernus* inspiriert hat, muss man die Bücherregale meiner Familie eigentlich gar nicht verlassen. Zuallererst möchte ich also meinem Vater danken, der zwar mit vierzehn Jahren die Schule verlassen hat und trotzdem einer der belesensten Männer ist, den ich kenne. Mit seinen 78 Jahren ist er immer noch die Person, mit der ich am liebsten Ideen diskutiere.

2010 habe ich angefangen, *Infernus* zu schreiben, und es hat sehr, sehr viele Inkarnationen durchlebt. Es wurden Handlungsstränge gestrichen, Figuren und Titel geändert, und so kam langsam der Kern der Geschichte an die Oberfläche. So viele Menschen haben mir in dieser Zeit dabei geholfen, nicht den Glauben zu verlieren, dass ich jetzt befürchte, ich könnte jemanden vergessen. Einigen bin ich nur flüchtig begegnet, wie der Autorin Sandra Glover, die positiv auf eine Outline von *Infernus* reagiert hat. Oder Emma Herdman, die die ersten Seiten während eines Open Pitch Day bei Curtis Brown gelesen hat und die wunderbaren Worte ›Sie können schreiben!‹ zu mir sagte. Diese kleinen, aber bedeutenden Momente, zusammen mit dem Feedback der wenigen Agenten, an die ich mich getraut habe, eine erste Version zu schicken, haben mich ermutigt, weiterzumachen. Wofür ich sehr dankbar bin.

Während dieser Zeit habe ich mich bei Twitter angemeldet, wo mir unzählige Menschen Mut gemacht und mich zum Lachen gebracht haben und mich bei der Stange hielten, wann immer ich aufgeben wollte. Ich liebe euch alle, aber ein besonderer Dank geht an @ldlapinski, eine wundervolle Autorin, die die Anfangskapital gelesen hat und auf diesem langen Weg meine Cheerleaderin war und mir immer die Hand gehalten hat. Ein großer Dank auch an @OliverDClark, der die erste Fassung gelesen und kommentiert hat, genau wie @debrabrown. Sie sind beide tolle Autoren mit großen Herzen, und Debra gebührt spezieller Dank für ihre unermüdliche Unterstützung auf Twitter und im wirklichen Leben. Auf Twitter habe ich auch Sonja Boschman kennengelernt, eine Ägyptologin, die die Szenen in der Sphinx gelesen und kommentiert hat. Ihre Ratschläge und ihr Input zu ägyptischen Hieroglyphen waren unbezahlbar, die Fehler und die künstlerische Freiheit gehen also voll auf meine Kappe. Über Twitter habe ich mit @lindsayGlavin ein Juwel gefunden. Gleich von Anfang hat sie

Infernus und mich als Autorin verstanden. Sie hat es nicht nur gelesen, lektoriert und unendlich viele Versionen verbessert, sie war auch immer erster Resonanzboden für meine bekloppten Ideen, eine Schulter zum Ausweinen und hat mich immer wieder in diesen verrückten Schreibzirkus zurückgestoßen. Es gab Zeiten, da hat Lindsay mehr als ich an Infernus geglaubt. Offen gestanden kann ich ihr gar nicht genug danken. Jeder Autor braucht eine Lindsay. Also, wenn Sie keine haben sollten, würde ich Ihnen empfehlen, sich eine zu besorgen (und auch ihr nächstes Buch *The Secret Deep* zu lesen).

Wäre nicht mein ältester Sohn Conor gewesen, würde *Infernus* immer noch als Staubfänger unter meinem Bett liegen. Er war der Allererste, der die schreckliche erste Version gelesen und kommentiert hat. Handgeschriebene Kommentare auf jeder Seite im Austausch gegen Saft und Kekse (und er hat es danach mindestens noch drei Mal gelesen). Nachdem ich es fünf Agenten geschickt hatte (die es in diesem Rohzustand verständlicherweise abgelehnt haben), habe ich es für ein paar Jahre zur Seite gelegt und an einem anderen Buch gearbeitet.

Anfang 2015 habe ich dann endlich getan, was man mir gesagt hat, und mich wieder *Infernus* gewidmet. Im Herbst habe ich mich bei der Mslexia Novel Competition angemeldet, obwohl ich bis dahin nur 75 Prozent des Textes umgeschrieben hatte, und war völlig überrascht, als ich es auf die Longlist geschafft habe. Die Deadline für die Shortlist gab mir dann den nötigen Ansporn, um die Neufassung zu Ende zu schreiben, und das nötige Selbstvertrauen, um es Susan Armstrong von Conville & Walsh zu schicken. Keine 24 Stunden später hat sie mir angeboten, mich als Agentin zu vertreten. Sie war so Feuer und Flamme für *Infernus* und die dahinterstehenden Ideen, dass ich sofort wusste, dass sie die Richtige ist. Ich kann mein Glück immer noch nicht fassen und kann meine Dankbarkeit für ihr Verständnis, ihre Klugheit und ihren Mut kaum beschreiben. All das hat mir geholfen, das Beste aus diesem komplexen Buch zu machen. Zusammen mit Susans talentierter Assistentin Emma Finn haben wir ein Jahr an dem Manuskript gearbeitet. In dieser Zeit habe ich glücklicherweise Lex Colton kennenlernen dürfen, eine Kollegin, die nicht nur eine weitere Fassung kommentiert hat, sondern mich mit ihrem eigenen wundervollen Schreiben inspiriert hat. Lex und andere Klienten von Conville & Walsh wie @Jameshannah, @FionaAnnCummins und @IanNettletin UK haben mich bis zur Abgabe immer wieder beruhigt.

Dann haben die Sterne dafür gesorgt, dass mein fabelhafter Verlag, Oetinger, das Manuskript in Bologna in die Finger bekommen hat. Ich bin dem Literaturscout Daniela Schlingmann auf ewig dankbar, dass sie irgendwie an eine Kopie von *Infernus* rangekommen ist und es der wunderbaren Carina Mathern und Lilly Raible gezeigt hat. Obwohl es noch nicht bei einem englischen Verlag erschienen war, waren Carina und Lilly von *Infernus* so begeistert, dass sie mit meinen Agenten über eine deutsche Erstveröffentlichung gesprochen haben. Und ich bin Jake Smith-Bosanquet von Conville & Walsh extrem dankbar, dass er solche tollen Dinge wie diesen Deal möglich macht. Das ist eigentlich ein ungewöhnlicher Weg für ein Buch, aber als ich die Lektoratsanmerkungen von Carina und Lilly gesehen habe, die nicht nur vor Begeisterung strotzten, sondern auch vor scharfsinnigen Ideen, wie man das Buch noch besser machen könne, wusste ich, dass ich gesegnet bin. Die Zusammenarbeit mit Carina, Lilly und ihrem Team ist eine große Freude, und ich bin Oetinger so dankbar, dass sie die Phantasie und den Mut hatten, dieses Risiko einzugehen.

Ein großes und von Herzen kommendes Dankeschön an alle Menschen bei Oetinger, die ich noch nicht kennengelernt habe und die die Veröffentlichung dieses Buches möglich gemacht haben. Vor allen Violeta Topalova, die den unglaublichen Job hatte, meine Ideen und Worte zu übersetzen und Alexander Kopainski, der die Geschichte mit seinem fantastischen Cover zum Leben erweckt hat. Ich bin ihnen so dankbar für ihre Zeit und ihren Einsatz.
Ich möchte meinen zwei Söhnen, Conor (16) und Danny (fast 13), dafür danken, dass ich sie während des Schreibens vernachlässigen durfte, mithilfe von Minecraft und FIFA 12 (und dann, weil es so lange gedauert hat, FIFA 13, 14, 15, 16 und 17). Conor hat geholfen, die ersten Rohfassungen in die richtige Form zu bringen, und Dannys kreativer Einfluss und IT-Kenntnisse haben sich bei Überlegungen zu websites, pitches, Markenbildung und Cover als unerlässlich erweisen.
Aber die Person, die wirklich den größten Dank verdient, ist Steve, der Mann, der seit 26 Jahren an meiner Seite ist. Er hat mir 2009 dummerweise einen Computer zum 40. Geburtstag geschenkt und mich darin bestärkt, mit dem Schreiben anzufangen.
Seitdem musste er mich auf zahllosen Recherechereisen begleiten und in etlichen Nächten (mehr, als ich zuzugeben bereit bin) endlose Vorträge darüber ertragen ›wie alles zusammenhängt‹. Er hat mich immer unterstützt und zwar mehr als ich verdient habe. Dieses Jahr war besonders schwer, weil er eine Krebsdiagnose verkraften, sondern auch eine entsprechende Behandlung durchmachen musste. Und trotzdem hatte er die Größe, sich für dieses Buch und seinen Weg zu interessieren. Er ist definitiv meine bessere Hälfte.
Vielen Dank für alles, Steve. Und netter Versuch, aber ich fürchte,

du musst das alles nochmal ertragen, ich schreibe eine Fortsetzung. Ich bestehe sogar darauf.

Jo Hogan
@JoleHogan
August 2017